आओ प्रिये,
मधुचंद्र के लिए...

आओ प्रिये, मधुचंद्र के लिए…

नागतिहल्ली चंद्रशेखर

सत्साहित्य प्रकाशन, दिल्ली

प्रकाशक : सत्साहित्य प्रकाशन,
694 (पहली मंजिल), चावड़ी बाजार, दिल्ली–110006
 / संस्करण : 2025 / मूल्य : तीन सौ रुपए
मुद्रक : आर–टेक ऑफसेट प्रिंटर्स, दिल्ली अनुवाद : प्रो. बी.वाई. ललितांबा

AAO PRIYE, MADHUCHANDR KE LIYE...
novel by Shri Nagathihalli Chandrashekhar ₹ 300.00
Published by **SATSAHITYA PRAKASHAN**
694 (First Floor), Chawri Bazar, Delhi-110006
ISBN 978-81-7721-405-5

सन्मान्य श्री **जे.बी. रंगस्वामीजी**

निवृत्त पुलिस अधिकारी

को

जो इस उपन्यास की रचना के प्रेरक तत्त्व बने!

आमने-सामने

बीसवीं सदी के आठवें दशक में जब मैं कहानियाँ रचने में बड़े उत्साह से तल्लीन रहता था, तब इस उपन्यास की रचना का एक विचित्र सा सन्निवेश प्रस्तुत हुआ था; वह मेरे जीवन के अत्यंत रोमांचक क्षण रहे। उसके बाद अब तक 35 वर्ष बीत चुके हैं, मगर कन्नड़ की जनता इस उपन्यास को निरंतर उत्साह से पढ़ती रही है। कन्नड़ भाषा में अब तक इसके बारह संस्करण प्रकाशित हो चुके हैं, मगर इसकी माँग दिनोदिन बढ़ती जा रही है। मैं इस संदर्भ में इस उपन्यास की रचना की पृष्ठभूमि का स्मरण कर रहा हूँ।

उन दिनों (उस समय) में मैसूर विश्वविद्यालय का स्नातकोत्तर परिसर 'मानस गंगोत्तरी' में कन्नड़ अध्ययनशाला, जिसे हमारे यहाँ 'कन्नड़ अध्ययन केंद्र' के नाम से पहचानते हैं, एम.ए. का छात्र था। वहाँ परिसर में एक छोटा सा अपराध घटित हुआ था, जिसकी शिकायत दर्ज कराने पड़ोस में स्थित पुलिस थाना गया था। उन दिनों वहाँ के थाना प्रभारी मेरे मित्र जे.बी. रंगस्वामी थे, तब एक घटना यह घटी थी कि एक वृद्ध व्यक्ति थाने में शिकायत करने आया था, जिसकी वहीं पर पिटाई हुई थी। उसे देखकर मैं उद्रिक्त होकर उनसे लड़ पड़ा और पूछा कि आपकी यह क्या न्याय-नीति है कि शिकायत करनेवाले की ही पिटाई करते हैं? तभी रंगस्वामीजी ने अपने इस बरताव का समर्थन करते हुए मुझे समझाते हुए कहा था कि जो कुछ आँखों को दिखाई देता है, वह अंदर से देखने पर झूठ भी हो सकता है और झूठ के हजारों 'सत्य' के मुखौटे हुआ करते हैं। यह वृद्ध वास्तव में खुद अपराध कर उसे अपने ऊपर

से टालने के लिए दूसरों पर डालने हेतु शिकायत दर्ज कराने आया था, जिसे थाना प्रभारी रंगस्वामीजी ने साक्ष्याधारों के साथ साबित किया।

उसी सन्निवेश में उन्होंने अपने व्यवसाय के लगाव में एक और घटना का वर्णन किया, जिसे सुनकर मेरी नस-नस काँप गई। कई बार ऐसा होता है कि साधारण सी लगनेवाली घटनाएँ भी एक लेखक के लिए आसाधारण लगती हैं, हिमालय की कुल्लू घाटी में घटनेवाला प्रेम, दुरंत या उन सबसे आगे मानव स्वभाव के दो विरोधी तत्त्व जहाँ कोमलता की चरम सीमा कठोरता में परिवर्तित हो सकती है या होती है, उसने मुझे हिलाकर रख दिया।

हिमालय स्वयं एक अद्‌भुत लोक है। चौदह हजार फीट ऊँचे रोहतांग पास में हम उन्माद में तिरते बैठे थे, तब एकदम हठात् से कोहरा छा गया और हिमपात होने लगा। हम वहाँ से किस तरह प्राण बचाकर लौट आए, यह एक पवाड़ ही था।

वहाँ से लौटते ही मैंने एक उपन्यास में छिपे उपन्यास की तरह इसे लिखना शुरू कर दिया। कहानी की विधा मेरे लिए अत्यंत प्रिय है। लिखते-लिखते एक लंबी कहानी का आकार धारण कर फिर अंत में एक छोटा उपन्यास ही बनकर तैयार हुआ। मनोविप्लवों के साथ बढ़नेवाली इस कथावस्तु के लिए मुझे आत्मकथन की शैली ही उचित सी लगी। गुल्वाडीजी ने अपने युगादि (चैती/गुड़ी पड़वा) के विशेषांक में इसे छापा। उपन्यास जनप्रिय बना, जिस कारण विशेषांक पुनर्मुद्रित हुआ।

जैसा पूर्व में निवेदन किया, यह नित नवीन बनता सा इसकी माँग कन्नड़ जनता में आज भी खूब है। इस उपन्यास पर फिल्म भी बन चुकी है। मैंने स्वयं उसका निर्देशन किया है। मैंने अपनी 28 वर्ष की अवस्था में यह उपन्यास रचा था। अब मैं 62 वर्ष का हो चुका हूँ।

प्रो. बी.वै. ललितांबा के प्रति, जिन्होंने मेरा निवेदन स्वीकार कर बड़े प्रेम से, निष्ठा से हिंदी में सुंदर-सुष्ठु अनुवाद कर दिया, मुझे हिंदी पाठकों का अंग बनाया, इसके लिए मैं उनका कृतज्ञ हूँ।

पूर्व में स्व. वी.आर. नारायण ने भारतीय ज्ञानपीठ के लिए मेरी एक

कहानी, 'भूमि गुंडगिदे' (धरती गोल है) का हिंदी अनुवाद किया था ('भारतीय कहानियाँ' में प्रकाशित)।

'आओ प्रिये, मधुचंद्र के लिए…' के पुनरीक्षण के समय माननीय मित्र डॉ. एच.एस.एम. प्रकाश, भूतपूर्व उप-निदेशक, भूविज्ञान विभाग ने उपस्थित रहकर हमें अपने सुझावों से संपन्न किया, मैं उनका आभारी हूँ। श्री सुनील मिश्रा ने इस उपन्यास की हिंदी आवृत्ति के लिए मेरे निर्देशानुसार रेखाचित्र रचकर सार्थक भूमिका निभाई।

उन्हें और मेरी श्रीमती वैज्ञानिक शोभा नागतिहल्ली ने उपन्यास के पुनरीक्षण कार्य के समय शुद्ध-स्वादिष्ट भोजन खिलाकर अन्नपूर्णा की सार्थक भूमिका निभाई, उन्हें और मेरे आत्मीय मित्र, जो कन्नड़ के नामी साहित्यकार हैं—श्री मुकुंदराज, ने कई प्रकार से सहकार दिया, उनका सहकार और सहयोग आवश्यक था, उन्हें और इस उपन्यास के हिंदी संस्करण को रूपायित करने में सहयोग करनेवाले सभी मित्रों के प्रति मेरा विनम्र आभार समर्पित है।

—नागतिहल्ली चंद्रशेखर

दूरभाष : 9845878899
nagathihalli.chandrashekhar@gmail.com
वेबसाइट : www.nagathihalli.com
फेसबुक : www.facebook.com/NomadChandru
ट्वीटर : @NomadChandru
इंस्टाग्राम : @nomadchandru

दो शब्द

इस अनुवाद के संदर्भ में, सन्मान्य डॉ. नागतिहल्ली का एक बहुमुखी व्यक्तित्व है; एक सक्रिय समाजसेवी, एक अच्छे साहित्यकार, कई तरह की भूमिकावाले फिल्मी व्यक्तित्व, एक प्राध्यापक (आज भी) टेंट सिनेमा के नाम से एक प्रसिद्ध केंद्र की रचना कर विश्व के कई भागों के छात्रों को फिल्म लेखन–अभिनय आदि क्षेत्रों से संबंधित भागीदारी का प्रशिक्षण देते हुए तथा ऐसे कार्यों में जुड़कर सेवा करनेवालों को अपना सहायहस्त प्रदान करते हुए नागतिहल्ली एक जीवंत 'कहानी' का व्यक्तित्व बने हुए हैं। सरकारी–गैरसरकारी क्षेत्रों में कोई ऐसा व्यक्ति नहीं, जो उनके नाम से परिचित न हो। भारत का क्षेत्र बहुत विस्तृत होने के कारण देश के अन्यान्य भागों की जनता तक मेरे अनुसार उनको परिचित कराना भी बहुत आवश्यक है। अतः उनका यह विशिष्ट जासूसी उपन्यास अब आपके सामने है।

—प्रो. बी.वाई. ललितांबा

अनुक्रम

कहानियाँ

1

नायक

'आओ प्रिये, मधुचंद्र के लिए…', मैंने अपने दिल में प्रेमपूर्ण कलश चढ़ाकर कहा।

'नहीं…'

'मैं', से मतलब उसका पति।

'वह' यानी मेरी पत्नी।

2 अक्तूबर को हमारी शादी हुई थी। मेरी कहानी बड़े ही रोमांटिक तरीके से शुरू हुई थी। शुरूआत ही शादी और हनीमून से हो जाए तो कौन खुश नहीं होगा? और आगे बढ़ते-बढ़ते लव, सेंटिमेंट्स, छोटे-मोटे फाइटिंग, सस्पेंस आदि बहुत कुछ है।

मेहरबानी कर आप इसे कोई फिल्मी डायलॉग न कह देना। कई जिंदगियाँ तो सिनेमा से बढ़कर अजीबोगरीब तरीके की होती हैं। मेरी जिंदगी भी इस तरह के कई अजीब हालातों से गुजर चुकी है। मुझे पता है कि आप मेरी इन बातों पर विश्वास नहीं करेंगे। आपको विश्वास दिलाने का हठ भी मुझे नहीं। आप मेरे दिल के गान सुनिए। वह एक मधुर गीत है। गीत में मधुरता होनी चाहिए। मतलब यह कि भाव में वेदना का मिलाप जरूरी है। आप भले ही प्रेमगीत गाइए, मगर प्रेम को संपूर्ण रूप से वेदना के सम्मुख रख दीजिए। जीवन इस तरह खिलता है। जो इनसान प्रेमगीत को 'थक थै' नाचता गाता है, जिस गाने में ताल का दिखावा है, वह प्रेमगीत, उसका प्रेमी दुर्भागी है। दिल के गाने नाभि से चुपचाप निकलेंगे, आंतर्य से स्वर फूटेंगे। समस्त चेतना श्रुतिसहित झनकारेगी; मेरे प्रेमगीत इसी तरह प्रस्फुटित होते हैं, आत्मा से स्वर

निकलते हैं। मेरे आत्मसात् करने पर मात्र मेरे हृदयांतराल में प्रेम की ज्योति प्रज्वलित होगी। कोई अव्यक्त पीड़ा अक्षरों से संयुक्त होकर भाव बनती है, भाव धारा बनती है।

इस धारा के जलप्रपात ने ही मुझसे 'आओ प्रिये, मधुचंद्र के लिए···' बनकर काव्यमय रूप से गवाया।

जीवन की सार्थकता भी इसी में है कि हम मनचाहे ढंग से, तृप्ति से जी सकें। मुझे अभी इसी क्षण मधुचंद्र के लिए निकलना चाहिए। मेरी प्रियतमा गुणवती, त्रिलोक सुंदरी पत्नी है, उसके साथ गर्व के साथ यात्रा करनी है। सफर भर मेरे तन-मन में फैले हजारों गानों में प्राण भरूँ। प्राकृतिक अनंत चेतना से अपनी प्रियतमा को परिचित कराऊँ। प्रेम का पाठ उसे पढ़ाऊँ। जीवन का सत्य प्रेम में ही स्थित है। यह पाठ मैं उसे बार-बार पढ़ाना चाहता हूँ। हर बात पर 'प्रेम' शब्द को बड़बड़ाता हूँ तो मैं कैसा हूँ? असाधारण रूपवान भी तो नहीं। मेरी लंबाई पाँच फीट तीन इंच है और वजन पैंसठ किलो। टेलर एक शेरवानी के लिए एक मीटर दस इंच और कुरता सिलाने के लिए दो मीटर कपड़ा माँगता है। कुछ मित्र मेरे चेहरे पर एक सौम्य भाव-स्निग्ध भाव को पहचानते हैं तो 'प्रीति' मात्र उसे बुद्धूपन-मूर्खता कहती है। मेरा माथा चौड़ा है। उसमें कौन सी बड़ी बात है! बाल ज्यादा गिरते हैं तो माथा चौड़ा दिखेगा ही। जरा सा उभरा पेट है, मगर फिर भी दुबला है। शाकाहारी आँखें हैं। मैं उन्हें मलता नहीं, तब भी वे फूली हुई सी लाल रंग की दिखती है, लंबी नाक है। चलते समय मैं चूँकि एक तरफ झुककर चलता हूँ, मेरे जूते एक तरफ घिस जाते हैं। चश्मा नहीं पहनता हूँ तो सिर में दर्द होता है। आज तक मैंने पाँच पैसे भी नहीं कमाए। बाप की कमाई से जायदाद बनी है, घर का इकलौता बेटा हूँ, इस वजह से मुझे कभी पैसों की कमी नहीं पड़ी।

कवि बनने की बुरी ख्वाहिश मेरे अंदर है। बहुत सारा कुछ-कुछ लिखकर भेजा है। वह सब लौटकर आया है। मुझे इस संसार पर गुस्सा है। मैं अपनी कविताओं का आदर करता हूँ। मुझे इन पर गर्व है। मैं उन्हें गा लेता हूँ। मैंने जितना भी लिखा है, उन्हें गा सकता हूँ।

मैं जिस यजदी बाइक से प्रेम करता हूँ, वह हमेशा मेरे पास होती है। सिनेमाई हीरो की तरह इससे मैं रेलवे गेट लाँघ नहीं सकता, एक ही पहिए से चला नहीं पाता, भले ही पेट्रोल खत्म हो जाए, सड़क पर खराब हो जाए, तब भी मैं स्पर्धा में नहीं जीत पाऊँगा।

मगर मैं औरत से प्यार कर सकता हूँ।

प्रेम के बारे में मैं तूफान हूँ।

मैं उतना सुंदर नहीं हूँ तो क्या मुझे प्रेम करने का हक भी नहीं?

तब क्या मोहब्बत करने का हक खूबसूरत लोगों का ही है? झूठ है।

मोहब्बत करने का हक मेरा है। मेरे भावों के बहाव को नीचा दिखाने का किसी को हक नहीं। मैं प्यार करता हूँ। मैं 100 फीट रोड पर अभी चला रहा था। हनीमून के लिए निकले मेरे सीमातीत संभ्रम को देखकर यदि कोई हँसे, खिंचाई करे तो करें, मुझे इस बात की जरा-सी भी हिचक नहीं थी। अपने इस उत्साह में मैं नाश्ता-पानी करना भी भूल गया था। हजारों सपनों का सरदार मैं था। आशा के घोड़े दिगंत की तरफ तेज भाग रहे थे। कभी कुछ ऐसी हिचक होने पर कि पाँव टूटकर किसी घाटी में गिर जाएँ तो क्या हो··· ?, तब भी नहीं···। नहीं···। मैंने सोचा कि भ्रामक खतरों से डरकर मैं अपनी इच्छाओं से दूर नहीं हो सकता। इसी तरह की कई बातें मन में भरकर सुध-बुध खोकर मैं आगे बढ़ रहा था तो सामने से आते डेविड से मैं टकराया। उसने भी मेरी इस हालत को शायद पहचान लिया। जान-बूझकर उसने मुझे घूँसा मारा।

'विवेक, जमीन को देखकर चल। लगता है, तुम आसमान में उड़ रहे हो,' कहते हुए डेविड ने उसकी खिंचाई की।

डेविड मेरा जिगरी दोस्त है। उससे क्या छिपाऊँ। मैंने उससे हनीमून प्रोग्राम के उत्साह को प्रकट कर दिया।

उसकी आँखें चमक उठीं।

उसने कहा, 'चलो, कॉफी पी लेंगे।'

'सच कहूँ तो अभी मेरे पास फुरसत नहीं।' मैं अभी प्रीति से मिलने निकला था' पर डेविड भी मेरा आत्मीय है। मैं भी उससे नरम होकर बात

करता हूँ, वह दु:खी मन से उसको इनकार कर जीवन को कड़ुआ कर देता है। कई बार तो मुझे खुद भी लगने लगता है कि मेरी सब बातें वहम से भरी हैं और डेविड की बातों में सच्चाई है। अपनी डार्लिंग से मिलने मैं निकला था, मगर डेविड के साथ कुछ समय बिता लेने का मैंने निर्णय लिया।

हम लोग 'रम्या' रेस्तराँ में जाकर बैठे।

डेविड ने कुछ खाने की इच्छा जताई। लगा, वह कुछ बातचीत करने के मूड में है। मैंने हामी भरकर रवा दोसे का ऑर्डर दिया।

उसने खिंचाई की हँसी के साथ कहा, 'कुछ भी कहो यार···। दो प्रेमी जीवों के बीच कभी शादी नहीं होनी चाहिए।'

मैं चौंक गया। मैंने सिर खपाकर जानने की कोशिश की, इसके मुँह से ऐसी बात क्यों निकल रही है? शायद वह मेरी घबराहट का मतलब समझ गया।

उसने मेरी पीठ ठोंककर मुझे हँसा दिया। कहा, 'अरे विवेक, तुम्हारी शादी प्रीति के साथ हो गई है। वह तुम्हारे साथ जिंदगी भर रहेगी। 2 अक्तूबर को तुम्हारी शादी हुई और तुम छह तारीख को हनीमून के लिए निकल पड़े हो। तुम्हारे सारे सपने तुम्हारी हथेली पर हैं, फिर यह घबराहट किसलिए? इतना भारी संभ्रम?'

'मेरी आँखों में वही भरी है। मैं उसे हर मिनट सुखी रखना चाहता हूँ।'

मैं भरपूर हँसा।

'मेरी वजह से तुम्हें कष्ट हुआ। तुम अपनी श्रीमतीजी से मिलने निकल पड़े थे और पंद्रह मिनट रुक जाओ, मैं फिर भेज दूँगा। ठीक है न?' उसने कहा।

मेरे अंदर कुछ पापप्रज्ञा जाग्रत् हुई। मेरी शादी में वीडियो कैमरा लेकर कितनी दौड़-धूप करता रहा यह डेविड, फूलों को सजाया मनु ने बसण्णी शहनाई और ढोल वादकों का इनचार्ज रहा, सारंगधर ने ब्लू वायस ऑरकेस्ट्रा वालों को बुलाकर गाने की व्यवस्था की, मेरी शादी में इन सबने कितनी सारी मेहनत की, उन सभी को धन्यवाद जताकर, बुलाकर नारियल-पान का तांबूल देना था।

मेरा उधर ध्यान ही नहीं रहा, ऐसा क्यों? क्या सभी अपने डेविड के सामने स्वार्थी बनकर शादी में अपना आपा खो जाते हैं या मेरी अकेले की ही यह हालत थी। बहुत ही हनीमून की बात कर रहा हूँ। संभ्रम के साथ शादी हुई। क्या मेरी शादी में सहकार देनेवाले लोगों का मैंने आभार जताया? नहीं 'क्या सोच रहे हो यार?' डेविड ने छेड़ा।

'तुम सबने मेरी शादी में कितना सहयोग किया?'

डेविड के सामने स्वार्थी बनकर हनीमून की बात कर रहा हूँ। वैभवपूर्ण तरीके से शादी हुई। मेरी शादी में आगे बढ़कर मदद करनेवाले लोगों को नारियल, पान-पत्ते का तांबूल देकर सम्मान करना था। मेरा उधर ध्यान ही नहीं रहा। शादी में हम लोग अपना आपा खो लेते हैं, क्या यह ठीक है? मैंने उनका आभार जताया नहीं। डेविड के सामने स्वार्थी बनकर हनीमून की बात कर रहा हूँ, तभी डेविड ने कहा, 'क्या सोच रहे हो, यार?'

'उसके लिए 'थैंक्स' की कोई जरूरत नहीं। तुम्हारे पिताजी ने पैसे देकर भी थैंक्स कहा है! मनु, सारंग, बसण्णी इन सबका अकाउंट चुकता किया है।'

'वे बड़े व्यवहारकुशल इनसान हैं।'

'और क्या, तुम्हारी तरह नहीं छपनेवाली कविताओं को लिखते बैठना था क्या?'

'देखते रहो, मेरी कविताओं को छापने का भाग्य इन अहंकारी एडिटर लोगों को मिलेगा।'

रवा दोसा आ गया। टेबल से लगे पड़े रवा दोसा के किनारे को मोड़ते हुए एक संत के अंदाज में डेविड ने कहा, 'विवेक, तुम्हें सुखी वैवाहिक जीवन मिले।'

पता नहीं, उसने इस तरह क्यों कहा, 'उसकी आवाज में मैंने एक विषाद को पाया। अपनी कटी दाढ़ी को मलते हुए सिगरेट का धुआँ छोड़ते हुए उसके कहने का ढंग कुछ इस तरह रहा, 'मुझे तो सुखी वैवाहिक जीवन नहीं मिल सका, तुम्हें तो मिले।'

पता था कि डेविड हतभागी था। वह अपनी बीवी से बहुत प्यार करता था।

खूब गिटार बजा सकता था। बहुत करके उस गिटार ने ही उन दोनों को जोड़ा भी था। यही नहीं, ये दोनों जिस गिटार की वजह से पास आए थे, उसी ने उन दोनों को अलग भी करा दिया। उनके यहाँ लड़के गिटार सीखने आया करते थे। उनमें से एक लड़का, जिसका नाम रॉबर्ट था, उसके साथ डेविड की पत्नी का प्रेम पनपा। फिर एक दिन वे दोनों भाग गए। डेविड की जिंदगी बरबाद हो गई।

ये सब नजदीक से देखता आया हूँ। मुझे उसे देखकर बहुत दुःख होता है।

गर्वित होते हैं मेरे जैसे लोग कामवासना की मंजिल तक पहुँचने के लिए। एक बारगी लक्ष्य तक छलाँग लगाते हैं। आज भी वह यह बात मानने को तैयार नहीं कि उस औरत ने उसे धोखा दिया। वह कहता है कि 'यह सब अपनी-अपनी पसंद की बात है। उसे मेरी जरूरत नहीं रही, मुझे त्यागकर चली गई। मन के इनकार करने के बावजूद पिलपिलाती आँखों से देखते जीने से भी अपनी पसंद की जगह जाकर जीना बेहतर होता है। मुझे उससे कोई दुश्मनी नहीं है।' इस तरह उसने बहुत सारी बातें की थीं। झूठ है, उसकी छाती में आग है, असहायकता है। यह मैं जानता हूँ।

मैंने धीमे से कहा, 'डेविड, तुम्हारी बातें सुनने का मन कर रहा है—विवाह, पत्नी, प्रेम, जिंदगी। इस तरह कुछ बात करो, प्लीज!' डेविड हँसा, 'नहीं विवेक, पत्नी से मैंने डिवोर्स लिया है, हनीमून के लिए निकले तुम्हारे साथ कुछ भी बोलूँ, वह ठीक नहीं, वह तुम्हें कड़ुवा लगेगा।' तभी मैंने उसे रोककर कहा, 'नहीं, नहीं। तुम्हें कहना ही पड़ेगा, वह कितना भी कड़ुवा लगे, मगर वह तुम्हारा भोगा सत्य है, मैं सत्य की प्रशंसा करता हूँ। अनुभवों का आदर करता हूँ। पता नहीं क्यों, मुझे तुम्हारे कड़ुवे अनुभवों को ही सुनने का मन कर रहा है।'

उसने मुझे एकटक देखा। उसे लगा होगा कि मैं एक अजीब सा इनसान हूँ। उसने दोसा खाना छोड़कर गंभीर मुद्रा में शुरू कर दिया, 'इनसान एक कुतूहलपूर्ण जीव है, कुतूहल के कारण वह क्या कुछ नहीं करता। पाठशाला में विद्या को ढूँढ़ा, मंदिर में सत्य को ढूँढ़ा, औरत में प्रेम को, वासना को ढूँढ़ने

जाता है। मैं यहाँ पर इनसान शब्द के द्वारा पुरुष मात्र को उद्देशित कर कह रहा हूँ, क्योंकि औरत इनसान नहीं, वह एक हीन विषजंतु हुआ करती है; नहीं फिर वह सहनशील माँ होती है। वह समय साधनेवाली, अवसर की ताक में रहनेवाली अबला, बेसहारा, माँ, देवता होती है, यह सब सत्य है।'

'कहो, खुलकर कहो, इस तरह कहो कि मेरी समझ में आ सके।'

'नहीं विवेक, औरत किसी की समझ में नहीं आती, पुरुष-शासित समाज में औरत रोती रही है। हर हिंसा को वह सहती रही है। उसके साथ ही अपने में स्थित आकर्षण को पूँजी बनाकर वह पुरुषों के मध्य लड़ाई छिड़वाती रही है, खून की नदी बहाती रही। बलवान इनसान के अंतःपुर में बैठकर नाचा-गाया है। पुरुष के प्रति असह्य भाव रखकर भी वैसे हा-हू कर, कराहकर भ्रमित पुरुषों को उद्रिक्त कराया है। उसे पता है कि उसके स्तनद्वय के लिए पुरुष की लार टपकती है। वह जानती है कि उसके अपने अंदर के शून्य साम्राज्य को छूने को पुरुष कातर रहता है।'

'तुम कामवासना की ही बात कर रहे हो। मेरे प्रेम के बारे में कहो, डेविड। तुम जानते हो कि मेरा प्रेम कितना परिशुद्ध और स्वार्थरहित है। प्रेम यानी आराधना ही तो है। मैंने प्रीति की कितनी आराधना की!'

डेविड ने मेरी बातचीत बीच में ही काटकर कहा, 'रुक, अभी तू बहुत छोटा है। मेरी बात पूरी-पूरी सुन। सभी पुरुष देर से सही, मेरे इन निर्णयों पर पहुँचेंगे ही। औरत और मर्द के बीच बने इन कुतूहलों की वजह से ही इस रहस्य मंदिर का निर्माण हुआ। पुरुष-महिला के बीच संबंधों का परमोच्च लक्ष्य कामवासना है। तुम जैसे लोग प्रेम के चारों तरफ दुर्गम मार्ग से गुजरकर पहुँचते हैं। मार्ग में बहुत दूर चलकर थककर गिरते हुए अपने त्याग पर खुद ही घमंड दरशाते हैं। मेरे जैसे लोग वासना का गंतव्य छूने के लिए सीढ़ियों का इस्तेमाल नहीं करते। एकबारगी लक्ष्य की तरफ फुदक जाते हैं, फिर भी हम दोनों का एक ही उद्देश्य होता है।'

मुझे दुःख हुआ, मैंने चीखा, 'डेविड, तुम यह क्या बात कर रहे हो! तुमने भी तो एक बार प्यार किया था न? याद करो वे दिन···'

डेविड शून्य मन से बोला, 'मुझे याद करने की जरूरत नहीं, वे अभी भी जाग्रत् ही हैं, मैं यह भी जानता हूँ कि वह मुझे छोड़कर चली क्यों गई। उसे मैं आजकल उबाऊ आलसी-सा लगा होऊँगा। गृहस्थी में पति-पत्नी को बहुत ही सावधानी बरतने की जरूरत होती है। एक-दूसरे से ऊबते ही प्रेम का नाश हो जाता है। द्वेष अंकुरित होता है, किट-किट शुरू हो जाती है। रोज ही झगड़ा होता था। मुझे लगा था कि वह भाग जाएगी।'

'तुम उसे रोक सकते थे न?'

'किसको क्या पता? कौन जाने, शायद मेरा मन भी अंदर-ही-अंदर यह चाह रहा होगा कि वह भाग जाए। मन इसी तरह का होता है। गृहस्थी को यदि उबाए बिन रखना चाहो तो कुछ-न-कुछ करते रहना चाहिए, विवेक। एक सुंदर सा छोटा सा उपवन, एक सुंदर ग्रंथालय, एक हँसता-हँसाता बच्चा और इस तरह प्रेम नामक चीज जब दस दिशाओं में फैलती नहीं, तब पति-पत्नी दोनों को घुलना पड़ेगा। कामवासना चार दिन रहती है, फिर एक-एक अन्य रुचियों को विकसित करना चाहिए, हमारे साथ इस तरह विकसित नहीं हुआ। निर्लिप्त होकर सब खोलकर सोती वह मुझे एक लकड़ी के ठूँठ सी लगने लगी थी, फिर वह संपदा देने से भी कतराती। मुझे उससे माँगने का मन नहीं हुआ, मगर जिस दिन वह भाग गई, तब लगा कि मैंने कुछ खो दिया और मैं खूब तड़प उठा।'

उसकी बातों से मैं बहुत बेचैन हो गया। चाय आ गई। दोनों ने चाय ली। मुँह के दोनों तरफ से आवाज करते पीने लगे। आवाज से आवाज मिलकर लयबद्ध होने लगी, तब मैंने जरा रुक-रुककर पूछा, 'डेविड! क्या मेरे जीवन में भी इस तरह का बुरा अंत आनेवाला होगा?'

उसने कहा, 'मैं भविष्य बताना नहीं जानता। इतना मात्र कहूँ कि ऐसा न हो, बस। प्रीति अच्छी लड़की है। तुम उससे भी ज्यादा अच्छे हो, मगर इनसान की अच्छाई-बुराई हर समय एक जैसी नहीं होती। तुम्हारी अच्छाई उसके लिए बुराई सी दिख सकती है। उसके बुरे गुण तुम्हारी आराधना में अच्छाई बनकर प्रकट हो सकते हैं।'

'तब गृहस्थी का क्या मतलब हुआ?'

'अपने अनुसार बताऊँ? प्रेम कामवासना के कुतूहल से पुरुष विवाह नामक महाद्धार से दांपत्य मंदिर में प्रविष्ट होता है। बलि के बकरे की तरह उस दिन पुरुष खूब नहा-धोकर, सेंट लगा अंगांगों को खूब मलकर तैयार होकर आता है। औरत उसके आगमन की राह देखनेवाली सी रेशम की साड़ी पहनकर, दूध का गिलास हाथ में लेकर इंतजार करती है। इन दोनों के परस्पर कुतूहलपूर्ण आगमन का वर्णन कुछ शब्दकोश 'प्रथम रात्रि' के नाम से करते हैं। वह धीरे से उसके अंदर प्रविष्ट होता है। वहाँ मंदिर की अंदरूनी दीवारों को देख चकित होता है। अंदर के नयन मनोहर विन्यासों को छू-छूकर हर्षित होता है। वह यह सोचकर दुःखी होता है कि इतने दिनों तक मैं कैसे इस सुख से वंचित रहा? यह मानकर कि यह सारी संपदा मेरी अपनी है, उसे फिर छूकर, मसलकर उछलता रहता है। उस जमीन को छूने की चपलता से गर्भगृह तक जाता है। सुख की मादकता में तिरता और अपनी विजय मानकर गर्व करता है।

'मगर···मगर यह सुख, यह चमत्कार, गर्व बहुत जल्दी ही लगने लगता है कि इतना बस हो गया, मुझे मंदिर से बाहर निकल जाना होगा। वह उसके लिए मार्ग ढूँढ़ने लगता है, मगर बाहर जाने का मार्ग न पाकर गिरता है, चीखता है, उसे दरवाजा नहीं दिखाई देता, ढूँढ़ते-ढूँढ़ते और नीचे उतरकर गर्भगृह में प्रविष्ट होता है। धीरे से वही उसका शाश्वत कारागार बनता है। बिना परिश्रम बाँधने के अहंभाव में औरत नहाकर सिंदूर लगाती है, पुरुष पिंजरे में बंद होकर बाहर आ नहीं पाता, गल जाता है, मेरी तरह विनष्ट होता है।'

डेविड की चाय और बातें एक साथ खत्म हो गईं। उसकी सब बातें बंदूक की गोली बनकर सीने में अटक रही थीं। मैं सँवर रहा था। अचानक डेविड ने अपनी आवाज बदल दी, 'ठीक है···। आय एम वेरी-वेरी सॉरी। मैं कुछ-कुछ बोल गया। इस तरह मैं कभी-कभी मुझे जो लगता है, वह बोल देता हूँ। उसे रहने दो, प्रीति सिस्टर इतनी जल्दी हनीमून के लिए कैसे तैयार हो गई? मंदिर, रिश्तेदार, शहर के सभी मित्र लोग इन सबसे मिल चुकी है क्या?'

मैं तब वर्तमान में पहुँचा। 'नहीं भाई, वह हठ पकड़कर बैठी रही कि वह नहीं आएगी, मगर मैं अड़ गया। रेल में किसी से संपर्क साधकर रिजर्वेशन भी करवाकर आया, अब उसे मनाकर ले चलना होगा।'

'तुम बहुत हठी हो भाई! हो आओ। मैंने बेकार की बातें कीं। न चाहकर भी ऐसी बातें जबान पर आ जाती हैं। कृपा कर वे बातें यहीं पर भुला दो। मेरी कठोर, किंतु सच्ची बातों से तुम्हारे मीठे सपनों का लोक खराब न होने पाए।'

वह उठा, मेरे मना करने पर भी उसी ने बिल भरा। होटल से बाहर निकलते ही हम अपने-अपने मार्ग पर निकल पड़े। उसकी बातें मेरे मन में बजने लगीं। दर्द महसूस होने लगा कि जेब में रिजर्वेशन टिकट दब रहा है, मैं तेज कदमों से चलने लगा।

पहली मंजिल के एक कोने के कमरे में मैं अब उस भयानक मौन में डूबे घर में तेजी से प्रविष्ट हुआ। एक समय वह मेरी बुआ की बेटी 'प्रीति' का घर था। अब वह मेरी पत्नी का घर है। कितने सारे अवतार लेता यह घर। हर बार यहाँ आते हुए मुझे यह नया लगता है। घर की छत को ढोते ये दैत्य खंभे धड़ाम से खड़े हैं। काफी बड़ा ओसारा है। इस बड़े घर में प्रीति नामक फूल खिलकर खड़ा हुआ है। माँ, बाप और कुछ नौकर-चाकरों को छोड़कर इस घर में और कोई नहीं। इस बड़े बँगले के किसी एक कोने के कमरे में प्रीति है। अपने बाप की धूपबत्ती फैक्टरी सारे व्यवहारों की निगरानी रखती है। मुझे पता है कि उसके पिता अपनी बेटी की खूब प्रशंसा करते कहते हैं कि मेरी यह बेटी किसी बेटे से कम नहीं, मगर मुझे लगता है कि लड़की को बही-खाता देखते बैठने से भी घर-गृहस्थी करती औरत बन खुशी से रहेगी, काफी धूपबत्ती कारखाने के नौकरों को, तनख्वाह बाँटने उसे बैठने की क्या जरूरत है? जो नौकर ज्यादा तनख्वाह माँगे, एक दिन नौकरी से छुट्टी लेनेवाली औरत के ऊपर रोब दिखाकर, तनख्वाह काटने अपने पिता के पास सिफारिश करती है। बहुत कंजूस है। वह ठीक, अब मेरे घर की भी वह मालकिन बन गई है। मेरे माता-पिता तक 'प्रीति' का प्रेम से घर में स्वागत करते कहते हैं, इतना क्या कम कि बहू तो बुद्धिमान है, यह हमारा बेटा एक दिन के लिए भी दुकान पर

आकर नहीं बैठा, एक दिन भी जाकर किराया वसूल नहीं किया। दोनों घरों की जायदाद यह लड़का नहीं सँभाल पाएगा, इसमें वह ताकत नहीं। आखिर हम कितने दिन के मेहमान हैं? प्रीति ये सब सँभाल लेगी आदि। इस तरह सब सोचते हुए ही मैं प्रीति के कमरे के अंदर प्रविष्ट हुआ था।

आरामकुरसी पर बैठी वह फाइल देख रही थी। वह अपने को इस देश का प्रधानमंत्री समझती है। वही एक अच्छी पुस्तक लेकर क्यों नहीं पढ़ती? मैं उसके पीछे से जाकर उसकी आँखें बंद कर डराकर एक छोटा रोमांस करने के मूड में था। लगा नहीं कि बुआजी वहाँ थीं, मैं चोरी-छिपे धीमे से चल रहा था कि तभी प्रीति ने दीवार की तरफ मुड़कर ही 'कब आए?' कहा। मैं निराश हो गया। कहा, 'अरे हाय···। मैं तुम्हें डराना चाहता था।' और उसने घमंड में कहा, 'वह सब नहीं चलेगा।'

'कॉफी बनाकर लाऊँ?' पूछा उसने, फिर संभ्रम से उठकर मेरे गले को अपनी बाहुमाला से घेरा। मैंने उसमें सस्पेंस पैदा करते हुए कहा, 'अरे, कॉफी की क्या बात? मैं जो मीठी खबर ले आया हूँ, उसे सुनकर मुझे हजार चुम्मा दोगी।'

'वह क्या है, बोलो तो?' वह मेरे आगे कॉलर पकड़कर गिड़गिड़ाती रही और मैं कुछ देर उसे सताता रहा, फिर कहा, 'वह एक गुड न्यूज है, तुम्हारे लिए सिर्फ···। सासूजी को बुलाओ, ससुरजी भी आ जाएँ, सबके सामने बताऊँगा।'

अब प्रीति गिड़गिड़ाने लगी। यह कितनी सुंदर है! विभिन्न भाव और व्यवहार जब सुंदर महिला में आते हैं, तब उसकी खूबसूरती भी कई तरीके से दुगुनी हो जाती है। मैं उस मायास्वरूप को अपनी आँखों में भर रहा था। 'वह क्या है, कहो न?' कहते हुए वह गिड़गिड़ाती और मुझे वह अच्छा लगता। मैंने उसे आदेश दिया कि 'पहले ये फाइल फेंको।' मीठी खबर सुनने की ख्वाहिश से उसने यह सब किया, फिर मैंने उससे कहा कि मेरे चेहरे पर त्रिकोनाकार तीन चुम्मा दो—माथे पर, फिर दोनों गालों पर।' उसने वह भी किया। मैंने यह घोषणा की कि मैं भी एक चुम्मा दूँगा; और उसके होंठों को

फूल सा चुम्मा दिया। अब उसने जोर देकर कहा, 'अब ये सब बंद करो, वह मीठी खबर क्या है ?, बताओ तो ?' मैंने कहा, 'तू ही सोचकर बता कि वह चीज क्या है ?' उसने कहा, 'कोई गहना लाए होंगे ?' मैंने अपना माथा पीटा।

'नया फ्लैट खरीद लिया होगा ?' मैंने सोचा, 'हाय रे मेरा दुर्भाग्य !'

'विवेक ट्रेडर्स का बहुत नफा निकला होगा ?' उसकी इन बातों से मेरा सारा उत्साह ठंडा पड़ गया। मैं चुपचाप खड़ा रह गया। गहना, फ्लॉट आदि इन वस्तुओं को ही मीठी खबर माननेवाली इस धनवान महिला से मैं अभी जो मीठी खबर ले आया हूँ, वह क्या सच में उसे मीठी लगेगी ? फिर मैंने अपनी जेब से रेल टिकट निकालकर उसके हाथ में लगने न देकर कहा, 'रिजर्वेशन, आरक्षण करवाकर आया हूँ। परसों रविवार की सुबह के दस बजे हमारे हनीमून की यात्रा शुरू होगी।' उत्साह के ठंडा पड़ने की बारी अब उसकी थी। उसने बहुत शोर मचाया। कहा, 'मैं नहीं जाऊँगी, तुम अकेले ही जाओ।' मैंने प्यार से कहा, 'अकेले जाने से वह हनीमून नहीं होता, देश घूमना होता है, बस।'

मैं उससे पूछे बिना टिकट ले आया था, इससे उसे गुस्सा आया था, वह चुपचाप बैठ गई। इस तरह वह कई बार गुस्से में बैठी है, मैं भी हर बार उसे प्यार से मनाता रहा हूँ।

मैं कुछ चिढ़कर बोला, 'हनीमून के लिए बुलाने पर रोकर बैठनेवाली बीवी को मैं आज पहली बार देख रहा हूँ।'

वह भी चिल्लाई, 'शादी के एक सप्ताह में ही हनीमून के लिए निकल पड़े, पति को भी मैंने आज पहली बार देखा है। मुझसे पूछे बिना रिजर्वेशन क्यों करवाया ? अभी चामुंडी पहाड़ जाकर पूजा नहीं करवाई, श्रीराम मंदिर नहीं गई; मेरी सहेलियों से, रिश्तेदारों से बात नहीं की, रिजर्वेशन रद्द कराओ, मैं नहीं जाऊँगी।'

'अरी, नहीं-नहीं, आरक्षण बहुत मुश्किल से मिलता है। लौटने के बाद हम मंदिर जाएँगे, कौन मना करेगा ?'

'अब ट्रिप किस जगह के लिए बनाया है ?'

'कुलू वैली।'

'कुलू वैली ?'

'हाँ, कुलू वैली!' कहकर कुछ देर तक शांत रहकर फिर छत की तरफ निहारकर कुलू घाटियों का वर्णन करने लगा। उसने पूछा, 'वहाँ है क्या ?'

'गहरी घाटी हिम पर्वतों की श्रेणियाँ। गरम पानी के फौव्वारे, रोरिच का आर्ट म्यूजियम···एक-दो···। कितने सारे।'

'उसमें कितना पैसा खर्च होता है ?' यह प्रश्न सुनकर मेरा पारा चढ़ गया, मगर इस धनवान् महिला के आगे मेरा गुस्सा नहीं चलेगा, तुरंत मैंने कहा, 'देख प्रीति! इस पर दस हजार रुपए भी खर्च हो जाएँ तो भी कोई बात नहीं, वह मैं दूँगा, हनीमून का महत्त्व है, पैसों का नहीं। तुम यह बात बहुत खींच रही हो।' बड़े ही दर्द से विवेक बोला। उसने भी जवाब में कहा, 'तुम भी बहुत बढ़-चढ़कर बोल रहे हो। यहीं पर नंजनगूड़ है, वृंदावन गार्डन है, बेलूर, हळेबीड है। उसे देखने से हनीमून क्यों नहीं होता ? वहीं पर जाना है क्या ? दस हजार रुपए! तुम्हारे रुपए भी तो मेरे ही हैं।'

तभी सासूजी आ गईं। शायद उन्होंने सबकुछ सुन लिया था। बेटी को उन्होंने धमकाकर कहा, 'वह तुम्हें इतने प्रेम से बुला रहे हैं। जाओ। बहुत दिखावा करती है। इतनी ज्यादा कंजूसी ठीक नहीं।' अब मेरी भी कुछ हिम्मत बनी, कहा, 'देखो, तुम एक पैसा भी नहीं ले जाना, सारा खर्च मैं करूँगा।' विद्यार्थी-काल में कुलू वैली गया था, जानती हो, वह एक स्मरणीय, नयन मनोहर स्थान है। शायद तुमने अपने जन्म में ऐसी जगह नहीं देखी। वहाँ जाने के बाद तुम ही कहोगी, मैं यहीं रह जाऊँगी। बस, वहाँ पर प्रीति नामक महारानी को मधुचंद्र यात्रा के लिए मनाने के प्रयत्न सफल हुए।

□

2

ट्रेन खड़ी थी

वह मुझे महत्त्वपूर्ण इच्छा की तरफ ले जानेवाले राजमार्ग मार्ग की तरह खड़ी थी। दुकान के मजदूर लड़कों ने सूटकेस, खाने के नमकीन आदि से भरी टोकरियाँ उठाकर कंपार्टमेंट में रखीं। डेविड प्रीति को अपने साथ एक ओर ले जाकर कुछ-कुछ समझा रहा था और क्या कहेगा—यही कहा होगा कि पति की अच्छी देखभाल करो। 'विवेक एंड फैमिली' के चार्ट लगी सूची में ढूँढ़ने और लगेज गिनने में मैं लगा हुआ था। मेरे पिता-माता; उसके पिता-माता, उनकी दुकान के लड़के, बसण्णी, डेविड, प्रभु, मनु, उसकी कॉलेज की सहेलियाँ आदि सभी आए थे। सभी प्रीति को समझा रहे थे, उससे मुझे गर्व सा महसूस हुआ, वे कह रहे थे, 'तुम हठी स्वभाव की लड़की हो, कंजूस भी, वहाँ हर जगह पैसे का हिसाब लगाते नहीं बैठ जाना। उनके साथ हँसती-बोलती रहना,' आदि। दोनों परिवारों ने भरकर दी गई खाने की चीजों की टोकरियाँ काफी वजनदार थीं। प्रीति खूब गहनों से लदकर महारानी सी लग रही थी।

पता नहीं क्यों, ट्रेन के निकलने की सीटी के बजते ही सासूजी की अच्छाई, ससुर के वात्सल्य ने मुझे भावुक बना दिया। सीधे उनके चरण छू लिये। हो सकता है, आँसू की दो बूँदें भी उनके चरणों पर गिरी हों। उसमें भी मेरी सास मेरी माँ जैसी ही थीं। मेरी इस हनीमून यात्रा में प्रीति को उन्होंने ही मनाया था। उसके बाद मैं अपनी माँ के गले लग गया।

उन्होंने मेरे बाल सहलाकर कहा, 'विवेक! उसको दुःखी मत करना, माँ-बाप की इकलौती बेटी है, बड़े सुख में पली है। उसके साथ सुलझकर

चलना।' मेरी आँखें भी भर आईं। उन्हें दूसरों की आँखों से बचाकर पोंछ लिया।

डेविड ने पूछा, 'कब लौट रहे हो? जिस दिन लौटोगे, मैं स्टेशन पर आ जाऊँ?' मैंने कहा, 'प्रोग्राम के हिसाब से हम अठारह तारीख को लौट आएँगे। कुछ भी हो, मैं फोन पर तुम्हें बताऊँगा।' डेविड अपने साथ ऊन का एक स्वेटर लेकर आया था, उसे मुझे देकर बड़े प्रेम से कहा, 'वहाँ पर बहुत ठंड होती है। इसे अपने साथ ले जा।' मैंने इनकार करते हुए उससे कहा कि मेरे पास है, इसलिए इसकी जरूरत नहीं है, मगर वह माने, तब न?' उसने प्यार से कहा, 'इसे रखो भाई। जब ठंड लगे, तब पहन लेना। मेरी याद आती रहे, फिर मेरे कानों में फुसफुसाकर कि मैंने रम्या रेस्तराँ में पत्नी, गृहस्थी आदि के बारे में जो कुछ कहा था, उसपर सिर मत खपाओ। वह तो मेरा देखा-भुगता सच है। तुम्हारा जीवन सुखी हो।' तब तक मेरे पिता ने आकर पूछा, 'पैसे, ट्रैवेलर चेक वगैरह ले लिया है न? और भी कुछ पैसे दूँ?' मेरे मुँह से शब्द ही न निकले। मेरे चारों तरफ कितना प्रेम देनेवाले लोग हैं। प्रीति और मुझे विदा करने मैसूर के दो संभ्रांत परिवारों से आए इन लोगों के कारण मुझे ऐसा लगा, मानो पूरा मैसूर ही रेलवे स्टेशन पहुँच गया है।

'बाबूजी, मेरे पास काफी पैसे हैं। आप दुकान के चक्कर लगाकर ज्यादा थकना नहीं। लौटते ही मैं जरूर दुकान पर आ जाऊँगा।' मेरी आवाज में दृढ़ता थी। उन्होंने जोर से हँसकर कहा, 'वाह! मेरी बहू का तुम पर इतनी जल्दी असर पड़ गया।' उनकी हँसी की परतें शायद इंजन ड्राइवर को सुनाई पड़ीं, ट्रेन चल पड़ी। हमने हाथ हिलाया।

मैसूर से निकलते ही मुझे अपनी मातृ जड़ से विलग होने के भाव से आसमान पर छलाँग लगाने जैसी घमंड और तड़पन एक साथ होने लगी। मैंने आखिरी बार आतंक-आनंद से परिपूर्ण पिता, माँ, सास-ससुर के चेहरे, डेविड का स्थितप्रज्ञ सा चेहरा, बसण्णी, प्रभु, मनु आदि की नटखट मुसकराहट को एक साथ तेजी से अपने मन में भर लिया। मैं जानता था कि इस तरह के दृश्य जीवन में बार-बार पुनरावर्तित नहीं होंगे। जो आवर्तित नहीं होंगे, वे अनमोल होते हैं, इसीलिए हमें विदा करने आए उन सभी लोगों को मन में ही नमन

किया। ट्रेन तेजी पकड़ने लगी थी, इसलिए ये सब चेहरे मुझसे दूर, और दूर होने लगे थे।

मैंने कहा, 'अंत में मेरी ही जीत हुई।' मैंने खुशी से माथा ऊपर कर, कालर को ऊँचा चढ़ाकर विजय की हँसी बिखेर दी। ट्रेन संध्या समय 4 : 15 पर छूटी थी। सच में मेरा अहंभाव जाग्रत् हुआ था। 'रिटर्न जर्नी का भी आरक्षण हो गया है क्या ? जरा वापसी का टिकट तो दिखाओ।' प्रीति ने पूछा तो मैंने कहा, 'हाँ, सबकुछ तैयार है। टिकट सूटकेस के तल में रखा है। बाद में देख लेना। अब सब खोलकर बिखेरना नहीं। लो, यह पुस्तक पढ़ो। अच्छी है।' 'अन्न केरेनीना' मैंने उसके हाथ में पुस्तक दी और उसने पूछा, 'इस पुस्तक का क्या दाम है ?' फिर मैंने कहा, 'यह छोड़ो कि मैंने इस पर कितना पैसा खर्च किया! इस पुस्तक को तो पढ़ना चाहिए,' मगर उसने नहीं पढ़ी। पुस्तक के पन्ने उलटती रही, कुछ फ्लैश बेक सिर में भर गए।

हम दोनों बालापन के दोस्त हैं।

हमारा पुराना पारिवारिक संबंध है। हम दोनों साथ-साथ पले-बढ़े हैं। मैंने उसे 'नाटी' कहकर छेड़ा है, उसकी चोटी खींची है। चिकोटी काटी है, मारा है। उसके पिता बड़े बुद्धिमान इनसान हैं। उन्होंने अगरबत्ती की एक फैक्टरी डाल रखी है। अपनी अगरबत्ती बनाने में लागत के हिसाब से ज्यादा खर्च वह इश्तिहार में कर देते हैं। मेरे पिता और ससुर दोनों समान रूप से धनी इनसान हैं। जगन मोहन पैलेस है न—उसी सड़क पर आगे बढ़ने पर सामने जो पीपल का पेड़ है, उसके दाएँ बगल में विवेक ट्रेडर्स नामक बड़ी दुकान है, वह हमारा ही है, उसके ऊपर स्थित दुकानें भी हमारी ही हैं, दो-तीन हजार का किराया मिलता है। मैं दुकान के गल्ले पर बैठने से आलस करता हूँ। ऊटी से ट्रंक कॉल आते हैं, प्याज की बोरियाँ आती हैं। गोभी का मोल, आलू का मोल…। ये सब झमेले मुझे नहीं रुचते। अपना बेटा सही ढंग से भाड़ा वसूल करे, प्याज-आलू का हिसाब लिखे आदि सब मेरे पिता चाहते हैं। वे राह देखते रहे हैं कि आज नहीं कल, बेटा यह सब करेगा।

आसमान के तारे गिनने का सा मेरा बचपन है। चामुंडी पहाड़ की

तलहटी में बैठकर कविता लिखने का मुझे शौक है। माँ के जोर देने पर दुकान जाऊँगा, मगर वहाँ सब्जी की बोरियों की गंध से वहाँ से भाग निकलने का मन करता है। ट्रकवाले, बोरियों को ढोनेवालों के बीच झगड़े-टंटे, स्टॉक-रेट आदि से सिर चकरा जाता है।

मैं यह भी जानता हूँ कि मेरी कविताओं में छपने का दम नहीं। मेरी सारी-की-सारी कविताएँ संपादकों के खेद का पत्र लेकर लौट आई हैं। इसके बावजूद मैं अपनी कविताओं से प्यार करता हूँ। यह इसलिए कि वे स्वयं में मेरी 'प्रीति' हैं। संसार को, जीव संकुल को अत्यधिक प्रेम करनेवाला ही कवि बन सकता है। वे छापें या नहीं, मैं कवि ही हूँ। पता नहीं क्यों, दर्शनशास्त्र में एम.ए. करने का मेरा मन हुआ। मैंने उसे भी दाखिल होने को कहा, मगर वह मेरी बात माने तब न! अर्थ विज्ञान पढ़ने गई। हम दोनों के बीच रुचि, और विचारों में कितनी सारी भिन्नता है। वह कभी मेरी कविताओं को नहीं सुनती। बिना पढ़े उसकी समीक्षा कर सकती है। इन वैपरीत्यों के रहते उस महिला से मैं इतना ज्यादा प्यार कर सका तो कैसे? मैं खुद नहीं जानता।

इसके बावजूद प्रीति ने मुझे बहुत दुःख दिया है। कई बार तो मैं अपने प्रेम की अनाथ प्रज्ञा पर घुल चुका हूँ। उससे प्रेम नहीं करने का स्थिर मन बनाकर असफल हो चुका हूँ। एक अजीब बात यह कि इस तरह भंगित होने के बाद हर बार उसके प्रति प्रेम, वह मोह भी हो सकता है, और बढ़ता ही गया है। उसका वह भव्य सौंदर्य, उस रूप-सौंदर्य के आगे अपने को मैंने बुद्धू के रूप में पाया—अनुभव किया है। कैंपस में उसके साथ-साथ चलना ही एक गर्व की बात है। बाइक पर बिठाकर, यह मेरी बुआ की लड़की है, इससे मैं शादी करनेवाला हूँ, कहकर घोषित करते मौन रूप से चलना मेरे लिए गर्व की बात होती है। इस तरह हम दोनों कई बार घूम चुके हैं।

मगर शादी से पहले मैंने कभी उसे अपनी वासना का आहार नहीं बनाया। मैं चरणों पर फूल फेंकनेवाला भक्त बना, कामी बनकर क्रूर नहीं बना। इस डर से कि दबाकर चूमने से भी मसल जाएगी, उसकी रक्षा ही की। प्रीति एक फूल है, उसपर धूल, झाड़-झंकड नहीं गिरें, उसको साफ-सुथरा

रखना चाहिए। शादी के बाद तो कई बार बिस्तर के कई खेल रहते ही हैं। इस अपार रूप-सौंदर्य का मैं अकेला मालिक हूँ, तब फिर मुझे अपनी प्रीति को कभी कीचड़ से गंदा नहीं करना चाहिए आदि। ये सब मेरे सिद्धांत थे, मैंने कभी प्रीति को नहीं छुआ, उसकी आराधना की। दिन-रात उसकी याद करते पकता रहा। अपने मूड में उसने मुझे डाँटकर भगाया भी, मैं चुपचाप डाँट खाकर लौटा हूँ।

मैंने दैनंदिनी लिखने का अभ्यास पाल रखा है। अपनी डायरी का हर उल्लेख प्रीति के वर्णनों से भरा पड़ा है। उसकी आँखों की सुंदरता पर कितने सारे पन्ने सुरक्षित हुए, उसी तरह उसकी तरफ से मुझे जो भी दुःख-दर्द हुआ, उसे भी मैंने दर्ज किया है। यह सच है कि मैंने उसमें सच-सच दर्ज किया है, इसलिए दैनंदिनी के पृष्ठों में सत्य को मात्र अंकित करने की जरूरत होती है। दैनंदिनी, यानी कविता संकलन को मैंने बड़े जतन से सुरक्षित किया है।

□

3

नायिका

यह सच है कि विवेक की दैनंदिनी के पृष्ठों में मैं भरी हुई हूँ। उसके लिए मैं देवी हूँ। यह बात मुझे अच्छी लगती है। सभी औरतें चाहती हैं कि उनके प्रिय-प्रियतमा उनकी आराधना करें। पूजित होना तो हर कोई चाहता है, मगर विवेक का बहुत ज्यादा हो गया। उसका कविता लिखने का पागलपन, अपने पिता के साथ जुड़कर पैसा कमाने से कतराकर गैर-जिम्मेदार होकर रहना मैं कभी नहीं चाहती, उसके लिए मैं उसे कभी माफ नहीं कर सकती। पैसों का क्या मोल है, यह वह नहीं जानता, अगर पैसे नहीं होते तो मेरा बाप 'सुशील महल' कैसे बनवा पाता! पूरे मैसूर शहर में उस जैसा दूसरा मकान नहीं है। मेरी सहेलियाँ प्रशंसा करती रहती हैं। कहती हैं कि तुम्हारा मकान राजमहल जैसा है। वही विवेक कहता है, 'तुम तीन लोगों के रहने के लिए इतना बड़ा मकान बहुत ज्यादा हुआ न?' कितनी सारी लकड़ी की कलाकारी, फर्नीचर हमारे घर में हैं। हमारे घर के सामने ही बस स्टॉप है। कंडक्टर बस यात्रियों से यह कहते हुए घोषणा करता है कि 'सुशील महल पर उतरनेवालो, उतर जाओ।' इस तरह एक बस निर्वाहक भी हमारे घर को रट लेता है, यात्रा करनेवाले लोग कंडक्टर से 'सुशील महल के दो टिकट दो' कहकर माँगते हैं। लोगों के मुँह से हमेशा सुनाई देनेवाला भाग्य सभी को कहाँ मिलता है? हमारे घर के मोड़ पर सिटी बस का ड्राइवर विशिष्ट तरीके से मोड़ता है तो मजा आता है। सीट से उठकर खड़े होकर तेजी से स्टियरिंग खींचने का वह तरीका, वह शैली कितनी मजेदार होती है। ये सब 'सुशील महल' के लिए ही हैं। मेरे पिता यदि 'सुशील महल' नहीं बनवाते तो हमारे उस बस स्टॉप का

कोई कचरा सा नाम रख देते। अब सभी के मुँह हमारे मकान का नाम ही···।

हमारे अगरबत्ती कारखाने के लड़के और महिलाओं को मैं ही बटवाड़ा देती हूँ। अपने पिता पर छोड़ने से वे भूलकर उन्हें उन दिनों की भी मजदूरी दे देते हैं, जब वे लोग गैरहाजिर रहे। मेरे वहाँ जाते ही 'अम्माजी आईं' कहते चौंक जाते हैं, मुझे वह सब देख अच्छा लगता है। मैं बोलती हूँ, 'क्या री, पैसे मुफ्त में मिलते हैं? खूब मेहनत कर काम करो, गधी औरतो!' इस तरह मुझसे गाली खाकर भी चुप रह जाती हैं, कुछ जवाब नहीं देतीं। जितने पैसे दूँगी, उतना आँचल फैलाकर ले लेती हैं, गंदे लोग। मैं धमकाकर कह देती हूँ कि 'यूनियन आदि बनाने के बारे में सोचेंगे तो टाँग तोड़ दूँगी! हमारी इस अगरबत्ती फैक्टरी में किसी ने आज तक संघ रचने की बात नहीं सोची।' इतनी बात कह देने के बाद हमारी अगरबत्ती फैक्टरी में आज तक यूनियन बनाने के बारे में किसी ने सोचा भी नहीं। मैंने विवेक से हजारों बार कह दिया कि एक बार आकर हुकूमत को देखो तो कि वह कैसी होती है! मगर वह फैक्टरी के पास कभी नहीं आता, कॉलेज के पास बाइक लेकर आ जाता है।

डिपार्टमेंट में रोज मुझे ढूँढ़कर आ जाता है, आजकल मुझे पता नहीं क्यों, यह अच्छा नहीं लगता। व्यर्थ ही पेट्रोल पर पैसे खर्च करता है। मेरे यह कहने के बावजूद कि मेरे घर के ठीक सामने बस स्टॉप है, पचास पैसे में घर पहुँच जाती हूँ, बस का पास बनवा लूँगी, उसने नहीं माना। वह रोज अपनी बाइक पर बिठाकर यहाँ-वहाँ कहते हुए खाली पैसे बरबाद करता है। बेकार की आर्ट गैलरी, म्यूजियम आदि में जा-जाकर बेकार चीजें खरीदकर पैसे बरबाद करता है। समझ में न आनेवाले सिनेमाओं में जबरदस्ती ले जाकर संभ्रम के साथ समझाना शुरू कर देता है। मैं चुपचाप 'हाँ' कहती रहती हूँ। ससुरजी बहुत संभ्रांत व्यक्ति हैं। विवेक के हाथ सारी जायदाद एक बार लग गई तो महीने भर में सब बरबाद कर देगा। आगे से दोनों परिवारों के पैसों के सारे व्यवहार की जिम्मेदारी मेरी रहेगी, तब इस विवेक के खर्चे के लिए कुछ पैसे दे देंगे तो बस ठीक रहेगा। इसकी समझ में कुछ भी नहीं आता। एक धनी इनसान का बेटा होकर पैदा हुआ है, कविता लिखना चाहता है। दर्शनशास्त्र को पढ़ना चाहता

है! वह समझ ही नहीं पाता कि ये सब गरीब अभावग्रस्त लोगों के काम हैं। कविता लिखना कोई गौरव की बात थोड़े ही है? मेरी तरह इकोनॉमिक्स मेजर लेकर पढ़ता तो उसे पैसों के व्यवहार की बात कुछ समझ में आती।

अपनी इन सोच के बीच मैंने बाहर झाँककर देखा तो ट्रेन धर्मावरम् पहुँच गई थी। विवेक ने मुझसे पूछा, 'टोरिनो पिओगी?' मैंने पूछा, 'कितने पैसे का है?' उसे गुस्सा आ गया। कहा, 'कितने भी लगने दें···पीना है तो चुपचाप पी लो।' मैंने टोरिनो चूसते हुए कहा। हमारी यात्रा कहाँ-कहाँ की है, बोलो तो। विवेक ने विस्तार से कहा, 'यहाँ से सीधे दिल्ली। वहाँ से चंडीगढ़ होते हुए कुल्लू जाएँगे। वहाँ से मनाली, फिर वापसी।' मैंने उसे एक सलाह दी, 'विवेक, जाते वक्त रास्ते में कुछ मंदिरों में तो जा सकते थे, तमिलनाडु में कितने सारे मंदिर हैं न?' वह बाहर देखकर हँसा, 'हनीमून के लिए निकलनेवालों को मंदिर में नहीं जाना चाहिए,' फिर उसने कहा, 'भगवान् मतलब प्रीति; प्रीति से मतलब अच्छाई, एक अच्छाई के रहने पर भगवान्-वगवान, तीर्थ, पूजा आदि किसी की जरूरत नहीं पड़ेगी। बेकार की फिलॉसफी पढ़कर अंट-संट सीख लिया है। इस जन्म में इसे अक्ल नहीं आएगी। बुद्धिमान न रहूँ तो दोनों घरों की जायदाद मिट्टी में मिल जाएगी।'

मैंने फटाक् से डायरी उठा ली। विवेक ने कहा, 'देखो, इस तरह दूसरों की डायरी नहीं पढ़ते।' मैंने अड़कर कहा, 'दूसरे लोगों की नहीं पढ़नी चाहिए, अपने पति की पढ़ सकते हैं।' उसने मजाक में कहा, 'मैं तुम्हारा पति नहीं हूँ।' मैंने अपना मंगलसूत्र दिखाकर कहा, 'जरा जोर से कहो न, हले अग्रहार के विद्याभारती कल्याण मंदिर (शादी महल) में 2 अक्तूबर को तुमने मंगलसूत्र पहनाया तो था। मैंने मंगलसूत्र बाहर निकालकर दिखाया। बस वह विवेक नरम पड़ गया, उसने कहा, 'प्रीति वह बात नहीं, मुझे अपने लिए जैसा लगा, मैंने अपनी सच्ची भावनाओं को लिखा है। उसे पढ़ते समय हो सकता है, तुम्हें खराब लगे, गुस्सा आए, ऊब जाओगी। मत पढ़ो।' मैं अड़ गई, कहा, 'तब तो मैं जरूर पढ़ूँगी।' 'इस पर तुम जैसा चाहो,' कहकर वह चुप हुआ। इसके बाद मैं कुछ पन्नों को ध्यान देकर पढ़ने लगी।

एक रविवार

प्रीति और मैं दोनों लड़ बैठे और कुछ नहीं, खाली फिजूलखर्च को लेकर ही। उसने कह दिया, तुम एक पैसा भी कमाने लायक इनसान नहीं। मैंने चुपचाप रो लिया। सारी जायदाद और पैसे रखकर उसी को भोगने दो, पूजा करने दो। मैं बस उसकी पूजा करूँगा। मामूली पैसों की वजह से मैं उससे दूर नहीं होऊँगा।

शुक्रवार की शाम

संध्याकाल

हे सूर्य भगवान्! इस संसार की सारी सच्चाइयों के तुम ही मात्र ज्ञाता हो। तुम मेरी प्रीति को जानते हो। मेरे प्रेम की लड़ाई में मैं बार-बार अपमानित होता रहा हूँ। वह खाली मुझसे चिढ़ती है। मेरे प्रेम के सारे शब्द आँसू बनकर धुल जाते हैं। मैं प्रीति के बिना जिंदा नहीं रह सकता। तुम अपनी प्रभात किरणों से उसे समझाओ। कहो, विवेक नामक लड़का तुम्हारा सिर्फ रिश्तेदार नहीं, तुम्हारा चरण-सेवक है। तुम्हारा सौंदर्याराधक है। यह सब कहकर तुम उसे मनाओ। ठंडी हवा, तुम्हारी सुनहली किरणें और चिड़ियों की चहचहाहट के सिवा मेरी 'प्रीति' को कोई दूसरा बदल नहीं सकता।

मुझे आश्चर्य हुआ। किरणें, हवा, पक्षियों की चहचहाहट क्या किसी के मन में प्रविष्ट हो पाएँगे? यह विवेक भी पागल है। हँसी आई। डायरी के पन्ने उलटती गई। कुतूहल से और पढ़ा, सोमवार, चिलचिलाती धूप···। मैं प्रीति को बहुत चाहता हूँ। मैं गिड़गिड़ाकर प्रार्थना करता हूँ कि 'हे भगवान्, कभी मेरा यह प्रेम (दग्ध-जलने न पाए) इस चिलचिलाती धूप को देखकर ही लगा कि आज निश्चित रूप से वर्षा होगी ही। शाम तक सारे बादल इकट्ठा होकर गरजने लगे। मुझे पता था कि धारा-प्रवाह वर्षा होगी। यह याद कर घबराहट हुई कि आज सोमवार के दिन उसकी कक्षा तीन बजे खत्म होगी। धारा-प्रवाह वर्षा में ही अपनी बाइक चलाता भागता हुआ मैं वहाँ पहुँचा। मुझे

यह भी मालूम है कि 24 नंबर का बस चालक बहुत घमंडी है। जान-बूझकर ब्रेक दबाकर सताता है। निर्वाहक चालक दोनों को परसों कैंपस में लड़कियों को छेड़ते—आगेवाले दरवाजे पर खड़े होकर···। छेड़ते मैंने देखा है। ऐसी हालत मेरी प्रीति की नहीं होने पाए। सिटी बस में लड़कियों का बदन रगड़कर आनंदित होनेवाले धूर्तों से मैं बहुत क्रोधित होता हूँ। इस घबराहट में कि इस बारिश में अपनी पुस्तकों को उठाकर वह भीग जाएगी, मैं भागता हुआ आया। खूब भीग गया।

प्रीति रीडिंग रूम में ही बैठी थी। बारिश थोड़ा थमने लगी थी, मैंने कहा, 'हे भगवान्, मैं घबरा गया था कि कहीं तुम बारिश में भीग गई होगी। उठो, अब बारिश थोड़ी सी थमी है, चलो।' कहते मैं उसका हाथ पकड़कर उठाने लगा। छिह-छिह कहकर उसने झाड़कर अपने हाथ इस तरह छुड़ा लिये, जैसे कह रही हो कि यह असभ्य व्यवहार है। अपनी पीड़ा को मैं कैसे कहूँ। बरसते पानी में खूब भीगकर वहाँ पहुँचा, मुझे इस तरह धकेलना सही है क्या? हाथ मलकर मैंने 'सॉरी' कहा। मेरे पैंट-शर्ट से पानी निचुड़ रहा था। ठंड से बदन काँप रहा था। उसकी बगलवाली कुरसी खाली थी, मगर उसने मुझे बैठने को नहीं कहा। 'लर्न सम डिसिप्लिन' उसने कठोरता से कहकर फिर बड़ी निष्ठुर होकर कहा, 'तुम जाओ, मैं बाद में आऊँगी।' मैं बहुत अपमानित हुआ। वहाँ पर कुछ लोग हमारे इस झगड़े को भी ध्यान से सुन रहे थे। मैंने कुछ गुस्से से उसका हाथ पकड़कर खींचते हुए कहा, 'चलो, अब चलते हैं··· फिर से बारिश जोर पकड़ सकती है, बाइक लेकर आया हूँ। अब क्या पढ़ोगी··· तो उसने ऐसा झिड़का, जैसे साँप ने छू दिया हो। उसने फिर से झिड़ककर कहा, 'छोड़ो, कोई देखेगा तो क्या सोचेगा?' मुझे भी गुस्सा चढ़ा, कहा, 'कोई क्या समझेगा? यहाँ सभी लोगों को पता है कि हम दोनों का क्या रिश्ता है। कल को हमारी शादी होगी। आज थोड़े ही मैं पहली बार पिकअप करने आया हूँ। मेरे सिवा और कौन तुम्हें ढूँढ़कर आनेवाला है?' उसने भी बहुत निष्ठुर होकर कहा, 'तुम्हारा पिकअप, ड्रॉप मुझे नहीं चाहिए। अगली बार कभी पिकअप-ड्राप दूँगा, कहते हुए यहाँ मत आना। हम सभी फ्रेंड्स बस में साथ-साथ

आएँगी। शादी होनेवाली है, इस वजह से सभी के सामने गंदा व्यवहार करना मुझे पसंद नहीं।' और भी शायद वह कुछ-कुछ डाँट रही थी, मैं उस बरसते पानी के बीच ही लौट आया। शायद उस दिन मुझे बुखार भी आ गया था, अम्मा ने मेरे माथे को शायद सहलाया था।

उस दिन के बाद मैं कभी उसके कॉलेज की तरफ नहीं गया। अपनी कक्षा खत्म कर सीधे घर लौटकर अपने कमरे में बंद होकर दर्द का गीत गा लेता था। आराधना करना मेरी दुर्बलता है। उसे पता है कि मैं उसे कभी नहीं खोऊँगा। इनसान का इनसान से प्रेम ही उसकी बहुत बड़ी अच्छाई होती है। हृदय से संभ्रांत व्यक्ति उसे लौटाता है। जो संभ्रांत नहीं, दरिद्र है, वह उसे नहीं लौटाता। 'प्रीति' आर्थिक रूप से संपन्न है। उसके नाम के साथ जो 'प्रीति' है, वह उसके स्वभाव में नहीं। उसका बाप अगरबत्ती में जिस खुशबू को जोड़ता है, वह अगरबत्ती की सुगंध प्रीति में है ही नहीं, जैसा चाहे, उसे जीने दो। ऐसा एक दिन जरूर आएगा, जब प्रीति मेरा प्रेम समझ पाएगी, तब वह मेरे पास दौड़कर आएगी। मेरी पूजा का फल मुझे मिलेगा ही। मैं प्रीति को ही सत्य मानते हुए दुःख गीत गाते हुए उसकी राह देखता रहूँगा।

रविवार सुबह के दस बजे

मैं कारंजी[2] ताल की पतली लहरों को देखता हुआ बैठा था। जीवन में अकस्मात् एक मोड़ आया था। बहुत दिनों से हमारे बड़े-बूढ़ों ने जैसा सोच रखा था, उस शादी को संपन्न कराने का निर्णय लिया है। आश्चर्य की बात यह कि सुनते हैं, प्रीति ने इस शादी की स्वीकृति दे दी है! हो भी सकता है कि उसने एक भक्त को पति बनाने की उदारता दिखाई। अभी पंद्रह दिनों में ही पति-पत्नी बननेवाले हैं। जोर देने पर वह मान गई होगी या हो सकता है करुणा उपजी हो।

इस तरह की बेचैनी की हालत में ही प्रीति मेरे पास आ रही थी। मैं चकित हुआ, वह आकर मेरे पास बैठ गई। मानो रटकर आई थी, वह झटपट बोलने लगी, 'विवेक, हमारी शादी होनेवाली है। आगे से मैं तुम्हें दुःख नहीं

दूँगी। तुम अपनी पसंद से जितनी चाहे, कविताएँ रचो। मैं कुछ नहीं कहूँगी, मगर पूर्वजों की जायदाद की तुम देखभाल नहीं कर पाओगे। मैं ही उसकी देखभाल कर सकूँगी। वह काम मैं करूँगी। आगे से हमें झगड़ा नहीं करना चाहिए। मैं जानती हूँ कि तुम मुझसे कितना प्रेम करते हो।' वह मेरे गले लग गई। नहीं चाहते हुए भी मेरी आँखों से आँसुओं की बूँदें उसके हाथों पर गिरीं। 'प्रीति, प्रीति,' कहते हुए एक छोटे बच्चे की तरह मैं उसकी गोद में बिलखकर रोया। उसने मेरे आँसू पोंछे। अब तक जो वेदना मन में भरी थी, वह बाहर निकल गई।

विवेक की डायरी में सत्य ही मात्र भरा है। उसी-उसी दिन, क्षण जो भावना उभरी, उसे शांति से बैठकर लिख देता है! कुछ भी हो, वह तो कवि है। कुतूहलवश मैंने अपनी शादी का वर्णन पढ़ने के लिए तेजी से 2 अक्तूबर की दैनंदिनी खोलकर देखा। निराश हुई। वे सारे पन्ने खाली थे। 30 सितंबर को ही उसका लिखना बंद हो गया था। मैंने उससे पूछ ही लिया, 'शादी के संभ्रम को क्यों नहीं लिखा?' उसने हँसकर कहा, 'आनंदोत्साह का वर्णन करने के लिए शब्द ही नहीं बचे थे।' 'शादी का वर्णन कैसे करोगे, यह जानने का कुतूहल है।' मैंने कहा, 'लिखूँगा, ये क्षण लिखने के लिए नहीं, अनुभव करने के हैं। हनीमून से लौटते ही एक महाकाव्य लिखना चाहता हूँ।' इतना कह उसने एक लंबी आह भरी।

मैंने पूछा, 'एक कविता के छपने पर कितना पैसा मिलता है?'

'फिर से शुरू की तुमने अपनी व्यापारी बुद्धि।' विवेक कुछ चिढ़ा। अभी तक एक छोटी सी उलझन मेरी समझ में नहीं आई। शादी से पहले का विवेक और शादी के बाद का विवेक, इन दोनों में बहुत बड़ा फर्क है।

अब तक जिस विवेक को मैंने देखा था, वह एक भक्त सा था, उसकी आराधना मुझे रोड़ा अटकानेवाली सी लग रही थी। उसकी कितनी कविताओं का मैं विषय बनूँ? कितने दिनों तक उसके मुँह से झड़नेवाली शायरी सुनती बैठूँ? यह पुण्यात्मा दो-एक बार मुझे फिल्म दिखाने ले गया था। मेरे अंदर अजीब सी कँपकँपी थी। मैं इस प्रतीक्षा में थी कि उसके हाथ मेरे मृदुल स्तनों

पर लहराएँगे। मेरी उँगलियों में अपनी उँगलियाँ पिरोकर आवाज करते फटाके फोड़ेगा। नहीं···उसने ऐसा नहीं किया। चुपचाप मुझसे सटकर बैठ गया। मुझे लगा कि यह कितना अल्प तृप्त है। महिला हूँ, इस तरह की ख्वाहिशों का होना गलत तो नहीं? औरत भी तो एक जीव है। इन मर्दों को क्या इतना भी पता नहीं चलता कि औरत क्या चाहती है? सिनेमा से बाहर निकलने के बाद वह एक सुंदर प्रेम काव्य लिख सकता था, मगर मुझे एक छोटी-मोटी कविता लिखवा लेने का, कागज का एक टुकड़ा होने से भी सच्चाई की आग में अच्छे तरीके से अपने बदन को ऊष्मित करना मैं चाहती थी। विवेक की चौड़ी छाती में गाढ़े बाल फैलाकर, उसमें अपना चेहरा रखकर मर्द के पसीने की गंध अपनी फैक्टरी की अगरबत्ती जैसी खुशबू को नाक में भरकर एक बंधन में चूर-चूर होना चाहती थी। अपनी और उसकी नसों को पिरोकर एक रस्सी बनानी थी···। नहीं, ये सब सपने थे। विवेक ने एक बार भी जोर से मेरा आलिंगन नहीं किया, दाँतों से नहीं काटा। मैं अकेली उसके साथ थी, तब भी तुम्हारी आँखों में चाँदनी उग रही है, तुम्हारी आवाज में कोयल की बोली है। तुम्हारी आँखों के चंद्रोदय में स्नान करूँ? इस तरह की भावनाओं में ही वह बात कर रहा था। वास्तव में मुझे उस क्षण में क्रियान्वित होना जरूरी था, इसीलिए तो मुझे उसकी कविताओं से जुगुप्सा होने लगी थी। लगता था, वह सब झूठ है। इसके अलावा भी, उसकी कविताओं को सभी संपादक लौटा रहे थे। तब बेचारा बहुत दुःखी होता था। मुझे उस तरह के भ्रम में पड़ने का कभी मन नहीं हुआ। मुझे 'सुशील महल' पर विश्वास था। फैक्टरी से आनेवाले पैसों पर विश्वास था। बाबूजी से नौकरी माँगकर आनेवालों के झूठे सलाम अच्छे लगते थे। पैसों से बढ़कर किसी दूसरी चीज पर मेरा विश्वास नहीं था। यह विवेक पैसे पानी की तरह बहाता है, इसे मैं कैसे सहूँ? संपूर्ण रूप से विरोधी मनोभाव के हम दोनों के बीच शादी हुई, यह एक विस्मयकारी घटना है। इसके दो कारण हो सकते हैं। एक तो यह कि हमारे पिता को हम दोनों के बीच का यह गहरा वैरुध्य कभी समझ में नहीं आया। यह विश्वास भी कि आगे सब ठीक हो जाएगा। पुराना रिश्ता तो इकलौते बेटे के साथ इकलौती

बेटी की शादी रचाकर दोनों परिवारों की जायदाद को बचाने का उद्देश्य भी रहा होगा।

इस तरह के विवेक में शादी के तुरंत बाद आए परिवर्तन को देखकर मुझे विस्मय होने लगा है। उसके हनीमून के संभ्रम का मैं कैसे वर्णन करूँ? मुझे बताए बिना ही रिजर्वेशन करा लाया। अपने हाई स्कूल के दिनों में जिस कुल्लू वैली को उसने देखा था। इस बार भी उसी को चुना। इस तरह के ठंडे प्रदेश को चुनने की सीमा तक रसिक बन गया! उससे भी सुहागरात पर उसका आवेग देखने के काबिल था। उसके साथ सहयोग करने से ज्यादा उसमें जो परिवर्तन हुआ था, वह देखने लायक था। बहुत दिनों तक रोक रखी बाढ़ को मानो उसने उस एक दिन में खूब बहा दिया। बाप रे, उसने कुछ स्थानों पर ऐसा घाव कर दिया है कि उसको भरने में कम-से-कम एक हफ्ता लग सकता है। इतने दिनों तक यह रसिकता कहाँ चली गई थी? या यह भी हो सकता है कि अपनी तपस्या के फलित होने के संभ्रम में फलित को गटागट पीने की इच्छा हुई होगी। उसके उद्वेगों को देखकर खूब हँसी आई। मुझे वह क्यों, सहज सा नहीं लगा, अच्छा नहीं लगा। मैंने जिस विवेक को अपने मन में बिठाया था, वह एक आराधक था। मेरे ऊपर लेटकर संभोग करने की उसकी स्थिति की मैं कभी कल्पना नहीं कर सकती थी। इस कारण विवेक की यह सब आतुरता उतनी अच्छी नहीं लगी। इस भावना से कि इन्हीं हाथों ने मेरी पूजा की थी, जो आज मेरा मर्दन कर रही हैं, मैं निराश हो गई। नहीं, विवेक को पहले की तरह भक्त बनकर ही रहना ठीक था। वह उसका बना-बनाया व्यक्तित्व था। मेरे साथ उत्साह से सोते विवेक का व्यक्तित्व मुझे कृत्रिम लगने लगा। अरे विवेक! मैं कैसे बताऊँ कि एक औरत को कामवासना और प्रेम में सुख तथा विश्वास होता है, फिर से अपने सपनों को शुरू कर···। पहाड़ के नीचे बैठकर मेरा वर्णन करो। इस तरह तुम संभोग करोगे तो धीरे से तुम्हारी भक्ति मिट जाएगी। अभी तुम गुस्सा करने, बड़बड़ाने से परिचित हो गए हो। जिस दिन तुम्हें ऐसा लगेगा कि इतना ही औरत का सुख है, संभव है, उस दिन तुम्हारा जीवन ठूँठ हो जाए। शादी के बाद मुझे लग रहा है कि पति औरत का

भक्त बनकर ही रहेगा तो वह स्त्री बहुत भाग्यवान होगी। कभी भी इस प्रकार के भाग्य से मुझे वंचित मत कर। किस भंगिमा में खड़ा होना है, वह कहो, खड़ी हो जाऊँगी। मेरे ऊपर एक हजार कविताएँ लिखो, मेरी आराधना करो। देखो, ये ही मेरी आँखें हैं। इन होंठों की प्रशंसा करते हुए कितनी बार तुमने कविताएँ रचीं। मेरे इन स्तनों की प्रशंसा कर क्या सब तुमने लिखा है? अब तुम्हें ये सब धावा बोलकर आक्रमण करने के प्रदेश बन चुके हैं? मैं यह नहीं सह सकती, विवेक! प्लीज···तुम फिर से पहले जैसे बन जाओ, भक्त बनो···।

□

4

नायक

आंध्र प्रदेश के किसी-किसी स्थान, गाँव-शहर आदि से ट्रेन गुजर रही थी। मैं बाहर देख रहा था। अब तक प्रीति जो मेरी डायरी पढ़ रही थी, अब मेरी तरफ उसने ध्यान से देखा। उसने कहा, 'तुम मुझसे बहुत प्रेम करते हो न?' मुझे पता नहीं, क्यों, आँखों से तुरंत आँसू फूट पड़े। आर्त होकर उसके कंधे से लगकर मैंने अपना सिर तान लिया। उसने कहा, 'विवेक, मैं भी तुमसे बहुत प्यार करती हूँ।' मुझे वह कृत्रिम लगा, क्योंकि प्रेम का मतलब हमारे प्रश्नों का जवाब देनेवाला साक्षात्कार नहीं। कही गई बात, भाव का अनुमोदन करनेवाला एकतान नहीं। वह नाभि में पैदा होकर, हृदय मार्ग को पार कर सीधे अपने आप स्वतंत्र रूप से प्रकट होता है, होना चाहिए। तृप्त करने के लिए, मौन को भरने के लिए, जवाब देने के लिए निकलें तो वह प्रेम नहीं कहलाता। मैंने उससे कहा, 'प्रीति, इस संसार की अति महत्त्वपूर्ण शक्ति प्रेम ही है। वह एक भाव है, जीव चेतना है। वह एक संपदा है। पति-पत्नी के प्रेम से श्रेष्ठ कौन सी चीज है? वह सृष्टि शक्ति का मूल है। जन्म से लेकर जीवन की सारी अवस्थाओं का मूल ही दांपत्य जीवन होता है। सीता को खोकर राम कितना रोते हैं, तड़पते हैं।'

'मगर, सुना है, सीता को राम जंगल में भेज देते हैं, आग में धकेलते हैं। राम आदर्श पति नहीं बने न?'

'नहीं प्रीति, वैसी बात नहीं, पुरुष पुरुष पर ही संदेह करता है। राम को रावण पर शक है। सीता उसका माध्यम मात्र बनती है। अग्नि-परीक्षा के बहाने पत्नी से वह कितना ज्यादा प्रेम करता है? जंगल के पेड़-पौधे,

फूल-बेल से—आप लोगों ने मेरी वैदेही को देखा क्या देखा?—जैसे शब्दों से रोनेवाले श्रीराम का प्रेम बहुत श्रेष्ठ है।' अपनी सीता परिशुद्ध है, यह बात कहने के लिए तरह-तरह से नाटक करता है।

'तुम्हारी ये बातें मेरी समझ में नहीं आतीं,' कहकर उसने बात रोक दी।

बाहर हरी घास फैली थी। लगा कि लोग बहुत सुख से जी रहे हैं। हितकर यात्रा थी। ट्रेन से विचित्र लय फूट रही थी। ढोल की आवाज सी ढर, ढर, ढर कहते, डकारते, चीखते, चिल्लाते, लोरी गाते आगे बढ़नेवाले ट्रेन की आवाज मुझे इनसान की फुसफुसाहट से ज्यादा अच्छी लगती है। 'तुम्हें नींद आ रही हो तो सो जाओ।' मैंने कहा।

उसने पूछा, 'तुम क्या करोगे?' मैंने कहा, 'कुछ सोचना है।'

'वह क्या सोचना है? मुझे भी तो कहो।'

अपनी अप्रिय चिंता को कोई भी दूसरों से बाँटना नहीं चाहता और अपनी हितकर चिंता को हर किसी से अनुमोदन चाहता है।

उस तरह के लोग अच्छे स्वभाव के भी होते हैं। विरुद्ध बात करनेवालों को यह ठीक नहीं 'बुरा इनसान' कहते हैं।

मैंने कहा, 'अब मेरे मन में जो विचार उठ रहे हैं, वे मुझे पसंद नहीं।'

उसने कहा, 'यह तो कहो कि वह क्या है, फिर देखेंगे।'

'कह दूँ?'

'जरूर कहो,' इस तरह की बातचीत दो बार हो जाने के बाद—

'तुम्हें ऐसे पति की जरूरत थी, जो लाखों रुपए कमाकर ला देता,' मैं तो अल्पमति वाला गरीब इनसान हूँ। मैं, मेरी कविताएँ आदि कुछ भी तुम्हें नहीं चाहिए। तुम्हें इस बात की भी शिकायत है कि मैंने दहेज में कुछ भी नहीं लिया। तुमने अपने बाप से कार माँगने के लिए कई बार जोर दिया, मगर मुझे लगा कि उसने मेरी बातें सुनी ही नहीं।' मैंने दुबारा कहा, 'मैं व्यापार नहीं कर सकता, इसलिए सोचता हूँ, सबकुछ बेचकर कुछ किराया मिलनेवाली दुकानें खरीद लूँ।' यह कहकर मैंने उसकी तरफ देखा। वह चिढ़ गई थी। 'मजाक करते हो? मैं तुम्हें एक इंच भर जमीन बेचने नहीं दूँगी। विवेक, मैं जानती

हूँ कि तुमसे नहीं होता। मुझसे होता है···।' जायदाद के बारे में तुम कुछ मत करो, देखते रहो, बाबूजी की फैक्टरी भी देखभाल कर, दुकान का व्यापार भी सँभाल लूँगी। एक मैनेजर की भी मुझे जरूरत नहीं। कल को हमारे बच्चों को भीख न माँगनी पड़े। हमें भी बाबूजी जैसे एक बँगला बनवाना चाहिए। उसका 'प्रीति महल' नाम रखना होगा।' उसने कह ही दिया, जोर से कह दिया। मैंने 'हे लालची लड़की' कह सोचा। मेरी प्रिय कुल्लू वैली की तरफ ट्रेन तेजी से भाग रही थी, मैंने बाहर की तरफ झाँका। एक इनसान हमारी बोगी में आया, दुबला था सफेद बिखरी दाढ़ी थी। दुबले पाँवों पर नसें उभरी हुई थीं। वर्णहीन उदास चेहरा था। हाथ में एक पुराना थैला था। उसमें कुछ पाइप जैसी चीज थी। वह इनसान दरवाजे के पास ही बैठ गया। लेटने से पहले वह मेरे पास आकर कान के पास बोली, 'कौन है विवेक? उसे यहाँ से भेज दो।' 'पगली, वह एक गरीब बेपारी है···। सब बोगियाँ भर गई हैं। इस समय वह कहाँ जाएगा? जाओ,' मैंने कहा। वह सो गई। मैं अपनी बर्थ पर लेट गया। थोड़ी देर तक मैं पढ़ता रहा। बाहर बारिश हो रही थी। ठंड सी लगी, मैंने खूब ओढ़ लिया। किसी तरह नींद आ गई।

सुबह 7 बजे के करीब नींद खुली। प्रीति ऊपर की बर्थ पर सो रही थी। मैंने उसे नहीं जगाया। बाहर झाँककर देखा, लगा कोई स्टेशन आ गया। ट्रेन सिकंदराबाद आ गई थी, तभी प्रीति जोर से चीख पड़ी। मैंने घबराकर पूछा, 'क्या हुआ, क्या हुआ?' 'हाय, मेरी चेन की चोरी हो गई है। दो लडी चेन, माँ ने शादी में बनवाकर दी थी।' उसने शोर मचा दिया। लोगों की भीड़, अनुकंपा दिखाना आदि मुझे पसंद नहीं था, मगर प्रीति ने चिल्लाना बंद नहीं किया। वहीं पर बैठे उस गरीब व्यापारी को दिखाकर उसे चोर घोषित कर दिया। एक रेलवे पुलिसवाला आया। उसे तेलुगु-अंग्रेजी आती थी, इसकी कन्नड़-अंग्रेजी भाषा में 'मेरा चेन चोरी हो गया है। रात को ही यह इनसान हमारी बोगी में आया। मैं सो रही थी, जब इसने चुरा लिया है,' कहते शिकायत कर दी। पुलिस ने उस गरीब का हाथ पकड़कर उठाया। मुझे दया हो आई। पुलिस से मैंने कहा, 'नहीं, इसने शायद नहीं चुराई। चुराई होती तो यहाँ क्यों बैठा रहता?

किसी स्टेशन पर उतरकर भाग गया होता।' प्रीति अब मुझ पर भी चिढ़ गई। पुलिस से 'मेरा चेन दिलाओ, उसने उसे छिपा रखा है' कहकर गिड़गिड़ाई। पुलिसवाले को हम दोनों का द्वंद्व समझ में आ गया। अब उसे प्रीति को मनाना भी जरूरी हो गया। मैंने कहा, 'कुछ बात नहीं, मगर एक बात है, उस बूढ़े की तलाशी ले लीजिए,' पुलिस को इतना ही काफी था। तलाशी लेने के बहाने बूढ़े के हाथ-पाँव मरोड़ दिए। उसके पास वह गंदा थैला उठाकर उलट दिया। पीपी सब लुढ़क गए। वे रंगोली के पाइप थे। उसमें से एक को मैंने उठा लिया। उसमें कई आकर्षक छेद थे। इन पाइपों में कितनी सुंदर कला थी, मैं देखकर खुश हो गया। इनके अंदर अभी रंगोली भरी होती तो कितने सुंदर चित्र बनते, उन तसवीरों की कल्पना से मन को खुशी मिली, तुरंत अपनी जेब में हाथ डालकर मैंने उससे एक मुझे देने को कहा और उसे दस रुपए दिए। पुलिस को यह सब अजीब सा लगा। वह कुछ अंट-संट बकता वहाँ से निकल गया। इस सब शोर के बीच ट्रेन आगे बढ़ी।

अब उसे बहुत गुस्सा चढ़ आया था। 'जाने दो, तुम्हारे पिता से कहने पर वे इस तरह की दस चेन बनवा देंगे,' मैंने कहा। वह गुर्रा रही थी। एक तो चेन खोई, फिर मैंने उसका पक्ष लेकर बात करना छोड़, उसी इनसान से रंगोली का पाइप खरीदा। यह उसे बिल्कुल अच्छा नहीं लगा। मैंने उससे कहा, 'प्रीति, सभी गरीब चोर नहीं हुआ करते।' प्रीति ने डाँटकर कहा, 'अपना उपदेश बस करो। एक चेन बनवाने की सामर्थ्य नहीं,' फिर…। कहकर वह खूब गाली देती रही। कुछ देर तक हम दोनों के बीच बातचीत बिल्कुल बंद रही।

रेल गरम होकर काली हो गई थी। ऐसा लगा कि आंध्र कितना बड़ा राज्य है, खत्म ही नहीं हो रहा है। अब बाहर हरियाली भी नहीं थी। मेरी प्रीति के मन की तरह वह भी सूखा था। काले रंग की पहाड़ियाँ, पानी नहीं, चेतना नहीं, सूखी जमीन, प्रेम नहीं, मन नहीं…।' हाय कहकर मैंने एक लंबी साँस छोड़ी। मानो देश की गरीबी की हँसी उड़ा रही थी रेलगाड़ी गंदे किनारे, स्लम आदि से सरकते हुए मुझे लग रहा था, हँसी उड़ा रही है। कारखानों के पीछे

संडास करने बैठे लोगों को देखकर मैंने सोचा, प्राथमिक आवश्यकताओं की कमी से कितने सारे अभावग्रस्त गरीब लोग हमारे बीच रहते हैं। रंगोली का पाइप मेरे हाथ में ही था। उस इनसान की याद हो आई। प्रीति खिड़की के पास मुँह फुलाकर बैठी थी। मैं बोगी के दरवाजे के पास बैठकर दु:खी मन से कुछ गा रहा था। 9:30 बजे तक काजीपेट के पास रेलगाड़ी पहुँची, लेन क्लियर नहीं थी, इसलिए कुछ देर तक वहीं रुकी रही। मैं नीचे उतरा।

एक गाभिन बकरी प्लेटफॉर्म पर खड़ी थी। मैंने सोचा कि यह यहाँ क्या कर रही है? उसके गले में रस्सी नहीं बँधी थी। उसके भरे गर्भ, थन और बदन पर मैंने हाथ फेरा। उसके मुँह में मैंने अपनी उँगली डाली, उसने उसे नहीं काटा, पिलपिलाती आँखों से देखा। जब से गाभिन बनी, तब से शायद उसे पौष्टिक आहार नहीं मिला होगा, उसने मेरा हाथ सूँघा, बेचारी! मेरे हाथ खाली थे, वह निराश हो गई। मैंने उठाकर देखा तो जंक्शन बकरियों के झुंड से भरा दिखा। मैंने सोचा कि बकरियों का झुंड यहाँ कितने आराम से घूम रहा है। इतनी सारी रेलगाड़ियाँ शोर मचाते हुए यहाँ से गुजरती हैं, कहीं इन पर चल गई तो हाय रे, इनका क्या हाल होगा?

ओह···बकरियाँ!
हरी झाड़ियों में घुसकर
अपनी टाँगें डालकर
तरह-तरह के कोंपल, फूल, लता
आदि खाकर तृप्त हो!
उसे छोड़
इन इनसानों से ही भरी गई
काली रेलों पर
दैत्य रेलगाड़ियाँ
चलती हैं वहाँ
तुम लोग क्यों आए?

—इस तरह की कोई कविता अंकुरित हो रही थी, तभी रेलगाड़ी चल

पड़ी। मैं बकरियों को ही देखते हुए गाड़ी के अंदर आकर बैठ गया। प्रीति वैसी ही थी। मुझे यह ठीक नहीं लगा और कुछ देर तक यही वातावरण बना रहा तो संभावना यही बनती कि प्रीति यात्रा को बंद कर घर लौटने पर अड़ जाती, यह मुझे ठीक नहीं लगा। हनीमून की यात्रा के लिए निकलकर पत्नी का क्रोधित होना क्या अच्छा लगता है? और इसके साथ लौटने पर तो यात्रा का उद्‌देश्य ही विफल हो जाता। नहीं-नहीं मैंने निर्णय लिया कि प्रीति को अब मनाना चाहिए। कारण स्पष्ट था। हम लोगों को अपने गंदे कपड़े बीच सड़क पर धोने नहीं चाहिए। दांपत्य भी उसी तरह का है, बीच-बीच में गंदा होनेवाला वह कपड़ा है। उसे चार दीवारों के अंदर या तो पति, नहीं पत्नी को धोकर साफ करने की जरूरत होती है। सभी के सामने अपने गंदे कपड़ों का प्रदर्शन नहीं करना चाहिए। उससे हम हँसी-मजाक का कारण बनते हैं। किसी-किसी के आगे हम खुल जाते हैं, तब ऐरे-गैरे लोग सब हमारी जिंदगी में नाक घुसेड़ने लगते हैं।

रेलगाड़ी अपनी धड़-धड़ आवाज के साथ गोदावरी नदी को पार कर रही थी; प्रीति के पास बैठा, उसके कंधे पर हाथ रखकर उसे फुसलाते हुए मैंने कहा, 'प्रीति, देखो न, कितनी बड़ी नदी है! राज्यों को पार करने के साथ ही लोग, भाषा, मिट्टी, गंध, फूल, जानवर ये सभी अलग-अलग दिखने लगते हैं। इस बारे में तुम्हें जानने का कुतूहल नहीं है क्या?' प्रीति ने अपना चेहरा मोड़कर कहा, 'जाओ, तुम्हें मुझसे बढ़कर वह रंगोली के पाइप बेचनेवाला बूढ़ा ही अच्छा लगता है।'

मगर मुझे पता था कि वह मुझसे झूठ बोल रही थी। औरत की यह इच्छा होती है कि अपने पति के आगे खड़े होकर, 'नहीं…नहीं, तुम मेरी सबकुछ हो, मैं तुमसे बहुत प्यार करता हूँ…।' कहकर गिड़गिड़ाना चाहिए। प्रीति भी उसी तरह की औरत है। अभी मुझे उसे मनाना चाहिए।

मैंने कहा, 'वह सब भूल जाओ प्रीति, मैं तुमसे बहुत प्यार करता हूँ, आगे से हम झगड़ा नहीं करेंगे। एक मजेदार घटना की बात मैं तुम्हें बताऊँगा।' जैसे ही श्रीमतीजी का चेहरा थोड़ा सा ठीक हुआ। लगा कि मेरे

पास कोई भी मजेदार घटना है ही नहीं तो क्या कहूँ? मैं जरा सा फीका पड़ गया। अपने स्मृति-भंडार को तलाशने पर कैंपस में एक दर्शनशास्त्र का छात्र लक्ष्मीनारायण सागर की बात याद आई, हँसी आई, मैंने प्रीति से कहा, 'प्रीति, हमारे साथ लक्ष्मीनारायण सागर नामक एक प्लेबाय लड़का था। स्टूडेंट लीडर बनना चाहता था। उसके लिए वह बहुत सारे गिमिक्स करता था। देखने में प्यारा सा था। उसी तरह वह बुद्धू भी था। लड़कों का ध्यान आकर्षित करने के लिए सप्ताह में दो हड़ताल भी करा देता। किसी-किसी स्टार लोगों को लाकर प्रदर्शनी करवाता; कई वर्षों से यही उसका धंधा था। किसी सप्ताह प्रदर्शनी नहीं होने की स्थिति में लड़के मजाक में कहते कि यह सागर पता नहीं किस सागर में डूब गया।' इतने में प्रीति बीच में बोल पड़ी, 'मैंने भी उसे देखा है। एक दिन हंड्रेड फीट रोड पर वह आवाज देकर चिल्ला रहा था कि आप कुत्ते के निशान पर अपना वोट दीजिए।'

मुझे प्रीति का गुस्सा ठंडा पड़ने का सुख मिला। मैंने अपनी कहानी आगे बढ़ाते हुए उससे कहा, 'ठीक है, तुमने उसे देखा है, इसलिए तुम्हें कहानी समझने में आसानी होगी।' अब प्रीति का गुस्सा ठंडा पड़ने लगा।

एक दिन ऐसा हुआ कि हमारे कुछ पाजी लड़कों ने मिलकर इस बंदर से कहा, 'देखो सागर, तुम अपने को लीडर-लीडर कहकर प्रशंसा कर लेते हो। तुममें सचमुच ताकत हो तो लेडीज हॉस्टल के अंदर घुस जाओ, तुम अंदर घुसकर 'सेफ' सुरक्षित लौट आओ तब हम तुम्हें लीडर कहकर मान देंगे।' इस चुनौती को उसने मान लिया। तीन-चार बार वीरावेश के साथ हॉस्टल के पास गया। विजिटर्स के कमरे में था। वार्डन मोटी थी, उसका मोटा चेहरा था, तेवर चढ़ा चेहरा होता था। पेपर पढ़ती, जींस-पैंट, मैक्सी पहनी लड़कियों को देखकर वह घबराकर भाग आया। तीन बार यही हुआ। गोल कैंटीन में लड़कों ने उसको छेड़कर कहा, 'बेटे, तू हार गया, तू लीडर बनने लायक नहीं है।' यह सुनकर सागर को बहुत गुस्सा आया। उसने चुनौती पेश करके कहा, 'मैं क्या करता हूँ, यह आज शाम को देखना।' प्रीति ने कुतूहल के साथ पूछा, 'तो क्या वह हॉस्टल के अंदर घुस गया था?'

'जरा रुक जा, मैं बताऊँगा। घुसने के लिए हिम्मत चाहिए।' उसने जाकर तीन बोतल बियर पी, फिर उसकी हिम्मत बनी। जिन चालू लड़कों ने उसे भेजा था, वे लड़के ए.ओ. ऑफिस के पीछे, आड़ में खड़े होकर तमाशा देखने लगे। लक्ष्मीनारायण सागर लड़खड़ाते हुए लेडीज हॉस्टल के अंदर घुस गया। उसने सोचा था कि लड़कियाँ डर जाएँगी। इसकी हालत देखकर वे ठठाकर हँस पड़ीं। उनमें से एक लड़की उसे (सागर को) वेट लिफ्टिंग स्टाइल में उठाकर बाहर लेकर आई। पीछे से लड़कियों का जयघोष हुआ। वहाँ बाहर पानी की खुली टंकी थी। सीधे वह उसे उठाकर वहाँ ले आई और उसे बार-बार टंकी में डुबोती-उठाती रही। लक्ष्मीनारायण सागर की लीडर बनने की ख्वाहिश वहीं खत्म हो गई। वह कैंपस छोड़कर भाग गया।' प्रीति हो-हो-हो कर हँस पड़ी। मैंने उसको निहारकर 'वाह! कैसी सुंदर है!' सोचा।

ऐसी हँसी के लिए ही तो पति-पुरुष तपस्या करता है, युद्ध लड़ता है, हजारों लोगों को मारता है, फिर मैंने प्रीति से कहा, 'घर में सब लोग हमारे पत्र की राह देखते बैठे हैं, हम लिखेंगे हमारी यात्रा बहुत अच्छी है।' उस पर प्रीति ने कहा, 'हमें यहाँ से निकलकर अभी एक दिन भी नहीं हुआ। दिल्ली पहुँचने के बाद लिखेंगे।' मैंने कहा, 'नहीं, हम उनको नहीं सताएँगे। उन सबको हमारी चिंता लगी रहती है। एक ही पत्र में दोनों मिलकर लिख देते हैं।' इस तरह कहकर मैंने उसके हाथ में दो इनलैंड लेटर दिए। नागपुर में रेलगाड़ी ज्यादा समय रुकी थी। प्रीति ने अपने परिवार और मेरे परिवार—इन दोनों को पत्र लिखा। मैंने ही उसे डिक्टेशन देकर लिखवाया। मैंने कहा, 'तुम्हें पत्र लिखना भी नहीं आता।' मैं कहता जाता हूँ, तुम लिखो, 'प्रेमादरपूर्ण सासूजी-ससुरजी, आपकी प्रिय बहू की प्रेमादरपूर्ण यादें…। हमारी यात्रा बहुत अच्छी है। हम दोनों प्रेम के साथ हनीमून का आनंद ले रहे हैं।' मैंने डिक्टेशन दिया। उसने उसी तरह लिखा। मैंने भी उसी पत्र में दो-एक पंक्तियाँ जोड़ दीं और नागपुर में पोस्ट बॉक्स ढूँढ़ने निकल पड़ा। साँप की तरह की गाड़ी और बॉक्स काफी दूरी पर था। डाक डाल पोस्ट कर लौटते समय संतरा बेचनेवाले से कुछ संतरे खरीदे, प्रीति के लिए ब्रेड-आमलेट खरीदा, फिर अपनी बोगी

में पहुँचने तक वहाँ पर दो अपरिचित इनसान मेरी सीट पर बैठ गए थे। मुझे आश्चर्य हुआ। प्रीति ने मुझसे कहा, 'देख विवेक, मैं कह रही हूँ, फिर भी ये लोग यहाँ आकर बैठ गए हैं, तुम इन्हें कुछ कहो तो।'

मैंने उससे कहा, 'तुम शांत रहो। ये उत्तर भारत के लोग देखने में कठोर होते हैं, मैं उन्हें समझाता हूँ।' मैं उन्हें समझाने लगा, 'हम पति-पत्नी हैं। दिल्ली तक हमारा आरक्षण हुआ है। मेहरबानी करके आप उठिए।' वे चुपचाप बैठे देख रहे थे। उनमें एक बहुत ही दुबला था। कटी दाढ़ी थी। लाइनवाला पैंट पहना था। दूसरा आदमी जरा मोटा था। उसके कंधे पर थापकर मैंने हिंदी में बोलकर अपना टिकट दिखाया। अब वह कुछ बकते हुए उठे। उठकर हमारी सीट के कोने पर बैठ गए, हमसे दूर नहीं गए। हमारी रेल कर्नाटक एक्सप्रेस थी, इसलिए बीच-बीच में कुछ कन्नड़ के लोग भी थे। हमारी बोगी में से एक आदमी ने 'ब्लडी नॉर्थ इंडियंस' कहा। वे लोग 'साले मदरासी' कहते हुए बक रहे थे। रेलवे टी.टी. के आकर आदेश देने के बाद भी वे नहीं हिले। इस बीच प्रीति ने अपना रिंग, मंगलसूत्र खोलकर थैले में रखा। उसे अपना तकिया बनाकर सोने को तैयार हुई। बर्थ को ऊपर उठाना था, इसलिए बैठे उन दोनों को मैंने उठने को कहा। उसने मुझे घूरकर देखा। दोनों उठ खड़े हुए। मैंने बर्थ सजाकर प्रीति को ऊपर की बर्थ पर भेजा। उसने मेरे कान में, 'वह मोटू मुझको ही देख रहा है,' कहकर शिकायत की। मैंने कहा, 'तुम हो ही इतनी सुंदर तो···' शर्म से उसका चेहरा लाल हुआ। मैंने उससे कहा, 'तुम सो जाओ, कोई कुछ नहीं करेगा।' उसे समझाकर मैं फिर पुस्तक पढ़ने लगा। वे बदमाश इतने बेशरम थे कि नीचे जमीन पर लेट गए। उन्हें मेरा पाँव लग रहा था, मगर उनको इसकी परवाह नहीं थी। मुझे बहुत गुस्सा आया। मैं सोचने लगा कि इन दोनों का यह व्यवहार आकस्मिक है या जानबूझकर ऐसा बरताव कर रहे हैं? वैसे मोटा आदमी लेटा नहीं था। प्रीति ने जो संतरा खाकर, उसका छिलका वहाँ फेंका था, वह उसे उठाकर खेल रहा था। मैंने यह सोचकर कि यह संतरा खाना चाहता होगा, उसे एक संतरा दिया। निर्लज्ज होकर उसने वह संतरा ले लिया, उसका छिलका उतारकर खुद

भी खाया, दूसरे इनसान को जगाकर उसे भी दिया। मैंने जरा पाँव पीछे हटाने को उससे कहा। उसने हटा लिया। मैंने उससे कहा कि इस नागपुर के संतरे से भी हमारे कूर्ग का संतरा बहुत मीठा होता है। उसने जवाब में 'अच्छा!' कहा, 'फिर पढ़ने की इच्छा हुई। मुझे लगा कि सामरसेट माम एक संत की तरह मेरे सामने कुछ कह रहा है। मैं पढ़ने लगा।'

मुझे भयंकर पेटदर्द महसूस हुआ। दोनों हाथों से पेट को दबाकर थोड़ा आराम करना चाहा। नीचे लेटे वे दोनों जवान ठंड से ठिठुर रहे थे। उनमें से एक उस संतरे के छिलके से खेलता जा रहा था। नीचे कुछ बिछाए बिना, ऊपर ओढ़े बिना वे पड़े थे। टायलेट पास ही था, इसलिए गंदा भी था। मुझे याद आया कि मेरे पास एक शतरंजी है। उस इनसान की तरफ मैंने शतरंजी को आगे बढ़ाया। उसने उसे लिया, मेरे पास 'नवभारत टाइम्स' था, मैंने उसे दिया। उसने पेपर को नीचे बिछाकर शतरंजी का तकिया बनाया। उसे मोड़कर वे सो गए।

मेरे पेट का मरोड़ घटा नहीं। समझ में नहीं आया कि यह किस आतंक का फल था। दस्त लगा है। उठकर टॉयलेट की तरफ गया। मैंने सोचा था कि शतरंजी देने के बाद वह इनसान सो जाएगा, मगर वह अब भी संतरे के छिलके के साथ खेलता पड़ा था। मैं पेट दबाकर टॉयलेट गया। मुझे लगा कि टॉयलेट में ही सही सुख के क्षण होते हैं। वहाँ काफी देर बैठकर मैंने अपना पेट साफ कर लिया। हमारे रिजर्वेशन कंपार्टमेंट में आकर आराम से बिछाकर लेटे इन बेशर्मों के बारे में मैंने सोचा। दूसरों का हक मारकर संघर्ष की गुंजाइश बनानेवाले लोगों के बारे में मैंने सोचा, फिर अपनी सीट पर लौटा।

मुझे नींद नहीं आ रही थी। मैंने दुबारा सामरसेट माम को पढ़ना शुरू कर दिया। रात के ढाई बज रहे होंगे। झाँसी आ गया था। पेट में फिर से मरोड़—फिर-फिर दस्त की आशंका का, मगर मैंने हिम्मत की। मन बनाया कि प्रीति से कुछ नहीं कहूँगा। पेट में मरोड़, तभी प्रीति ने ऊपर के बर्थ से एकदम चीख दिया! आतंकित होकर मैं उठा, उस मोटे ने संतरे का छिलका ऊपर फेंका था। प्रीति डरकर चीखी थी।

'यू बास्टर्ड' कहते हुए मैंने उसपर धावा बोल दिया। मेरा धैर्य अब पूरी तरह खत्म हो चुका था। मेरे आक्रमण से वह अब नरम पड़ गया। उससे ज्यादा प्रीति को दिखाना था कि किस तरह मैं प्रतिरोध कर सकता हूँ। अब कुछ लोग मेरी मदद के लिए आगे बढ़े। उसने कहा कि अचानक ही हुआ, मगर सबने उसको डाँट दिया। उसने अपनी गलती नहीं मानी, मेरी शतरंजी को मोड़कर मेरी तरफ फेंककर वह निकल गया। मुझे लगा कि वह कितना कृतघ्न है, वहाँ खड़े बहुतों को अपनी नींद खराब करने का गुस्सा आया था।

उसके बाद रात भर मुझे बिल्कुल नींद नहीं आई। प्रीति को भी शायद नींद नहीं आई थी। मैं मर्द-औरत के रिश्तों को तौलते हुए बैठा। शील किसे कहते हैं? हर पुरुष अपनी पत्नी के शील को लेकर इतनी सावधानी क्यों बरतता है? देखो जी, तुम्हारी पत्नी, बहनों को मैं नहीं छूता, उसी तरह मेरी बीवी, बहनों को आप बुरी नजर से नहीं देखें—इस प्रकार हमने आपस में बात कर सुलह की होगी। मुझे लगा, शील के सरल व्याख्यान का यही जवाब निकल सकता है। कुछ लड़के कभी-कभी सुलह को तोड़कर बाड़ लाँघ जाते हैं। दूसरों के हक की परिधि में हाथ डालते हैं, दूसरों की सुंदर वस्तुओं को चुराते हैं, इसी से समस्या उत्पन्न होती है।

अपनी-अपनी वस्तुओं को खुद ही जब इस्तेमाल करते हैं तो उसे 'शील-सभ्यता' का नाम देते हैं। जब उसी को अन्य कोई इस्तेमाल करता है तो उसे असभ्यता कहते हैं। इस तरह की व्यवस्था को बनानेवाले लोग वास्तव में बहुत अक्लमंद होंगे। प्रीति के सौंदर्य ने उसको पागल कर दिया होगा। इन पुरुषों को पता नहीं क्यों, दूसरों की बीवी ही सुंदर लगने लगती है! मेरी पत्नी पर अन्य व्यक्ति के मोह को देखकर मुझे गुस्सा आया, साथ ही अहंकार भी हुआ। वाह! ऐसी अनमोल संपदा का मालिक हूँ, जिस पर किसी दूसरे का हक नहीं!

रेलगाड़ी दिल्ली की तरफ भाग रही थी। सुबह हुई। कैसा प्रकाश था! रेल नामक चलनशील आवास के भीतर सूर्य अपनी किरणों की सफेद रंगोली लगा रहा था। खिड़की को पार कर आई प्रभाती किरण गुदगुदाकर मानो कानों

में फुसफुसाकर कह रही थी, 'जागो, दिल्ली आ गई, प्रातःकर्म समाप्त कर लो।' मैं हड़बड़ाकर उठ बैठा। सारे बाथरूम भरे हुए थे, कोई भी खाली न था, फिर मैंने प्रीति को जगाया। उठकर मेरी प्रीति ने मुझे देखकर पूछा, 'ये तुम्हारी आँखें क्यों सूज गई हैं, लगता है कि तुम रात भर सोए नहीं। सुस्त से दिख रहे हो।' हालाँकि उस मिनट में भी मेरे पेट में भयंकर मरोड़ थी, मैंने उससे उस बारे में कुछ नहीं बताया, सिर्फ यही कहा, 'मैं तुम्हारे बारे में ही सोच रहा था।'

मैंने उससे जब यह कहा कि देखो, दिल्ली आ गई, वह हड़बड़ाकर खिड़की के पास आई। बाहर कूड़े का ढेर टीले जैसा पड़ा था, उस गंदगी में कागज, मोम की बोरी चुननेवाले इनसान थे, उन सबको देखकर प्रीति ने 'हाय! बाप रे' कहकर अपनी नाक बंद कर ली। मैंने उससे कहा, 'प्रीति देख, यहीं से दिल्ली शुरू होती है। यह हमारे देश की राजधानी है।' प्रीति ने अब अपना बिछौना झाड़ा तो देखते क्या हैं! प्रीति का वह दो लड़ियोंवाला चेन तुरंत नीचे गिर पड़ा! मैंने देखा, प्रीति के चेहरे पर खुशी उछल रही थी! मैंने सोचा था कि खुश होने के साथ उसमें पछतावा भी दिखेगा, मगर नहीं, गहना मिल जाने का संभ्रम ही उसमें था।

ट्रेन से नीचे उतरते ही रिक्शावाले, कमरा दिलानेवाले ठेकेदार हमारे चारों तरफ घुमड़ आए। मैंने रेस्तराँ में बैठकर प्रीति के सामने दोसा लाकर रख दिया और कहा कि मुझे अभी कुछ नहीं चाहिए, फिर वहीं डाकघर जाकर मैंने कुछ अंतरदेशीय-पत्र खरीदे। प्रीति से कहा, 'अभी हम घर एक पत्र लिख देते हैं, बता देते हैं कि 'हम दोनों' सकुशल दिल्ली पहुँच गए हैं। बेचारे! वे लोग हमारे पत्र की ही राह देखते रहते हैं।' इस तरह मैंने होटल में बैठकर ही पत्र लिखवा दिया। जितनी जगह उसमें बची थी, मैंने भी दो पंक्तियाँ कुशल-मंगल की लिखकर डाक के डिब्बे में डाल दिया। स्टेशन के पास ही 'कबीर' नामक होटल था, वहाँ पर हमने कमरा बुक कर दिया। तभी प्रीति ने कहा कि हम दो-एक दिन दिल्ली में ही रुक जाएँगे, मगर मैंने ही उससे कहा, 'नहीं प्रीति, अब नहीं, लौटती बार हम यहाँ एक सप्ताह भी रुक सकते हैं। अभी तो हमने आरक्षण करवा दिया है। कुल्लू के लिए निकलेंगे। अभी हम देर से पहुँचे

हैं और देर होने पर वहाँ पर बर्फ गिरने लगती है।' तभी प्रीति ने मुँह बनाकर कहा, 'यह क्यों, कुल्लू-कुल्लू कहकर मरते हो?' फिर मैंने उसे समझाते हुए कहा, 'चलो, तुम खुद देखोगी, वह कितनी सुंदर जगह है! वहाँ के प्रकृति-सौंदर्य पर तुम मोहित होकर प्राण न्योछावर कर दोगी। वह परमेश्वर का रजत पर्वत है। सुंदर प्रकृति है।' मेरे इन वर्णनों को सुनकर उसे वहीं खत्म करने को कहते हुए उसने अपने कानों पर हाथ रखकर 'बस, बस करो, बस' कहा।

□

5

नायिका

यह विवेक···ओह! मुझे आश्चर्य हो रहा है यह देखकर कि यह इतने उद्वेग से प्रेम कर सकता है! कमरे का दरवाजा खोलने के साथ ही छलाँग लगाकर उसने मुझे बिस्तर पर गिरा लिया! मैं कहती ही रही कि अरे विवेक! दरवाजे का कुंडा नहीं लगाया है, पर वह सुनता ही नहीं, कहता है, 'देखने दे री! उसे परवाह ही नहीं।' अभी वह 'री, अरी', 'छोड़ बे' आदि शब्द इस्तेमाल करने लगा है, 'री' कहकर व्यग्र भी होता है। बिस्तर पर वह बहुत जल्दी करता है। अपनी सारी प्रेम-भावनाओं को एकदम क्रियान्वित कर शायद रूपांतरित किया हो या किसी भूखे इनसान के हाथ फल लगने पर जिस तरह वे तेजी से, फटाफट खाने लगता है, उस तरह यह खचाखच मेरा संभोग करता है। मैं विस्मित हूँ कि इसमें यह मर्दानगी कहाँ से आ धमकी? बीस वर्षों की उस लंबी अवधि में फूल सा चूमने के लिए भी वह सोचता था कि उससे कहीं मेरे गाल न दुखें! तुषार जैसे सबकुछ साफ और हलका होता था। अब सबकुछ बहुत कठोर और बोझीला है। सबकुछ आक्रमणकारी है। मैंने उससे बार-बार विनती की, 'विवेक, कहते हैं, नेहरू प्लानेटोरियम में चलेंगे, लाल किले में 'साउंड एंड लाइट' है, चलेंगे?' मगर वह नहीं निकला। कहा, 'शाम को 6:40 के लिए कुल्लू निकलनेवाली बस का रिजर्वेशन करवाकर आया हूँ, तब तक हम होटल में ही रहकर मजा उड़ाएँगे।' उसका वह मजा शब्द इतना कठोर था कि वह पति-पत्नी के बीच, वह भी विवेक जैसे प्रेम का भारी घड़ा उठानेवाले लड़के के मुँह से सुनकर मैं चकित रह गई। वह मेरे शरीर के साथ इस तरह लगा रहा मानो कमरे से बाहर जाने पर उसके अपने क्षण कहीं झर

न जाएँ—इस आतंक से वह भरा दिखा। मैं स्वयं बदन को झाड़कर उठी और कहा, 'चल, जरा खाना खाकर लौटते हैं।' मगर उसने मना कर कहा, 'नहीं, हम यहीं मँगा लेते हैं,' और वह मेरी छाती के बीच नाक रगड़ते हुए बोलता रहा, फिर मैंने ही उसे उठाकर कहा, 'छिह! उठो तो···। क्या हो गया तुम्हें? सुबह से कमरे में ही पड़े हुए हो!···हनीमून का मतलब लेटे रहना ही है क्या? चलो, एक राउंड चाणक्यपुरी तक हो आते हैं।' फिर वह अनमने भाव से ही उठा, कहा, 'उतनी दूर नहीं, पालिका बाजार जाकर लौट आते हैं।' कमरे का दरवाजा बंद कर हम ताला लगा रहे थे कि सामने से दो इनसान आते दिख गए। वे ही ट्रेनवाले दो लट्ठे! मुझे कुछ डर सा लगा, वही दुबला, वही मोटा! मैंने विवेक का हाथ मजबूती से पकड़ लिया! उसने अपने साथी से कहा, 'देख रे, उनका रोमांस कैसा चल रहा है?' मैं अपनी कमर पर अपनी कोहनी रखकर खड़ी थी। उसने आगे निकलते वक्त जान-बूझकर मुझसे अपना बदन छुआया। विवेक ने भी इसे देख लिया। उसने तेजी से काउंटर पर जाकर मैनेजर से शिकायत की और मैनेजर ने उन दोनों को बुलाकर समझाया तो यह सीन भी पूरा हुआ। मैंने मैनेजर से कहा कि ये लोग नागपुर से हमें इस तरह से तंग करते आए हैं। उन दोनों में से एक ने बड़े रोष से हँस दिया। होटल मैनेजर ने हमको सांत्वना देकर बाहर भेजा।

मुझे भी अब और अधिक समय तक दिल्ली या होटल में रहने का मन नहीं हुआ। विवेक ने होटल का कमरा खाली किया और मुझे लेकर इंटर स्टेट बस अड्डे पर आया। शाम के 5:30 बजे ही हम लोगों ने वहाँ पहुँचकर 40 नं. के प्लेटफॉर्म पर अपने रिजर्वेशन को पक्का करवा लिया। हिमाचल प्रदेश परिवहन निगम की एक बस 7ए प्लेटफॉर्म पर आकर खड़ी हुई। हमारे सारे लगेज को एक 'स्पेशल कुली' नामक हम्माल ने बस के ऊपर चढ़ाकर हमसे दस रुपए मजदूरी के माँगे। विवेक इन सबमें जरा सा भी आगा-पीछा नहीं करता। वह दे देता है। बस शाम के 6:40 पर दिल्ली से चंडीगढ़ के मार्ग पर निकल पड़ी। मैंने विवेक से पूछा, 'दिल्ली से कुल्लू का कितना किराया लगता है?' विवेक ने कहा, 'अस्सी रुपए।' हम दोनों खिड़की के पास बैठे

थे। मुझे पता नहीं कि ठंड लग रही थी या जान-बूझकर ही विवेक मुझसे लगकर बैठा था और मुझे दबा रहा था।

बस में बत्ती बुझा दी गई तो विवेक की प्रणय-चेष्टा शुरू हो गई। मुझे हिचक थी कि कहीं आगे-पीछे बैठे लोगों का ध्यान इस ओर न हो। वह इतना निर्लज्ज रहा कि एकदम मेरे ब्लाउस के अंदर अपना हाथ घुसा देता था। देखते-देखते ही वह चूम लेता था। हमारे पीछे हिमाचल प्रदेश के दो लड़के बैठे थे, मुझे लगा कि वे इसे ध्यान से देख रहे हैं। वे दोनों फफककर हँस पड़े। मुझे बहुत शर्म लगी। मैंने विवेक का हाथ खींचकर फेंक दिया। ओह भगवान्, रात के दस बजे के करीब बस अंबाला पहुँच गई। वहाँ पर बचन वैष्णो ढाबा था। हम दोनों ने वहाँ पर रोटी खाई, फिर बस में आकर बैठ गए। मैं खूब ऊँघ रही थी, मगर विवेक तंग कर रहा था, मैं सो न सकी। उसने मेरे हाथ की उँगलियों में अपने हाथ की उँगलियाँ पिरो दीं, फिर उसके पटाखे फोड़ने लगा। नाभि के चारों ओर अजीब तरीके से दबा रहा था। मैं बैठी थी तो उसी स्थिति में मेरी साड़ी के चुन्नटों को खोलने की कोशिश कर रहा था। अब मैं इसका जोर से विरोध करती तो फिर पीछे बैठे लोगों को इसका पता चल जाता था और वह लोग मजाक में हमें छेड़ सकते थे और यदि इसका विरोध किए बिना मैं चुप रह जाती तो विवेक और प्रोत्साहित हो जाता। वह इस बीच अपना पेट भी दबा रहा था। बस रात के 1:30 बजे के करीब चंडीगढ़ पहुँची थी, मगर उसने मुझे एक मिनट के लिए भी पलकें झपकाने नहीं दीं। सच में मुझे जुगुप्सा हो आई। मुझे नहीं लगा कि विवेक की इस आतुरता का कुछ मतलब है, फिर अंत में मैंने उसकी बिल्कुल परवाह न कर अपनी साड़ी के आँचल को भी खुला छोड़ दिया, सिर पीछे की तरफ टिका दिया, सोने का बहाना किया। मैंने सोचा था कि मेरी इस लापरवाही को देखकर वह चुप रह जाएगा, मगर हुआ यह कि मेरा इस तरह लेटने से उसे सहयोग ही सा मिला। उसने सीधे धावा बोल दिया। मुझे दर्द का अनुभव हुआ। उस गंदी बस में हेडरेस्ट तक नहीं था। मेरे थनों के साथ उसका खेल बढ़ता गया, मेरा सिर आसन के ऊपर की लोहे की डंडी से लग गया, उससे दर्द होने लगा। दर्द से कराहने

के बावजूद वह चुप नहीं हुआ। उसने उसे स्वागतात्मक समझ लिया होगा या पता नहीं क्या··· । सुबह के चार बजे तक बिलासपुर पहुँच गए। विवेक के इन प्रतापों से छुटकारा पाने के लिए मैंने उससे 'चलो, चाय पी आते हैं' कहा।

चाय पीने के बाद नींद बिल्कुल नहीं आई। सुबह के 6 बजने तक बस मंडी आ गई। मैंने विवेक से पूछा कि यह कौन सी नदी है ? उसने उसे 'ब्यास' कहा। वह इस तरह बात कर रहा था, मानो वह इन स्थानों के बारे में खूब जानता है। अब ठंड बढ़ गई थी, इसलिए हम दोनों एक ही ऊन के चादर में घुस बैठे थे। उससे उसको कई तरह के लीला-विनोद करने का सीधा अवसर मिल गया था, मगर मेरे लिए खूब नींद की जरूरत थी। उसने अब बताना शुरू कर दिया था, 'तू भी देख, बुद्धू है। अब कुल्लू घाटियाँ आने लगी हैं, तुम अब सोने लगी हो। वह देख, सूरज सफेद चादर ओढ़ाने लगा है। वह देखो, ब्यास नदी के पत्थर कितने सफेद हैं; वह देख, ब्यास नदी पर डैम, पुल बाँधा है। अशोका होटलवालों ने यहाँ पर भी होटल बना दिया है, उसकी एक शाखा यहाँ पर खोली है।' इस तरह सैकड़ों बातें कहकर वह कुल्लू घाटी के बारे में बताने लगा। मुझे तो खूब नींद आ रही थी। छोटे-छोटे धान के खेत, मक्का आदि का वह बड़े उत्साह के साथ वर्णन कर रहा था। मुझमें ऐसी तुच्छ सी चीजों को उत्साह से देखने की इच्छा नहीं थी।

कुल्लू आ गया। मुझे आश्चर्य हुआ कि क्या यही जिला मुख्यालय है ? मुझे इस बात पर निराशा हुई कि इस विवेक ने ऐसी छोटी सी जगह का कितना बढ़-चढ़कर वर्णन कर दिया। पर्वतों की घाटियों के बीच की एक बस्ती है। पर्वतों की चोटियों को देखकर मजा आता है, मगर मैं उसे भी 30 मिनट से ज्यादा देर तक नहीं देख सकती। उसके बाद क्या करूँ ? मैंने कहा, 'विवेक, इसमें ऐसा क्या है ? तुमने कुल्लू कहकर बमडा मारा। इससे अच्छा तो हम लोग अपने यहाँ के मंदिरों के दर्शन ही कर लेते।' विवेक हँसा, कहा, 'बस, अभी से निराश हो गई ? हम चौदह हजार फीट हिमपर्वत के ऊपर चढ़ेंगे। वहाँ जाकर उसकी भव्यता के दर्शन करने के बाद तुम ही कहोगी कि जीवन सार्थक हुआ। भगवान् से जो माँगा जा सकता है, उसे प्रकृति से भी माँग

सकोगी। भगवान् से तुम्हारे क्या डिमांड्स (माँगें) हैं?' मैंने कहा, 'अच्छी संतान…अच्छी जायदाद!'

विवेक ने और देर तक बात नहीं की। उसने फलसफा झाड़ा, 'भगवान् इनमें से कुछ भी नहीं दे पाएगा। इनसान इन सबको अपनी तरफ से पाता है।' मैं चुप हो गई। शायद उसका स्वास्थ्य ठीक नहीं। बार-बार अपनी छाती को दबा रहा है। पेट दबा रहा है। पूछने पर बात को उड़ा देता है, कहता है, 'कुछ नहीं, जरा सा सिर दर्द है।' वह आराम करनेवाला आलसी नहीं। ऐसी हालत में भी उसे मेरा शरीर चाहिए। मुझे छूना है। पागल लड़का…पागल आवेश का प्रेमी है।

□

6

नायक

नहीं, मैं कोई पागल लड़का नहीं। मुझे बार-बार डेविड की याद हो आती है। वह ठोस यथार्थवादी है। मैं अब अपने भ्रमावरण से बाहर आने लगा हूँ। उसके अनुसार पुरुष और महिला के बीच कामवासना के आदान-प्रदान के सिवा और कुछ भी नहीं रह सकता, तब मैं जो बीस सालों से प्रीति की आराधना करता आया, तब वह सब बेकार है क्या? हृदय में जब यह प्रश्न उठता है, तब मेरी आँखों से बरबस आँसू बहने लगते हैं। मैं उसके कारणों की कोई सूची बना नहीं पाता, इसलिए मैं आँसुओं को झरने देता हूँ। प्रीति ने मेरी आँखों से आँसुओं के प्रवाह को देखकर कहा, 'अरे, तुमने कुल्लू आना चाहा था, अब वहाँ आ गए हैं, फिर यह रोना किसलिए?' मैंने उससे कहा, 'प्रीति, ये आँसू नहीं हैं, जो घनीभूत पीड़ा मस्तक में स्मृति सी छाई थी, वह आज द्रव रूप में आँसू बनकर बह आई है।' उसने कहा, 'मैं मतलब समझ नहीं पाई।' मैंने जवाब में कहा, 'न समझना ही इनसान की श्रेष्ठ अवस्था है।' उसने कहा, 'समझने का कुतूहल तो मेरे अंदर है तो···। मेरा दुःख बंद ही नहीं हुआ था।' मैंने तब कहा, 'प्रीति, कोई भी किसी को समझ नहीं पाता, हम सिर्फ दिखावा करते हैं (जैसे समझा हो)। कुतूहल से नुकसान भी होता है, वह-यह क्या नामक कुतूहल ही बनकर रहें तो बेहतर है, नहीं तो फिर इनसान सनकी बन जाता है। निराशावादी बन जाता है। चंद्र के ऊपर चढ़कर जाना नहीं चाहिए। यह तलाशते जाना नहीं चाहिए कि सूर्य के अंदर क्या है? चाँदनी है, रोशनी है—ये सब आनंदित होने, हर्षित होने के लिए हैं, ये सूक्ष्मदर्शक यंत्र के नीचे रखकर परीक्षण करने के लिए नहीं होते।' यह सुनकर प्रीति अवाक् रह गई,

उसने पूछा, 'विवेक, तुम्हारे कुछ कड़ुवे अनुभव तो न होंगे?' वह घबरा गई थी। मैंने उसे समझाया, 'अरी पगली! मेरा कौन सा बड़ा जीवन है? मुझसे प्रेम करनेवाले माता-पिता हैं, सास-ससुर हैं, नाम के साथ ही प्रेम पूर्ण रूप सुंदरी पत्नी है, काफी पैसे-जायदाद हैं, मित्र लोग हैं। मुझे किस चीज की कमी है। मुझसे भी ज्यादा किस्मतवाला कौन है बता?' उसने कहा, 'फिर तुम बीच-बीच में कुछ-कुछ बोल देते हो। उससे मुझे डर लगता है।' मैंने कहा, 'उससे डरें क्यों? कविता लिखनेवालों का मन बहुत ही सूक्ष्म होता है। हमें दर्द इसलिए होता है कि हम बार-बार यही सोचते रहते हैं कि हम बहुत ही सूक्ष्म हैं।'

मैं थक गया था। उसे मैं मणिकरण के लिए लेकर निकला। वहाँ गरम पानी के फव्वारे हैं। मैंने उससे जब कहा कि वहाँ जाकर प्राकृतिक गरम पानी में नहा सकते हैं, उस लालच की वजह से वह मान गई।

कुल्लू से मणिकरण के लिए हम निकले जब, बाईं तरफ तब पार्वती नदी अपनी पतली धार के साथ बह रही थी। दाईं तरफ पर्वतीय बृहदाकार भूत की तरह दीवार खड़ी थी। ऐसा लगता है कि इतने सँकरीले मार्ग में बस कैसे जा पाएगी? बाईं तरफ फिसलने पर पार्वती नदी, दाईं तरफ फिसलने पर उन बृहदाकार खड़े चट्टानों से टकराएगी, मगर इस प्रकार की दरारों के बीच हिमाचल प्रदेश परिवहन निगम की बसें लड़खड़ाती बेरोकटोक दौड़ रही थीं। प्रीति से मैंने कहा, 'देख प्रीति, यह बस कैसी है, कितनी दुर्बल हालत में है! धड़-धड़ आवाज करती दौड़ती रहती है तो देखकर लगता है कि कब इसका कौन सा अंग खुल जाएगा, पता नहीं। तब भी यहाँ चालक इन बसों को तेज दौड़ाते रहते हैं। हमारी तरफ के चालक इन बसों को एक इंच भी आगे नहीं ले पाएँगे।' इस पर प्रीति ने कहा, 'ऐसा कुछ नहीं, हमारे सिटी बस चालक इन लोगों से बेहतरीन तरीके से बस चलाते हैं। हमारे मकान के आगे सर्कल है न, वहाँ 24 नं. की बस कैसे घूमती है, जानते हो?' मैंने तुरंत कहा, 'उसमें भी वह राजू नामक चालक आता है न, उसका सिगरेट जलाने-फूँकने का तरीका कैसा है? खड़े होकर स्टियरिंग घुमाने की अदा कैसी है? लड़कियाँ

जब आगेवाले दरवाजे से बस में चढ़ती हैं, तब तुरंत ब्रेक लगाना-गिराना-छेड़ना···। है न?' प्रीति ने कहा, 'मुझे उस तरह की ड्राइविंग बहुत अच्छी लगती है।' मैंने तब जरा सा चिढ़कर कहा, 'अच्छा! इसीलिए तो शायद मेरे बाइक से ड्रॉप के लिए बुलाने पर तुम गुस्सा होकर सिटी बस में आती थी।' अब उसे गुस्सा आ गया। तुरंत कहा, 'ऐसी कुछ बात नहीं···। मेरे साथ सहेलियाँ रहती थीं। मैंने बस पास बनवा लिया था। तुम्हारे साथ घूमने पर सभी छेड़ते थे। कोई कुछ कहता, मुझे गुस्सा आ जाता था। उसी वजह से मैं तुमसे बचकर रहती थी। मैंने कहा, 'कोई बात नहीं, जो बीत गई, सो बात गई। उसे भूल जाना चाहिए। वह सब लेकर क्या करना है?' मैंने बात वहीं छोड़कर बाहर की तरफ देखा, लोक-लोकों (जगह से जगह) का अनावरण करते बस आगे बढ़ रही थी। सामने से दूसरी बस के आने पर क्या हो, ऐसी सँकरीली सड़क, विभ्रांत करनेवाले पहाड़ की तेज धारवाली चोटियाँ! मैं उन दैत्य शिखरों को देखता बैठा रहा। सड़क के किनारे कहीं-कहीं एक-दो मकान दिख जाते थे। वे देखने में अजीब से थे। मकान के ऊपर छत पर सपाट पत्थरों की चादर फैली थी। प्लैउड में कटे डिसैन से लग रहे थे। पीली धूप थी। छत के ऊपर मक्का सूखने को फैलाया था। मार्ग भर सेब फल की पेटियों को सँजोकर रखा था। व्यापारी उन्हें शहर पहुँचाने के लिए ट्रक की राह देखते बैठे थे। ग्वालिन औरतें और उनके पास बैठकर खेलते पिलपिलाती आँखोंवाले छोटे-छोटे बालक-बालिकाएँ···। ग्वाले मधुर स्वर से बाँसुरी बजा रहे थे। गहरी घाटियों को पार करने के लिए हाथों बनाए पुराने सूखे वृक्ष के तने जोड़कर बनाए गए पुल, उन पर अपनी ही तेजी से बस जब फुदकने लगी, प्रीति ने मुझे मजबूती से पकड़ लिया।

नारी कितना घबड़ा जाती हो? जोर की आवाज सुनने की भी तुम्हारी ताकत नहीं, उतनी कोमल हो तुम। तुम्हें कोमल हृदयवाली कहते हैं। कुछ लोग तुम्हें 'अबला' कहते हैं, 'पराशक्ति' कहते हैं। तुम्हारे हाथ में सब्बल, कुदाल, त्रिशूल, शूल-भाला देकर चित्र बनाते हैं! तुम इनमें से कुछ भी नहीं। पुरुषों ने नारी की बढ़ा-चढ़ाकर तसवीर खींची है! तुम वास्तव में पराशक्ति

ही होती तो छोटी सी आवाज से घबराकर मुझे कहीं इस तरह पकड़ती। तुम्हें कोमल कहनेवाले लोग मूर्ख हैं। तुम्हारे लिए कितनी बार मेरी छाती यातना से स्पंदित हो चुकी है। कितनी रात सोए बिना तुम्हारी हिंसा के भार से मैं पलटता रहा हूँ!

औरत को कोमल कहनेवाले लोगों को मैं एक दृश्य दिखाना चाहता हूँ। वह उसका चिकन-मटन खानेवाला दृश्य है। एक मृत जानवर का मृतदेह निर्लज्ज होकर दाँतों के बीच रखकर खचाखच चबाकर खाती है। यह कोमल हृदय की औरत का काम है क्या? नागपुर में नॉनवेज खाना माँगकर कितना अड़ गई थी। औरत को कोमल नहीं कहना चाहिए। वह भी पुरुष जैसे ही एक जीव है बस। कोमल-वोमल कुछ नहीं, पुरुष के भ्रम इस तरह के वर्णन करवाते हैं। इस प्रकार के हजारों वर्णन करनेवाला भूप मैं ही यहाँ हूँ, तब फिर!

मणिकरण पहुँचने तक बस के हिलने-डुलने से बदन बहुत दर्द कर रहा था। यहाँ जमीन से उबलता हुआ पानी आता है। भू-गर्भ की आग द्रव बनकर यहाँ बाहर गिरती है, जैसे इनसान का सारा क्रोध शब्दों का आकार लेकर फूटता हो। सुनते हैं, उस तरह के सैकड़ों फव्वारे उस बस्ती में हैं। ऊपर से देखने पर सीपी या कपूर को नया सिनेमा शूटिंग के लिए रखे गत्ते की पेटी के सेट जैसा दिखता है, स्थान-स्थान पर उभरते धुएँ को देखकर विस्मित हुई मेरी सुंदरी।

मैंने कहा, 'यहाँ पर गरम पानी में नहा सकते हैं। तुम्हारी सारी थकावट दूर हो जाएगी। तुम्हें अपनी जिंदगी में ऐसा अवसर दोबारा नहीं आएगा।' वह भी बहुत थक गई थी। मणिकरण एक छोटा सा गाँव है। बड़ी-बड़ी घाटियों के बीच गरम पानी के फव्वारे लेकर आराम से शांत सोया है। पार्वती नदी के किनारे पर है। ऊँचे आकाश को छूते देवदार के वृक्ष हैं। बर्फीले पर्वताग्र हैं। इस स्थान पर दो रुपए किलो सेब मिलता है। नजदीक के किराना स्टोर के बूढ़े से परिचय कर लिया। उसकी दुकान में लगेज छोड़कर मैं और प्रीति स्नानगृह की तरफ आगे बढ़े, चूँकि मैं इससे पहले यहाँ आ चुका था, प्रीति के

पूछने से पहले ही मैं वहाँ की विशिष्टताओं को बता देता था। जमीन से सहज रूप से निकलनेवाले पानी के साथ भी वहाँ के लोग कई पौराणिक कहानियाँ कहते हैं। शिव-पार्वती के नाम से कई कहानियाँ गढ़ चुके हैं। हिंदुओं के मंदिर और सिक्खों के गुरुद्वारे वहाँ पर हैं। उबलते गरम पानी के बीच एक कपड़े में चावल को बाँधकर उसमें सरकाने पर कुछ मिनटों में चावल मोगरे की तरह खिल जाता है। भक्तों को उसी को प्रसाद के रूप में बाँटते हैं। मिट्टी के घड़े और कपड़ों में गाँठ बाँधकर रखे चावल को मैंने प्रीति को दिखाया। उसे देखकर उसे आश्चर्य हुआ। उसने कह दिया, 'कितनी लकड़ी बच जाती है!' हम दोनों ने अलग-अलग बने स्नानगृहों में स्नान कर लिया। रात की यात्रा के कारण जो थकावट हुई थी, अब वह दूर हुई।

प्रीति नहाकर लौटी तो बहुत सुंदर दिख रही थी। मेरी इच्छा हुई कि जल्दी से मनाली लौट चलें और कमरा लेकर उसके साथ दो-एक दिन सोकर-लेटकर आराम करूँ! कैसा रमणीक रूप था! नहाने के कारण उसके गहरे काले बालों में चमक आ गई थी। वही मर्दित करनेवाली आँखें! प्रीति ने यह देखकर 'क्या है?' पूछा। मैंने कहा, 'तुम बहुत सुंदर दिख रही हो।' उसने अपने दोनों तरफ मुड़कर देखा, फिर कहा, 'अच्छा हुआ, यहाँ किसी को भी कन्नड़ नहीं आती। नहीं तो फिर यहाँ सभी तुम्हारा वर्णन सुनते बैठ गए होते। विवेक, उधर देख, सेब फल के ढेर!' पेड़ के नीचे खूब सेब फल गिरे थे। चुननेवालों के अभाव में उनमें से आधे से ज्यादा सड़ चुके थे। उसने कहा, 'मैसूर के दुकानदारों के हाथ यदि ये सेब लग गए होते तो वे लोग इन्हें भी दस रुपया किलो के हिसाब से बेचते।' मैंने हँस दिया। उसी दिन हम मनाली पहुँच गए। पहुँचते ही मैंने मैसूर पत्र लिखा या कहिए, हम दोनों ने मिलकर पत्र लिखा।

□

7

नायिका

उससे मैंने कह दिया कि ऐसी क्या जल्दी है? लिखेंगे, चुप रहो, मगर विवेक नहीं मानता। हर दिन घर एक पत्र लिखवा देता है। वह जोर देकर कहता है कि तुम उनकी चिंता को क्या जानो? वे लोग हमारे पत्र की राह देखते रहते हैं। ऐसा कहता है, जैसे यहाँ नहीं, संयुक्त राष्ट्र अमेरिका चला गया है। हम लोग ज्यादा से ज्यादा तीन हजार किलोमीटर दूर आए हैं। कहते हैं, इस बस्ती का नाम मनाली है। मुझे यह कुल्लू से ज्यादा अच्छा लग रहा है। पड़ोस में ब्यास नदी बहती है। इस होटल का भी ब्यास नाम रखा है। बाप रे! इस विवेक को थकावट होती ही नहीं। उसका उत्साह रोज-रोज बढ़ता जा रहा है। वह थोड़ा अस्वस्थ है। उससे क्या, उसकी बिस्तर से जुड़ी चपलता में कोई कमी नहीं। इससे बचने के लिए मैं बाहर जाने का बहाना करती हूँ, मगर उसने उसपर कान नहीं दिया। कमरे का दरवाजा बंद करके पूरा दिन खूब गले लगकर लेट गया। यहाँ पर ओढ़ने के लिए भी कपड़ा देते हैं (रजाई देते हैं)। खूब ठंड! पूरी रात 'प्रीति-प्रीति!' की रट लगाता रहा था। नींद में बड़बड़ा रहा था। मुझे तो उसके उद्वेगों से बहुत कष्ट हो रहा था। एक-दो बार चीख भी निकल गई। मेरे बाहुओं पर आँसू भी बहाए।

मुझे यही-यही अच्छा नहीं लगता। पुरुष होकर औरत की तरह क्यों रोए? उसके प्यार में मैंने रोड़ा नहीं अटकाया, मगर पूरा दिन कमरे में मेरे साथ भोगने के लिए मैं कोई यंत्र तो नहीं? बहुत हुआ यह हनीमून! अपने शहर लौटना है। वहाँ फैक्टरी में कौन जाने, मेरे बाबूजी ने क्या-क्या नुकसान उठाया होगा? अभी वहाँ काफी संख्या में नौकर लोग हैं। पता नहीं, ऐरे-गैरे की बात सुनकर,

सिफारिशी पत्र पढ़कर कुछ नए लोगों को नौकरी दी हो तो, वे लोग (मजदूर लोग) आलसी हैं! अभी जितने लोग हैं, उन्हीं से काम करवाना चाहिए। जितने मजदूर बढ़ेंगे, उतनी ही समस्याएँ बढ़ेंगी। मैं जानती हूँ, मैं जब वहाँ नहीं रहती, वहाँ 'सुशील महल' में या अगरबत्ती फैक्टरी में कोई रौनक नहीं रहती। अब 'विवेक ट्रेडर्स' में भी मेरी वजह से ही रौनक बढ़ेगी। मैं जब वहाँ नहीं रहती, तब मेरे घर के आगे सिटी बस भी ठीक से नहीं आती। मेरी एक मुसकराहट···, मेरा एक आदेश!··· उसका कितना मोल वहाँ! यहाँ इस हिम से घिरे ठंडे प्रदेश में लाकर प्रीति, प्रेम, हनीमून कहकर पैसे बहानेवाले इस विवेक को कोई विवेक नहीं, बुद्धू है। हर बात पर पैसे क्यों बहाना है? एक सेब का फल ही यहाँ पर सस्ता है। मणिकरण के मार्ग में उस बुढ़िया ने एक रोटी के चार रुपए वसूल कर लिए। विवेक को इन बातों का ध्यान ही नहीं 'पहाड़ देखो, हिम को देखो, नदी को देखो, पेड़ को देखो' कहता है। किसी दूसरे की मेहनत की कमाई है, इसलिए यह बैठकर कविता लिखता है। इसके पास जब पैसे नहीं हों तब बात समझ में आएगी कि पैसे का मोल है या कविता का? उसे कविता लिखने दूँ, मुझे कोई आपत्ति नहीं, मगर जब मालूम है कि उससे पैसे नहीं मिलते, तब क्यों लिखनी चाहिए? कहता है, कविता छपी तो उसके छह महीने बाद इसे वह लोग 20 रुपया देंगे। कहिए, उससे भी नुकसानदेह कोई दूसरा धंधा है? हमारे निर्यात की तरफ ध्यान देने पर एक साल के भीतर करोड़ों रुपए कमा सकते हैं। यह सब इस विवेक की समझ में क्यों नहीं आता?

मैं आज सुबह जल्दी ही जाग गई। बगल में मुड़कर देखा तो विवेक वहाँ नहीं था। मैं घबराकर बाहर आई, देखा। टेरेस (छत) पर पूर्व की तरफ मुड़कर खड़ा था। मैंने पूछा, 'क्यों विवेक, इस ठंड में कुछ भी ओढ़े बिना खड़े हो? ठंड नहीं लगती तुम्हें?' उसने कहा, 'चुप रहो···।' सूर्य को अब इसी समय सीधे देख सकते हैं, फिर वह उसी तरह खड़ा रहा। पूर्व दिशा में सूर्योदय दिख गया। विवेक ने कहा, 'थोड़ी दूर टहलकर आऊँगा। तुम भी चलोगी?' सच कहूँ तो ठंड में दूर जाने की ताकत नहीं थी। फिर भी विवेक के लिए मैं साथ निकली।

हम लोग पूर्व दिशा में निकल पड़े। उधर 'प्रिनि' नामक एक गाँव था। खेतों को छोटे नाले से पानी को बहाया था। पानी को छूने पर हिम को छूने का अनुभव हुआ था। ऐसे ठंडे पानी में छोटी-छोटी लड़कियाँ बरतन माँज रही थीं। औरतें और बच्चों ने बदन पर ऊनी कपड़े पहन रखे थे। विवेक ने किसी किसान से दोस्ती कर ली। उस किसान ने कहा, 'भगवान् से आदेश पाने से पहले हम लोग धान नहीं काटते।' स्नोफाल होने से पूर्व दिन घूर नामक भगवान् के प्रतिनिधि (देवदूत) ने सभी किसानों को बुलाकर कहा, 'कल तुम लोग धान काटो,' आदेश देता है। भगवान् का आदेश पाने से पहले धान काटनेवालों को दंडित किया जाता है। ये लोग बहुत अंधश्रद्धा पालते हैं। बाहर के इनसानों का आदर करते हैं, मगर किसी को अंदर नहीं आने देते। इनका विश्वास है कि मंदिरों को छूने से भी पाप लगता है। विवेक ने यह सब मुझे विस्तार से समझाया। पता नहीं क्यों, वह अभी मुझसे ज्यादा बात नहीं करता। प्रकृति से उसका प्रेम बढ़ गया है। प्रकृति-प्रेमी बन गया है। ब्यास नदी के किनारे एक ओक वृक्ष के नीचे एक आदमी मांस काट रहा था। एक बकरे को टाँग दिया था। उसे बहुत देर तक देखता रहा। उस मार्ग में ट्रैकिंग करनेवालों की एक संस्था थी, मैंने उससे पूछा कि हमारा अगला प्रोग्राम क्या है ? मैं अभी इस ठंड और हिमपर्वत से तंग आ चुकी थी। विवेक अगर यह कहता कि हम अपने यहाँ लौट चलेंगे तो मैं बहुत खुश हो गई होती। विवेक ने कहा, 'मैं जानता हूँ, तुम्हारा मन अभी मैसूर में है। अगरबत्ती तुम्हारी राह देख रही है। देखो प्रीति, अपनी जिंदगी में हम फिर कभी यहाँ नहीं आ सकेंगे। अभी आए हैं तो इसका पूरा-पूरा लाभ उठा लें। यहाँ नगर नामक एक बस्ती है। वहाँ पर रोरिच की आर्ट गैलरी है। यहाँ की प्राकृतिक संपदा से मोहित होकर रूस देश का रोरिच यहीं पर कलाकारी रचते रह गया था। अब उसका वह आवास ही म्यूजियम बन गया है। उसके बाद रोथांग पास जाएँगे। वह चौदह हजार फीट ऊँचाईवाली पर्वतमाला है। यहाँ तक आकर रोथांग पास देखे बिना लौटने से यहाँ आना ही बेकार होगा।'

मैंने उससे यह स्पष्ट कर दिया कि मैं हर जगह नहीं आ सकती और

रोथांग पास जाकर दो घंटे वहाँ रुककर लौट आते हैं। मैं बर्फ देखना चाहती हूँ, रोरिच गैलरी मुझे पसंद नहीं। विवेक अब मेरी बात मान गया। रोथांग पास के बारे में उसने उत्साह के साथ काफी वर्णन किया। मुझे उसमें कुछ ज्यादा उत्साह नहीं था। कविता लिखनेवाले विवेक को यहाँ का मक्का भी सोने के टुकड़े जैसा लगता है। ऊटी या नंदी पहाड़ यदि जाते तो कम खर्च में हनीमून हो गया होता। कल रोथांग पास देखकर लौट जाना होगा।

आज रात भी विवेक मेरे बदन पर पागल की तरह लोटता रहा। वह प्रेम था, काम था या क्रोध? यह मेरी समझ में न आया। जोर से काट लेता था। मैं 'हाय' कहकर जब भी कराहती, वह उसे सुख की कराह के रूप में गलत समझ लेता था। एक समय उसने मुझे निर्वसन देखने का हठ पकड़ लिया। मेरे बहुत कहने के बाद भी कि अब मैं कैसी हूँ? चुप रहो, मुझे शर्म लगती है, उसने अपना हठ नहीं छोड़ा। उसने इस बात पर जोर दिया कि मैं बिस्तर से निकलकर उसके सामने निर्वसन होकर कुरसी पर पाँच मिनट बैठी रहूँ। मुझे खराब सा लगा। विवेक के साथ उसी अवस्था में सो चुकी हूँ। अब कुरसी पर कैसे बैठूँ? वह उसे दूर से देखना चाहता है। मैं अड़ गई कि मुझसे यह काम नहीं हो पाएगा, मगर वह मानने को तैयार न था। उसने कह दिया कि पति को यह सब हक हैं और यह कहा कि तुम्हें बैठना ही होगा, नहीं तो फिर मैसूर जाने का प्रोग्राम दो हफ्ते आगे टाल दूँगा। मैंने कहा, 'मैं एक–दो छोटे कपड़े पहन लूँगी।' विवेक ने मना किया और कहा, 'यह नहीं हो सकता, तुम्हें पूरी तरह निर्वसन होकर मेरे आगे खड़े होना होगा।' मैंने भी गुस्से में कहा, 'तो क्या, तुम कविता लिखनेवाले हो?' उसने भी गुस्से में कहा, 'मैंने कविता शुरू कर दी है। अब उसे पूरा करना है। तुम एक बार बिन कपड़ों के खड़ी होओ तो मेरी कविता पूरी हो जाएगी। पति के आगे खड़े होते तुम्हें शर्म लगती है? तुम्हारे बदन के हर अंग को मैं जानता हूँ। उसे समग्र रूप में देखना चाहता हूँ।'

'वाह रे, मुझे छूने से डरता था यह अत्युग्र प्रेमी। अब मुझे जबरदस्ती निर्वसन करने तक अति उग्र कामी बन गया! मेरे ऊपर कुछ ही कपड़े थे,

उन्हें खोलकर निर्लिप्त होकर उसके आगे खड़ी हो गई। मुझे लगा कि मैं वास्तव में उसकी शरण में आ गई हूँ। कपड़ों का कितना महत्त्व होता है, यह बात मेरी समझ में आ गई। अपनी इन दो ही हथेलियों से मैंने अपने किसी-किसी अंग को छिपाने की कोशिश की। उसने कहा, 'नहीं, वह सब नहीं चलेगा। तुम ठीक से बैठो।' उसके बाद मैं चुपचाप बैठ गई। उसने कहा, 'दो मिनट उसी तरह खड़ी रह।'

खड़ी रही। राम के आगे हनुमान जैसे। वह मेरे आगे घुटने टेककर बैठ गया। मुझे बहुत हिचक, शर्म लगी थी, फिर भी कुछ भी करने की स्थिति में नहीं थी। कड़ाके की ठंड में निर्वसन होना कैसा दंड होता है ? विवेक मेरे चारों तरफ वृत्ताकार घूमकर मुझे एकटक देख रहा था। मुझे लगा कि उसके इतने दिनों का सारा प्रेम बोगस था। इस प्रकार के दिन ही उसके लक्ष्य में थे। इस फलित के लिए ही उसने प्रेम का नाटक रचा था। काम को प्रेम की आराधना से पा लिया। उसकी उतने दिनों की आराधना…इस तरह एकबारगी निगलने के लिए ही की होगी। मुझे इस तरह निर्वसन बनाकर एकटक देखते रहने में मेरी समझ में न आया कि उसे क्या सुख मिलता है। मैं सचमुच ही थक गई और काँपकर कहा, 'विवेक, अब बस करो, मुझे बहुत ठंड लग रही है।' वह हिरन की तरह उछलकर मेरे गले लग गया। मुझे उलटा कर बिस्तर तक ले जाकर उसमें चला गया।

सारी ठंड को दूर करनेवाले की तरह वह मेरे बदन को मसलने लगा। उसके अद्भुत प्रवाह में मैं बह गई। सुबह आठ बजे तक भी मैं उसके गहरे आक्रमण से पक गई। लगा कि फिर कभी मुझे यह सुख नहीं मिलेगा। उसकी सभी विकृत क्रीड़ाएँ मुझे पसंद आईं। सुबह के आठ बज गए, मगर हम दोनों में से किसी को भी उठने का मन नहीं था। बैरे ने आकर दरवाजा खटखटाया तो अपनी स्थिति पर मुझे बहुत शर्म आई। विवेक ने मुझे बाथरूम में धकेलकर दरवाजा खोला। अब मुझे याद आया, विवेक ने कल उससे रोथांग पास जाने के लिए बस के निकलने के टाइम का पता लगाकर बताने को कहा था। वह लड़का वही बताने आया था। उसने कहा, 'दस बजे सुबह कैलाग जानेवाली

बस लेकर रोथांग में उतरना होगा सर।' विवेक ने उसे दो चाय का ऑर्डर दिया, फिर कमरे का दरवाजा बंद कर लिया। मुझे बाथरूम से बाहर खींचकर ले आया और फिर से चूमकर कहा कि आज मैं ही तुम्हें कपड़े पहनाऊँगा। मुझे अजीब सा लगने लगा।'

□

8

नायक

मगर वह मुझे कुछ अजीब सा नहीं लगा। जिस प्रीति की मैंने इतने वर्षों से आराधना की थी, उसे आज मैंने पूरी तरह निर्वसन कर खड़ा किया, बिठाया था। यह खाली वासना (काम) नहीं थी। आंतर्य में छिपा बैठा कुतूहल था। जवाब चाहकर ताली बजा-बजाकर जो प्रश्न मेरे अंदर उठ रहे थे, वे अभी तक वैसे ही थे। मुझे भ्रम था कि औरत की नग्नता में उसका जवाब मिल सकेगा। धीमी रोशनी में उसे नंगी खड़ी कर मैंने तुरंत बत्ती जला दी थी। उसे दुविधा में ला दिया था। बाहर ब्यास का कल-कल निनाद, प्रीति का नग्न सौंदर्य···। काफी देर लगातार देखता रहा। अभी दो ही घंटे बचे थे, उसके बाद हमें रोथांग पास के लिए निकलना था। वहाँ खूब ठंड रहती, उसके लिए हमें काफी तैयारियाँ करनी थीं, प्रीति अभी तक मेरे साथ निर्वस्त्र थी। मैंने कहा, 'प्रीति, आज मैं ही तुम्हें सारे कपड़े पहनाऊँगा। तुम्हारे माथे पर बिंदी लगाऊँगा। तुम्हें पूरी तरह मैं ही तैयार करूँगा।' उसे आश्चर्य हुआ। मैंने उसकी स्वीकृति की भी राह न देखी, उसे बाथरूम ले गया, उसके ऊपर पानी उँड़ेल दिया। जैसे माँ नहलाती है, उसी तरह निर्विकार भाव से उसे नहलाया। मैंने स्वयं तौलिया हाथ में लेकर उसका बदन पोंछा। पाउडर लगाया। ब्रा-पेटीकोट पहनाने पर वह बहुत शरमा गई। मैंने उससे कहा, 'अरी पगली, इतना समझ लो कि इस तरह के क्षण जीवन में आवर्तित नहीं होते। इस तरह सेवा करनेवाला पति फिर कहाँ मिलेगा?' उसकी कंघी कर मैंने ही हेयरपिन भी लगाया। माथे पर बिंदी लगाते समय मात्र मेरे हाथ काँप गए। यह बेकार की ठंड! उसने मुझे टकटकी लगाकर देखा।

अपने हाथों सजाई सौंदर्य की मूर्ति को मैंने जी भरकर देखा। उसने जो गहने उतार रखे थे, उन्हें निकालकर मैंने स्वयं उसके कान और गले में पहनाया। इतना सब सजाने के बाद भावातिरेक से नरम पड़ गया था, उसकी साड़ी के चुन्नटों में दो-एक आँसू की बूँदें गिरीं। टाइम हो चुका था, इसलिए निकलना ही पड़ा।

हम निकल पड़े। मैंने जी भर अपने हाथों उसे निर्वस्त्र किया था, अलंकृत किया था, उस सौंदर्य की मूर्ति को लेकर मनाली की ढलानवाली सड़क पर निकला। मनाली के चारों तरफ हिमपर्वत हैं, वह रजत पर्वतों के बीच टिका कैलास पर्वत है। प्रीति ने तकरार किया। वहाँ की ठंड पर घबरा गई। मैंने उसमें हिम्मत भरकर कहा कि इसीलिए तो मैंने तुम्हें पुलोवर पहनाया है। मनाली से बस निकल पड़ी।

अब हम रोथांग पास के लिए निकले थे। वह ऊँची पर्वतमाला है। वहाँ बीच-बीच में ट्रैकिंग करनेवाले लोग दिख जाते हैं। चारों तरफ बर्फ ही बर्फ रहती है। अब तक सूर्यदेव पर्वतों की ऊपरी चोटी पर सफेद चादर ओढ़ाकर गरम रखने का व्यर्थ प्रयत्न करने लगे थे। इस चादर पर अपना गला तानने के लिए ओक वृक्ष कोशिश कर रहे थे। बस के पर्वत में घूमकर ऊपर चढ़ने की सुंदर प्रक्रिया को मैं प्रीति को बताने लगा। मिलिटरी के लोगों ने यह सड़क बनाई है। यहाँ पर एक बस भी मुश्किल से जा पाती है। सामने से कोई बस आ गई तो समझो, भगवान् मालिक है। जितनी तेजी से आते हैं, उतनी ही तेजी से रिवर्स में निकलते हैं, फिर मैंने उससे कहा, 'देखें, तुम एक कविता कहो न?' 'अरे, मैं वह सब नहीं जानती,' 'नहीं, नहीं, तुमने अपने आपको प्रकृति के साथ पूरी तरह नहीं जोड़ा। जो इनसान अपने आपको प्रकृति के साथ तादात्म्य कर लेता है, वहाँ कविता जन्म लेती है।' मैंने इस तरह प्रकृति के हिमवैभव का वर्णन कर उसे बहुत आनंदित करने की कोशिश की।

दूर एक लाल रंग का स्नोकटर सड़क पर पड़ी हिमशिलाओं को एक तरफ धकेलकर वाहनों को (गाड़ियों को) मार्ग बनाकर दे रहा था। हम धीरे से हिमावृत की तरफ बढ़ रहे थे। मुझे उसके अंत तक पहुँचकर वहाँ के हिम

को अपने हाथों छूने के संभ्रम की जल्दी थी। प्रीति तो निर्लिप्त थी। चूँकि मैं बार-बार बड़े उत्साह के साथ वर्णन करता जा रहा था, वह बीच-बीच में 'हाँ तो, कितना सुंदर है' कहती, फिर सहज हो जाती थी।

अब तक बस के सभी यात्री परिचित हो चुके थे। उनमें से अधिकांश लोग प्रवासी थे। दो-एक विदेशी भी थे। कुछ लोग स्थानिक थे। तमिलनाडु से एक परिवार आया था। मधुचंद्रवाले हम दो ही लोग थे। उसे उन सबने पहचान लिया था। मैं यह भी जानता हूँ कि विदेशी जोड़े हमको देखकर छिपकर हँसे भी थे। मंडी नामक स्थान पर हमारी बस थोड़ी देर के लिए रुकी। तभी बस चालक ने अपनी अशुद्ध हिंदी में कहा, 'आगे रास्ते को साफ होने में अभी दो-एक घंटे लग सकते हैं, तब तक आप लोग नीचे उतरकर रह सकते हैं। चाय पीनी हो तो पी लीजिए।' मैंने बाहर झाँककर देखा। चेंब्ला नामक एक छोटा सा रेस्तराँ दिखा। मैंने प्रीति से कहा, 'चलो, चाय पी लेते हैं।' वह नीचे उतरी। उसने तुरंत पीछे मुड़कर देखा और मुझसे कहा, 'विवेक, देखो, बदमाश हमारी बस में ही आए हैं। यहाँ पर भी हमारा पीछा कर रहे हैं। नागपुर और दिल्ली में इन दोनों ने ही तो हंगामा किया था न?' वह आदमी तुरंत अपने साथी से कुछ-कुछ कह रहा था। मुझे कुछ डर तो लगा, फिर भी डर को छिपाकर मैंने उसे धैर्य बँधाया, 'वे लोग भी हमारी तरह टूरिस्ट ही होंगे। हमारी बस में ही आए हैं। हमने ध्यान नहीं दिया था बस।' अब तक प्रवासियों में से कई लोगों से हमारी दोस्ती हो चुकी थी। मंडी में एक यात्री ने अपने पैसों से हमें चाय पिलाई। पूछा, 'यह आपका हनीमून है?' फिर मुसकराया था। तमिलनाडु के जोड़ों से प्रीति की काफी दोस्ती हो गई थी। वे जवान वहीं टहल रहे थे।

चेंब्ला रेस्तराँ की मालकिन विमला ठाकुर थी। छोटी-छोटी आँखोंवाली सुंदर महिला थी। उसके साथ उसकी वृद्धा माँ भी रहती थी। कई हिमपर्वतों की गोदी में यह छोटा सा रेस्तराँ सुरक्षित था। होटल की छत पर बर्फ जमा होती रहती थी। वह वृद्धा माँ बर्फ को एक ओर सरकाकर बोझ को हलका कर देती थी। मैंने प्रीति से कहा, 'देख तो प्रीति, इनकी जिंदगी कितनी मुश्किलों से भरी

है। कुछ देर वैसे ही रहने देने पर बर्फ के बोझ से होटल नीचे धँस जाता है।' प्रीति आग के आगे बैठकर बदन को गरम करने लगी। उसके साथ विमला ठाकुर की दोस्ती हो गई। इशारों में जानता था कि इनकी दोस्ती इशारों से बनी है। मैं प्रीति को वहीं छोड़ यह कहकर आया कि मैं यहीं थोड़ा सा घूम लेता हूँ। होटल के आगे एक छोटी सी मिट्टी की टेकरी जैसी थी। मुझे उस टेकरी के ऊपर चढ़कर बैठने का मन हुआ। धीरे से चढ़ गया। टीले की चोटी तक गया। वहाँ एक झंडे को तान दिया था। मैं उससे सटकर बैठ गया। चारों तरफ सुंदर प्रकृति थी। और मैं एक कविता लिखने बैठा। देखा, मेरे पास कागज नहीं है, फिर उतरकर रेस्तराँ गया, एक कागज का टुकड़ा माँगा। विमला ठाकुर ने उसकी बहीवाली पुस्तक का ही एक पन्ना फाड़कर दिया। प्रीति ने मुझे छेड़ते हुए उलहना देते कहा कि कवि महाशय के पास कागज का टुकड़ा भी नहीं है। वह अभी आग ताप रही थी। मैं दुबारा टेकरी पर चढ़कर बैठ गया।

अब चिंता हुई कि कविता को कहाँ से, कैसे शुरू करूँ? दूर दैत्याकार पर्वतमाला खड़ी थी। उसके ऊपरी सतह पर हिम की चादर फैली थी। बीच-बीच में वहाँ जंगली घोड़े, भेड़-बकरी, उनके चरवाहे छोटे बालक थे। पर्वतों के ऊपर से सफेद टेप जैसी जलधारा उछल रही थी। बर्फ गलकर बूँद धारा बनकर, धारा तालाब बनकर, तालाब प्रपात बनकर मटकती, उछलती मस्ती से गली-कोनों में तेजी से भागते हुए प्रपात बनकर कूदने के दृश्य की विचित्रता को मैंने तृप्त होकर देखा। जिधर मुड़ो, उधर प्रपात ही प्रपात! लगा यही ब्यास नदी के मूल द्रव्य होंगे। यह जीवनदी साल के नौ महीने उभरते बहने के लिए हिम और वर्षा दोनों ही कारण होते हैं। इस तरह मेरी आँखों के आगे एक नदी का सृष्टिकार्य संपन्न होते देख मैं संतुष्ट हुआ। यह चोर सूर्य भी किसी शिखर के पीछे छिपकर आँख-मिचौनी कर रहा था। तभी लगा कि दृश्य से एक कविता निकल पड़ी और मैं कागज खोलकर बैठा। मेरी कलम ने नहीं लिखा। ठंड से मेरी उँगलियाँ तन गई थीं। मैं एक अक्षर भी नहीं लिख सका। सारी प्रकृति चुपचाप मेरी ठिठोली कर रही थी। इतने बृहदाकार को तुम अपने दो अक्षरों में पकड़कर रखना चाहते हो रे मूरख! मैंने कहा, 'मैं शर्मिंदा

हुआ। प्रकृति के आगे मैं समर्पित हुआ। नहीं, तुम अनंत, अपूर्व, अद्‌भुत हो, मैं अल्प हूँ, तुम पर एक अक्षर भी नहीं लिख पाता। तुम्हारी अगाधता के सामने मेरे सभी सीखे शब्द कृमि सदृश हैं। मैं तुमको लेकर नहीं लिख सकता। घंटों तुम्हारे सामने बैठकर तुम्हें अनुभव कर सकता हूँ, आनंदित हो सकता हूँ। तुम्हारी व्याख्या नहीं कर सकता।' मैंने कागज को चूर-चूर कर फाड़ डाला, कागज के टुकड़े ठंडी हवा में जब उड़ रहे थे, मुझे लगा कि वह प्रकृति की ठिठोली का एक छोटा सा अंश होगा, फिर मैं टीले से नीचे उतरकर पास की घाटी की तरफ भागने लगा। सीधे पहाड़ के नीचे खड़े उससे बातचीत कर उसकी प्रतिध्वनि सुनकर आनंदित होने का मन हुआ। घाटी की जड़ पूर्व की तरफ करीब थी। मैं भागकर गया। हाँफते हुए पेड़ के तल पर खड़ा हो गया। जोर से 'हो' कहा। प्रतिध्वनि नहीं हुई। बार-बार पुकारा। प्रतिध्वनि की कोई सूचना न मिली। दुर्ग के चट्टानों की याद आई। एक बार पुकारने पर तीन बार जवाब देते वे पहाड़ कहाँ? हिमालय की ये निर्दयी पर्वतमालाएँ कहाँ? मैं निराश हुआ। लगा कि हमारे यहाँ के पहाड़-टीले दयालु हैं, हिमालय प्रतिध्वनित करनेवाला सहृदयी नहीं! मैं लौट आया।

लौटकर आने तक प्रीति और विमला ठाकुर मित्रतावश बातचीत कर रही थीं। बीच में पिलपिलाती आँखोंवाला एक बालक समोसा चखता बैठा था। प्रीति के हाथ में अंतरदेशीय पत्र था। आश्चर्य लगा। उसने कहा, 'मुझे हिमाचल की एक सहेली मिली है। वह बहुत बुद्धिमान है।' कहती है, 'दिन भर वह एक हजार रुपए का व्यापार करती है। रात में यहाँ सोनेवाले लोगों से एक बिस्तर पर 25 रुपए वसूल करती है! मुझे इन सबको सासूजी को बताने का मन हुआ। लिख ही दिया।'

मुझे खुशी हुई, मैंने उसे छेड़ा, 'रात को जो-जो हुआ, उसे भी लिखा?' शरमाते उसने कहा, 'छिह, नहीं तो।' उसको शरमाते देखकर मुझे कल रात जो उसे निर्वस्त्र कराया था, अपने हाथों नहलाया था, खुद कपड़े पहनाए, गहने पहनाकर बिंदी लगाई थी, सब दुबारा याद किया। भावोन्मत्त हुआ, तभी बस का भोंपू बजा। शायद सड़क साफ हो गई थी। मैंने प्रीति से कहा, 'चलो,

चलते हैं।' प्रीति विमला ठाकुर को नमस्कार कहकर चल पड़ी। निकलते वक्त विमला ठाकुर ने अपनी तेज हिंदी में हमें सावधान करते हुए कहा, 'वहाँ पर बहुत सावधानी बरतना, समूह से अलग दूर न जाना, शाम को तीन बजे के बाद वहाँ नहीं रुकना। स्नो फाल शुरू हो जाने के बाद उसमें फँसकर मर जाओगे। परसों सात टूरिस्ट लोग बर्फ में फँसकर मर गए। लौटती बार जरूर मेरे होटल की एक कप चाय पीकर जाना।' आदि नसीहत की बातें कहकर हमें भेजा।

बस निकल पड़ी। इतना ऊँचा सँकरीला प्रदेश है कि वहाँ बस का बोनटवाला भाग हमेशा ऊपर की तरफ मुड़ा हुआ होता है। मैंने अब दिल भरकर गाया। गाने लगा। विदेशी यात्रियों ने मेरी तरफ खुशी से देखकर मुझे उत्तेजित कराया। तमिलनाडु के जोड़े ने प्रीति के भी गाने पर जोर दिया, मगर उसने यह कहकर कि उसे गाना नहीं आता, विनम्रता से मना किया। चारों तरफ के मनोहर दृश्य जैसे ही खुलते गए। सभी लोग अपने मन मौन रूप से गा रहे थे। कैसा गान होगा। बर्फ पर बहती हवा चैतन्य से परिपूर्ण थी। मैं बीच-बीच में प्रीति को चिकोटी काट रहा था। बस के मार्ग पर हिम बस के पहिए के धावे में फँसकर काला होकर कीचड़ से भर गया था। चारों तरफ सफेद बर्फ। जहाँ देखो, वहाँ सफेद हिम से आवृत। ऊपर जाते-जाते मुझे घमंड होता, लगता कि मैं सबको दबाते जा रहा हूँ—मैं जीत रहा हूँ, मगर इसके साथ ही मुझे भयंकर रूप से छाती में दर्द हो रहा था। पेटदर्द भी होने लगा था। प्रीति से मैंने उसे छिपा लिया, तब मेरे सम्मुख जो सौंदर्य संपदा थी, उसके आस्वाद के लिए मैं हृदयाघात भी यदि होता, उसे भी सह लेने को तैयार था। यदि मेरे अंग-अंग भी खुल गए होते, मैं धैर्य धरकर रोथांग पास शिखर को छूकर ही लौटनेवाला था। बस कई मोड़ों पर हिमाच्छादित पर्वतस्तोमों को पलटकर दिखाता था। हर मोड़ पर पुलकित होता नई परिस्थितियों के लिए तैयार होता जा रहा था।

□

9

रोथांग पास

मुझे रोथांग पास कहते हैं। सुना है कि मैं समुद्री सतह से चौदह हजार फीट ऊँचा हूँ। वह अपनी कुछ प्रतिष्ठा की बात नहीं। इस माला में मुझसे भी ऊँची पर्वतमालाएँ हैं। मेरे ऊपर चढ़ने के लिए इन मनुष्यों ने कई तरीके ढूँढ़ निकाले हैं। मिलिटरीवालों ने मेरे ऊपर पहुँचने को एक सड़क भी बना ली है। मुझे यह सब देखकर हँसी आती है। मैं यदि एक बार भी अपना बदन झाड़ता हूँ तो ये सारे कीड़े मेरे हिमगर्भ में मिट जाते हैं, मगर इन क्षुद्र लोगों पर मुझे किसी प्रकार का क्रोध नहीं। इनके खेल और लीलाओं को देखकर मेरा मनोरंजन होता है। आज विवेक–प्रीति नामक पति–पत्नी मेरे ऊपर चढ़ आए हैं। विवेक अपनी पत्नी प्रीति को कई तरह से मेरा वर्णन कर रहा है। इनके साथ कई और प्रवासी भी हैं। दूसरे स्थानों से आए भिन्न–भिन्न भाषा–भाषी इस तरह के हजारों लोगों को मैंने देखा है।

इन लोगों से मैं इतना मात्र कहता हूँ कि मेरे ऊपर आने पर तुम लोगों को बहुत खुशी होती है, यह मैं जानता हूँ। इसी से तो अब तक जो प्रीति उदास रहती थी, वह भी अपने खाली हाथों से मुझे छूकर आनंदित हो गई है। आपका आनंद मेरा भी आनंद है, मगर एक बात है, इस आनंद को तीव्र रूप से भोगने की लालच मत पालना। तुम लोग इनसान हो। आशा तुम लोगों का दुर्गुण होता है। मेरे पास आ चुके हो न। कुछ देर के लिए इसका रसास्वादन करो, कुछ देर, कुछ ही देर···। ज्यादा देर रुकने पर मेरी ठंडी हवा तुम्हारे खून को गाढ़ा कर देती है। मैं उतना उदार भी नहीं कि इनसानों की खुशी को बहुत देर तक खुशी से देखता बैठा रहूँ। तुम लोगों की आँखों के आगे सात–आठ फीट

ऊँचा बर्फ का ढेर गिरता है। उसके गर्भ में फँसकर मर जाओगे। वहाँ देखो, फिर-फिर आँखें मोड़कर सहायता माँग रहा है। नहीं···। मैं कुछ भी नहीं कर पाऊँगा। हरी घास की आशा से उस घोड़े को इतनी दूर क्यों आना था?

जानते हो, वह जीप किसकी है? राजीव सक्सेना नामक इंस्पेक्टर की है। वह मनाली का सब-इंस्पेक्टर है। इन पर्वतों के ऊपर यात्री रोज ही मरने लगे हैं। इस कारण शायद हिमाचल प्रदेश की सरकार ने उसे नियुक्त किया है। सुबह से लेकर शाम तक वह जीप लेकर यहाँ घूमता रहता है। छानबीन करता है। अभी परसों ही सात लोग विदेशी प्रवासी यहाँ पर मर गए है। यह क्या खाक छानबीन करता है! मुझे हँसी आती है। मैं हजारों वर्षों से इसी तरह से हूँ। यह तो कल-परसों का पिल्ला है। यह सक्सेना यहाँ मरनेवालों को लेकर क्या छानबीन करेगा? मेरे पास मृत व्यक्तियों की सूची है। उसके बारे में यह क्या जाने? उत्साही युवा इंस्पेक्टर है! छानबीन करेगा!···आए यात्रियों को नाहक तंग करता है। सात-आठ पन्ने छानबीन की रपट तैयार करता है। किसी-किसी को अपराधी बनाकर पीड़ा देता है।

रे सक्सेना, मेरे पास आकर पूछ मेरे गर्भ में कौन-कौन मरा···? उन सभी लोगों की आहें सँजोकर रखी हैं। कई दुःखों के घड़े मेरे पास पड़े हैं। मेरे पास जितने सबूत-गवाह हैं, वह देखकर तुम दिग्भ्रमित हो जाओगे। तुम मुझे क्या जानो? उधर देख, वे दो हट्टे-कट्टे जवान प्रीति का पीछा करते हुए कहीं से आए हैं। उसके सौंदर्य ने उन्हें शायद पगला दिया है। प्रीति को वह लोग कुछ छेड़ रहे हैं। वह देख, विवेक उनसे झगड़ा कर रहा है। प्रवासी सभी उन दोनों को धमका रहे हैं। अपने सहयात्रियों के प्रति उनकी कितनी प्रेमभावना है। इस तरह के लफंगों से रक्षा किए बिना तुम क्या छानबीन करोगे बच्चू सक्सेना?

आज प्रवासियों की संख्या कम है। मेरे हृदयभाग आज घूमते प्रवासियों की संख्या ज्यादा से ज्यादा चालीस होगी। सच बताऊँ, जितने लोग भी हैं—इतने दिनों तक मेरे यहाँ जितने लोग भी आए, उन सबमें प्रीति नामक महिला ही सबसे अधिक सुंदरी है! मुझको ही वह इतनी पसंद आ रही है तो

उन जवानों के उसे छेड़ने में कौन सी बड़ी बात है! उसको अपने यहाँ रखकर विवेक को अकेले ही वापस भेजूँ? छिह नहीं। मैं इनसानों जैसा स्वार्थी नहीं बन सकता। बेचारा! वह विवेक रुआँसा चेहरेवाला है। कुछ तो दर्द होगा। कभी पेट दबाता है तो कभी छाती दबाता है। इस दर्द और आतंक के बीच भी उसे रोथांग पास में घूमना पसंद है! मेरे हिमवेश का अपनी पत्नी के आगे वर्णन करने का उत्साह! सभी को पीछे छोड़कर वे दो ही लोग दक्षिण दिशा में आगे बढ़ रहे हैं। दक्षिणी किनारे से मेरा वैभव अद्भुत होता है। इसकी जानकारी विवेक को है। पहले भी एक बार वह यहाँ आ चुका है, उसकी सूची मेरे पास रखी है। वे दोनों घाटी के किनारे खड़े हैं। सूरज को ढूँढ़ रहे होंगे। वह मेरे आँचल में फँसा प्रेमी है। इसकी इन्हें कहाँ जानकारी होगी? विवेक पूर्व दिशा की तरफ अपना हाथ आगे बढ़ाकर कुछ कह रहा है। उसके आगे प्रीति खड़ी है। प्रीति भी तन्मयता से दूर की तरफ देख रही है। बहुत दूर उसकी नजर टिकी है। मैं आतंकित हूँ कि प्रीति कुछ दूर क्यों नहीं खड़ी हो जाती? प्रीति के पीठ पीछे खड़े विवेक को तो कुछ अक्ल चाहिए। वे दो लोग ही अलग हैं। जब इच्छाएँ घनी हो जाती हैं, तब प्राणों का मोल नहीं रह जाता। कितनी देर मेरे सौंदर्य को देखते रहेंगे? प्रीति मेरे सौंदर्य को निहार रही है तो मैं उसके सौंदर्य को देखता खड़ा हूँ। वह भी विवेक की जानकारी के बिना ही।

मैं उस सुंदर महिला को देख रहा, वाह! कैसा रूप-सौंदर्य! देश-विदेश से कई सुंदरियाँ यहाँ आ चुकी हैं। कोई भी इस जैसी सुंदर न थी। मेरे कपड़े हिम की तरह साफ हैं, उसके चेहरे पर भी साफ मुसकान है। दूध जैसी त्वचा, बदन भर गहने पहन रखे हैं। ऐसी रूपवती से शादी करनेवाला विवेक कितना भाग्यवान है! बहुत अच्छी जोड़ी है। अपरूपी सुंदर लड़का है!

हाय रे! दुर्घटना घट गई। प्रीति फिसलकर गिर पड़ी। मेरी हिमावृत घाटी में विलीन हो गई। विवेक का हाहाकार आसमान छू रहा है। लोग वहाँ पर घुमड़ रहे हैं। विवेक जोर-जोर से रो रहा है। 'प्रीति····प्रीति' का आर्तनाद उसके मुँह से और कोई शब्द नहीं निकल रहा है। मैंने भी प्रीति से सच्चा प्रेम नहीं किया। इस प्रकार की रूपसी को उसके पति से छीनकर निकलनेवाला

निर्दयी मैं नहीं, मगर खुद आकर मेरी घाटी में गिरकर मरनेवालों की मैं कैसे रक्षा करूँ? प्रीति···मेरे अंदर समा जाओ। बिना बुलाए आई हो। तुम्हारा स्वागत है! अपने गाँव लौटकर मधुचंद्र का मोहक अनुभव लिये अपने परिवार की दुलारी बहू बनकर, पत्नी बन बच्चे जनकर आनंदित होना था। इतनी दूर आकर मेरी हिमकंदरा में गिरकर लाश बन गई है बाला? तुम्हें इतनी तो समझ होनी थी कि घाटी के उतने नजदीक जाकर खड़े होना गलत है। तेज हवा बहने से भी वहाँ पाँव फिसल जाते हैं। यह पगला विवेक तुम्हें वहाँ क्यों ले गया? गिरते समय जोर से विवेक के गले लग जाती? तब मेरी गोद के अमर प्रेमी बन गए होते! अब देख, तुम तो मेरी घाटी के अंदर शाश्वत निद्रा में लीन हो। यहाँ विवेक का रोना मेरे जैसे हिमपर्वत को भी पिघला रहा है। मैं उसके रोने को कैसे सहूँ?

मैं यह जानता था कि राजीव सक्सेना ऐसी घटनाओं की ही ताक में बैठा रहता है। सीधे जीप में आ गया। प्रवासी सब हाय कहकर चीख रहे थे। बेचारे कुछ घंटे पहले ही ये लोग आत्मीय बने थे, अब वे सब दर्द से चीख रहे थे। तमिली महिला सच में बिलख-बिलखकर रो रही थी। अब तक पीछे लगकर जो जवान लोग उसे छेड़ रहे थे, वे भी घबराकर काँप रहे थे। विवेक आसमान की तरफ अपना मुख मोड़कर रो रहा था। सक्सेना सभी को सरकाकर विवेक की तरफ घुस पड़ा। तमिली आदमी ने आगे आकर सबकुछ बताया, 'हम सब लोग एक ही बस में साथ-साथ आए! बेचारे वे दोनों मधुचंद्र के लिए आए थे। अब तक हम सब साथ ही थे। यह विवेक प्रकृति-प्रेमी है। पत्नी को घाटी दिखाने थोड़ा सा आगे निकल गया। हम लोग इस तरफ देख रहे थे। तभी विवेक की चीख सुनाई पड़ी।' राजीव सक्सेना एक निष्ठुर इनसान है। मधुचंद्र में अपनी प्रिया को खोकर दुःखी बने विवेक से बेबाक प्रश्न करने लगा। वहाँ सभी प्रवासी एकजुट हो गए। विदेशी प्रवासी महिला ने सक्सेना की खूब मरम्मत शुरू कर दी। उसने कहा, 'तुम भारत की पुलिस इसी तरह के होते हो। हृदयहीन हो! घाटी से जल्दी उसका शरीर निकलवाओ, उससे पहले ही दुःखी इनसान की पूछताछ करने लगे हो। बाप रे! तुम लोग इनसान नहीं हो।'

मगर राजीव सक्सेना मोटी त्वचा का निष्ठुर पुलिस था। उसने कहा, 'तुम लोग क्या जानते हो? यहाँ पर मैंने हजारों हत्याओं को देखा है। दहेज की लालच में शादी कर लेते हैं। पैसे मिलने के बाद हनीमून के बहाने यहाँ ले आते हैं, फिर धकेलकर मार देते हैं और अपने यहाँ लौटकर दूसरी शादी कर लेते हैं। छानबीन पूरी होने तक मैं इसे आसानी से छोड़ता नहीं!'

छिह सक्सेना! हिमशिला होकर मुझे खुद दुःख हो रहा है। ऐसे में तुम पूछताछ, कानून आदि चिल्ला रहे हो। विवेक में अभी पूरी सुध तक नहीं, बेचारा! काँप रहा है! प्रीति को छेड़ते उसके पीछे-पीछे घूम रहे वे बदमाश भी अब विवेक से सटकर बैठे उसे सांत्वना दे रहे हैं। मेरे लिए भी यदि संभव होता तो मैं उसे अपनी गोदी में सुलाकर सांत्वना देता। मैं क्या करूँ? मैं एक हिमपर्वत हूँ, अबोला हूँ।

वहीं पास ही जो स्नोकटर था, उसमें घाटी में उतरनेवाले दो मजदूर हैं, सक्सेना ने उन्हें बुला भेजा है। रस्सी, सब्बल और भी कुछ-कुछ उपकरण लेकर वह भी भागकर आ रहे हैं। वे घाटी में जब उतर रहे थे, मैं विषाद से भरकर हँसा। अरे पागल लोगों! मेरे अंदर गिरकर कोई कभी बच पाएगा? मृत शरीर को बाहर निकालने के लिए इतना आतुर क्यों होते हो?

लाश को बाहर निकालते कम-से-कम दो घंटे लगे। उस अवधि में सक्सेना ने प्रश्नों की झड़ी लगा दी थी। बीस-तीस प्रश्न वह एक साथ करता जा रहा था। वहाँ पर जो यात्री थे, उन लोगों को ही उसने पंचायत के सदस्य बना लिया। उसने उनको धमकाया, 'सत्य बोलोगे तो ठीक, नहीं तो मैं यह कहकर कि तुम सब लोग हत्या के भागीदार हो, सभी को जेल के अंदर कर दूँगा।' उनमें से कुछ लोग डर गए। कुछ लोगों ने निडर होकर आँखों देखी बात कही। प्रवासियों की आवाजें इस तरह की थीं, 'देखोजी, मैं तमिलनाडु की सेक्रेटेरियट का एक अफसर हूँ। झूठ बोलने की आदत भी नहीं, जरूरत भी नहीं। वे दोनों संभ्रांत परिवार से हैं। दहेज की कमी होती तो पत्नी के बदन पर इतने सारे गहने डालकर घाटी में धकेलते? आप जरा ज्यादा ही करने लगे हैं। हर चीज की एक सीमा होती है।'

'सक्सेना साहब! पति-पत्नी के बीच बहुत प्रेम था। उसपर वह कवि भी है। रास्ते भर कविता रचते-गा रहे थे। वे दोनों एक मिनट के लिए अलग न होते थे। दुःखी जीव को हिम्मत देना आपका धर्म बनता है। इस समय भी आप राक्षस जैसा व्यवहार करने लगे हो?'

'आप इस तरह की पूछताछ बंद कीजिए। क्या ऐसा सोचते हो कि इससे आपको राष्ट्रपति सम्मान मिलेगा? हिमाचल की घाटी में जाकर ओक वृक्षों को चुराकर ले जानेवाले लोगों को पकड़िए। यहाँ आकर अबोध यात्रियों को तंग करने से भी···'

नहीं, सक्सेना ने किसी की परवाह नहीं की। मैं सारी चर्चा को ध्यान से सुन रहा था, तब तक प्रीति की लाश ऊपर आ गई। सक्सेना की जीप तभी डॉक्टर को लेने निकल गई थी। लाश को जो लोग ऊपर ले आए थे, उन मजदूरों ने कहा, 'बहुत नीचे नहीं गया था सर! चार सौ फीट नीचे एक झाड़ी में फँस गई थी।'

प्रीति शांत लेटी थी। खून की रंगोली के लेप से चेहरे का सौंदर्य भयानक रूप में परिवर्तित हो गया था। सुबह विवेक ने जो हेयरपिन खोंचा था, वह छूट गया था। अच्छे-अच्छे गहने सब कटकर लटक रहे थे। साड़ी फटी थी। फूल से चरण किसी चट्टान से टकराकर खूब फट गए थे, उनसे रक्त-जल निचुड़ रहा था। हर जगह लाल-लाल धारियाँ निकली थीं। मरते समय बहुत दुःखे होंगे। मरते समय उसने जिस आतंक का सामना किया था, वह चेहरे पर दिख रहा था। पाँवों में एक चप्पल मात्र थी। धन, अगरबत्ती फैक्टरी, सुशील महल, विवेक ट्रेडर्स सबकुछ भूलकर मेरी छाती में वह सुंदरी निश्चिंत होकर सोई पड़ी थी।

विवेक ने लाश की तरफ घुसने की कोशिश की, मगर सक्सेना ने उसे आगे बढ़ने नहीं दिया। मोहजर खत्म होने तक उसने किसी को पास नहीं आने दिया। वह इतना अजीब था कि किसी को भी जुगुप्सा होती, हँसी आती। उसकी छानबीन, मरनेवाली कौन थी? क्या उम्र थी? किस गाँव की थी? लाश को किसने, कहाँ, सबसे पहले देखा? लाश के साथ कौन-कौन सी

चीज मिली है? मृत्यु का कारण क्या है? सरकारी स्थान पर मरी? गवाहों ने क्या पेशी दी है? किस पर शक है?

उसकी लाश की तहकीकात वाली रिपोर्ट मुझे हास्यास्पद लगी। पोस्टमार्टम परीक्षण का आदेश दिया। अभी-अभी नौकरी में आया होगा। तीव्र उत्साही है : नाखून की परीक्षा होनी है···। विषप्राशन करवाया होगा···। एक ही चप्पल है, वह क्यों···? विवेक की उँगलियों का भी परीक्षण करवाना है। उसका शर्ट खुलवाकर यह देखना है कि कहीं छाती पर खरोंच तो नहीं—उसने कुछ-कुछ लिख लिया। खींचातानी हुई है क्या? विवेक ने कहीं धकेला तो नहीं? बालों को खींचा है क्या? गला तो नहीं दबाया?

बाप रे! पुलिस के प्रश्न भी किस तरह हँसानेवाले होते हैं? दूर गाँव से पत्नी को बुलाकर मुझसे हिमपर्वत के दर्शन करवानेवाले पति को खूनी साबित करोगे? सक्सेना तुम हार जाओगे? तुम्हारी सारी तहकीकात उलट जाएगी। महजर, लाश की छानबीन वाली रपट आदि सबको जला डालो। विवेक के बड़े भाई के स्थान पर खड़े होकर उसे सांत्वना देकर गाँव भेजो। पुलिस बनकर तुम्हें वही एक कर्तव्य करना बाकी है। उससे हटकर उससे शर्ट खोलो, हँसो, नाखून दिखाओ आदि कहते हो। तुम लोग पुलिस हो कि राक्षस? विवेक कितना संपन्न इनसान है, जानते हो? तुम्हें रिश्वत चाहिए? उससे पूछो। वह अपनी सारी जायदाद तुम्हें लिखकर दे देगा। वह बहुत उदार इनसान है। उस तरह के सरल इनसान पर तुम खून का आरोप लगाते हो। तुमसे ज्यादा कसाई कहीं होगा कोई? मैं हिमपर्वत होकर भी अंदर कुढ़ता रहा।

वहाँ जितने लोग मौजूद थे, सक्सेना ने उन सबसे हस्ताक्षर करवा लिये। ठंड शुरू हुई। प्रवासी बेचारे और कितनी देर रुके रहते? उन लोगों को अपने मार्ग की याद आई। याद होते ही उन सबने विवेक को धैर्य दिया और चलते बने। इनसान को अपने गंतव्य की याद आते ही बाकी सब बेकार लगने लगता है। सक्सेना नामक बाघ की संतान के हाथ विवेक को सौंपकर वे सब निर्दयता से निकल गए।

यह सक्सेना बहुत ही उद्धत है। उसने डॉक्टर को बुलवा लिया। पास की

झाड़ी की आड़ में कफेद कपड़ा बाँधकर पोस्टमार्टम शुरू कर दिया गया। विवेक आवाज खोकर नीचे बैठा था। उसे कड़ाके की ठंड का भी पता नहीं चल रहा था। पिछली रात को जिस पत्नी के साथ मिलकर आनंदित हुआ था, आज उसी पत्नी को कोई इंस्पेक्टर, डॉक्टर के हाथ छिद्र होते देख वह क्रोधित हुआ। देह को काटने की कई प्रकार की आवाजें आने लगीं। डॉक्टर के सहायक ने कहा, 'सर, अँतड़ी, लीवर को अलग रखना है ?' वह आवाज मुझे कानों पर जोर से लगी, फिर विवेक को कितना खराब लगा होगा ? मैंने 'छिह राक्षस' कहकर लंबी आह छोड़ी। वे लोग आपस में 'सिर फोड़ेंगे', 'हृदय काटेंगे', 'मस्तिष्क को बाहर रख दो' आदि बड़े सहज अंदाज में कह रहे थे। इंटरनल ब्लीडिंग को रोकने के लिए कांस्टेबल से कहा कि 'जाओ, उस टूरिस्ट बस की सीट से थोड़ा स्पंज काटकर ले आओ।' उसने वही किया। खून बहुत रिस रहा है। डॉक्टर उस स्पंज से खून को दबाकर निकालकर निचोड़ने लगा है। लाश अनाथ होकर पड़ी है। उसे शवागार भी नहीं भेजा, मेरे ही मैदान में इस सक्सेना ने एक बालिका को काट डाला। इन डॉक्टरों के प्रति मुझे जुगुप्सा हुई, तब भी मैं राह देखूँगा। इतनी सारी मेहनत कर सक्सेना कौन से सत्य को ढूँढ़ निकालने में लगा है।

□

10

नायक

यही मेरी प्रीति है। इसको काटने के बाद फिर उसको सिलकर मेरे आगे रखा है। इसके साथ मेरा कितने जनमों का रिश्ता है! मिले हैं, लड़ चुके हैं, गुस्सा किया है, फिर मिले हैं, शादी की है, कितना कुछ किया है। इतनी दूर आकर जंगल में लाश बन गई। इस सक्सेना को शायद पैसों का लोभ होगा; कहता है, पोस्टमार्टम करवाएगा, फोरेंसिक रपट मँगवाएगा। हर तरह की छानबीन कर लें। उसके बाद भी क्या ये लोग मेरी प्रीति को ला देंगे?

सक्सेना अपनी जीप में मुझे मनाली ले गया। उसने ही कहा, 'यहाँ से लाश को नहीं ले जाएँ, चार दिन लगते हैं, तब तक बदबू फैलेगी।' उसी ने मेरे ससुर के यहाँ त्वरित ट्रंक काल से आधी रात में बात की। मैंने अपने काँपते हाथ और आवाज में उन सबको घटना का विवरण दिया। आवाज सुन अवाक् हुए, मगर फिर भी पूछा, 'तुम कैसे हो बेटा?' जोर से यह भी कहा, 'वहीं पर दहन क्रिया करके आ...। हिम्मत के साथ आ...। कम-से-कम तुम एक तो सकुशल लौटो!' बड़े दर्द से कहा। बाबूजी की बात मैंने सक्सेना से कही। अगले दिन मनाली के मरघट में मेरी प्रीति चिता पर चढ़ी।

जब आग धधकती जल रही थी, मेरे चेहरे पर विषाद की हँसी फूटी। हाय जीवन! कितने अल्प हो तुम? 'प्रीति महल' की माँग थी। दुकान, जायदाद, अगरबत्ती कारखाना आदि की देखभाल करने का अदम्य मोह था। सभी को छोड़कर शांति से चली गई। मैंने 20 वर्ष उसकी आराधना में बिताए। वह एक-एक क्षण भी कितना स्मरणीय है? चली गई। मुझे दूर मनाली में छोड़कर अकेले ही निकल गई! क्या अंतिम दिनों में मैंने उसे दुःख दिया था? कामातुर

व्यवहार किया? कौन सा मुँह लेकर मैं वहाँ लौटूँ? प्रीति के लिए माँगने पर मैं उसे कहाँ से ला दूँ? स्टेशन आकर प्रतीक्षा करनेवाले डेविड से क्या कहूँ? अपने खून को आँसू बनाकर मैं खूब रोया। प्रीति···प्रीति···! सक्सेना मेरे पास आया, मेरे कंधे पर हाथ रखा। मुझे लगा कि वह मुझे समझाएगा। नहीं, मगर मुझसे और भी कई प्रश्न पूछने के लिए थाना ले जानेवाला था। सक्सेना से मैंने तरह-तरह से विनती की। कहा, 'आपको पैसे चाहिए तो कहिए। मेरे पास जो कुछ है, वह सब ले लो। मेहरबानी करके मुझे छोड़ दो। मुझे अकेले रहने का मन कर रहा है, प्लीज···। मुझे समझने की कोशिश कीजिए। मेरी प्रीति के चले जाने के बाद मुझे अपना जीवन खाली-खाली लग रहा है। मुझे अपने गाँव लौटने दो।' मगर सक्सेना बहुत कठोर था। उसने यह कहते हुए, 'कितना पैसा रखा है? तुम इतना धनी इनसान हो तो ठीक है, मैं तुम्हारे गाँव आता हूँ, चलो। अभी काफी पूछताछ करना बाकी है,' कहकर मुझे ब्यास होटल ले गया। मेरे और प्रीति के कपड़े, लत्ते, मेरी पुस्तकें आदि सबकुछ निकालकर फैलाए। कहा, 'तुमको आश्चर्य हो रहा है न कि मैं कन्नड़ कैसे जानता हूँ? मेरे बाबूजी कर्नाटक में डी.सी. थे। शिमोगा, तुमकूर में छह साल वहाँ रहे, तब मैं उनके साथ था। मुझे कन्नड़ के साथ छह भारतीय भाषाओं का ज्ञान है। मैं उन सबमें बात कर सकता हूँ।' मैं चुपचाप खड़ा रहा। उसने मेरी दैनंदिनी के पृष्ठ खोले। उसमें लिखी कविताएँ पढ़ा, हँसा। तुम कविताओं को लिखते हो? उसने व्यंग्य से कहा। उसने मुझसे '30 सितंबर से आगे डायरी क्यों नहीं लिखी?' पूछकर संदेह प्रकट किया।

मैंने कहा, 'वह भी एक पॉइंट है? विवाह के संभ्रम में लिखने की फुरसत न मिली।' उसके पास तो प्रश्नों की झड़ी थी।

'तुम लोगों की शादी कब हुई?'

'2 अक्तूबर।'

'हनीमून के लिए कब निकले?'

'6 अक्तूबर सुबह के 10 बजे की ट्रेन से।'

'उतनी जल्दी क्यों?'

मुझे दुःख हुआ। इच्छा हुई कि कहूँ, शादी के तुरंत बाद जाने से ही उसे हनीमून कहते हैं। देर होने से वह काशी यात्रा होती है, मगर मैंने अपने को रोका। उसने यह कहकर, 'तुम होटल में ही रहो। मैं भी तुम्हारे साथ मैसूर आऊँगा।' मेरी डायरी पुस्तक, मेरे चुटकुले भी लेकर चला गया। उस रात उसने होटल के सभी लोगों से पूछताछ की, कुछ–कुछ लिख लिया। मैंने बत्ती बुझाई। अँधेरा अच्छा लगा। खूब रोया। दरवाजे के पास ही पड़ा रहा। मुझे ठंड का भी ध्यान नहीं रहा। बिल्कुल नींद नहीं आई।

□

11

राजीव सक्सेना

कहते हैं मैं राक्षस हूँ! निष्ठुर हूँ। सभी प्रवासियों ने कितना कुछ कहा, कहने दें। मैं अपना कर्तव्य करके रहूँगा। मुझे विवेक पर शक है। मैसूर जाकर आऊँगा तो सुराग मिल सकता है। अब तक की सारी पूछताछ का नतीजा विवेक के पक्ष में है। वह एक श्रेष्ठ प्रेमी है। प्रवासियों से लेकर होटल के सब लोगों ने यही कहा, फिर भी मैं नहीं मानता। 20 वर्षों से लगातार लिखी दैनंदिनी 30 सितंबर पर क्यों रुक गई? यह बात मेरी समझ में नहीं आई। फोरेंसिक रपट, पोस्टमार्टम रपट से कुछ पता नहीं चला। उनके अनुसार यह एक आकस्मिक दुर्घटना है। धकेलने या विरोध की कोई सूचना नहीं। वह सिर्फ 400 फीट तक फिसली है। जोर से धकेल दिया होता तो लाश का पता ही नहीं चलता। विष प्राशन की भी कोई सूचना नहीं। पोस्टमार्टम में सबकुछ ओ.के. हुआ है। कुछ भी उद्देशित नहीं। यह एक आकस्मिक मृत्यु के रूप में साबित हुआ है, मगर मुझे एक बार मैसूर आना-जाना ही होगा। इन कविता लिखनेवाले लोगों पर विश्वास नहीं किया जा सकता। वहाँ जाकर प्रीति के माता-पिता, उसके मित्रों से बात करने पर कुछ सूचना मिल सकती है। इस विवेक ने ही कुछ किया है। यात्रियों से दूर कर दक्षिण के कोने पर उसे क्यों लेकर गया? जल्दी में हनीमून के लिए लेकर, वह भी कुल्लू वैली जैसे दूर के अपरिचित स्थान पर क्यों लेकर आया? यह हनीमून के लिए अच्छी जगह है क्या? प्रीति धनवान की बेटी है। जायदाद हड़पने की योजना बनाई होगी। यहाँ कुछ तो राज है। मैं कल ही विवेक को साथ लेकर मैसूर पहुँचूँगा।

हम दोनों मैसूर पहुँच गए। मार्ग में लगातार विवेक से पूछताछ करता

रहा, मगर कुछ फायदा न हुआ। हम लोगों को लेने के लिए कोई भी स्टेशन पर आया नहीं था। विवेक के साथ मैं सीधे उसके घर पहुँचता हूँ। उसके माता-पिता उसे बरबस खींचकर छाती से लगा लेते हैं। विवेक की माँ विवेक से, 'प्रीति को कहाँ छोड़ आए बेटा?' कहते हुए बरबस छाती से लगा लेती है, रोने लगती हैं। इन सबका बहू से अपार प्रेम है या यह नाटक हो सकता है?

खबर चारों ओर पहुँच चुकी है। वहाँ के पुलिस को पूरा विवरण देकर मैंने उनका सहयोग माँगा है। विवेक के घर की छानबीन पूरी हो गई। एक स्तर पर विवेक के पिताजी चिढ़ गए। उन्होंने कहा, 'जी, इन दोनों की जोड़ी भगवान् के यहाँ से ही बनकर आई थी। ऐसे व्यक्ति पर शक करके आपका भला नहीं होगा। पूछताछ करनी है न, कर लीजिए। यहाँ के हर इनसान से पूछ लीजिए। वहाँ के पेड़-पौधे कॉलेज बस आदि सब इन दोनों की प्रेम कहानी कहते हैं। आप दूर से आए हैं। मुझसे जो होगा, वह सब मदद मैं भी करूँगा। आप जाकर कॉलेज में पूछिए। प्रीति के घर पूछिए उसके दोस्तों से पूछिए। आप स्वेच्छा से किसी से भी पूछ लीजिए। लोकल पुलिस से पूछिए। मुझे दुकान में काम है। मैं वहाँ रहूँगा। वहाँ जब चाहे आकर पूछताछ कीजिए।' दुःख से यह सब कहकर विवेक के पिता बाहर निकल गए।

मैं बहुत निराश हुआ। कुल्लू से आते वक्त मेरा जो उत्साह था, अब उसमें से आधा घट गया था। प्रीति के 'सुशील महल' के लिए मैं निकल पड़ा। दुःखतप्त बैठे प्रीति के माता-पिता को मैंने कहा, 'प्रीति की बॉडी हम यहाँ तक नहीं ला सके। मैंने ही वहाँ खड़े हो उसका संस्कार किया।' प्रीति की माँ के मुँह से शब्द ही न निकले। 'मुझे आपसे कुछ बातें जाननी हैं,' कहकर मैंने अपने प्रश्न शुरू किए।

'आप लोगों ने शादी में कितना दहेज दिया?'

'जी नहीं।' हमारे दामादजी ने कुछ भी लेने से मना किया। उन्हें पैसा, जायदाद आदि किसी का मोह नहीं। प्रीति ने ही उनसे जोर देकर कहा था, 'आपने तो दहेज भी नहीं लिया। बाबूजी से एक कार माँग लीजिए।'

'उन दोनों के बीच झगड़ा हुआ था?'

'नहीं।' उन दोनों ने कई सालों से एक-दूसरे को चाहा था। छुटपन की दोस्ती थी। साथ-साथ खेलकर बड़े हुए थे। हमारे बीच पुराना रिश्ता है। विवेक का स्वभाव भगवान् जैसा है। पत्नी के लिए प्राण देनेवाला लड़का है, चूँकि हमारी बेटी गुजर गई है, अपने जमाई साहब पर झूठ-मूठ कहेंगे तो मुँह में कीड़े पड़ेंगे।

मैंने सुशील महल को एक बार ध्यान से देखा। बहुत बढ़िया सुंदर मकान है, तभी मुझे फोन आया। नजदीक के पुलिस थाने से इंस्पेक्टर ने फोन किया था। उन्होंने मुझे थाने पर बुलाया था। मैं बड़े कुतूहल से वहाँ पर पहुँचा।

उन्होंने पूछा, 'आपकी छानबीन कहाँ तक पहुँची?'

'जहाँ का तहाँ है। मुझे और कुछ विवरण जानना है।'

'अब तक जो जाना है, उसमें से कुछ सुराग मिल सका?'

'जी नहीं, डॉक्टरी रिपोर्ट के अनुसार यह आकस्मिक मृत्यु है। कोई बलात्कार नहीं हुआ। प्रीति के माता-पिता के अनुसार वे दोनों अमर प्रेमी थे।'

'मैं भी वही बात कहनेवाला हूँ!'

मैं अवाक् रह गया! 'सर, आप भी यही कहते हैं?' इंस्पेक्टर ने कुछ अनमने भाव से मुसकरा दिया। घंटी बजाकर कॉफी मँगाने का आदेश दिया, फिर एक भाषण झाड़ दिया।

'मि. सक्सेना! आप गलतफहमी में न रहें कि हम लोग आपका सहयोग नहीं कर रहे हैं। हर क्षण आपकी सेवा में हाजिर हैं, मगर हम चूँकि नेटिविटी से खूब परिचित हैं, मैं आपसे कुछ बात कहता हूँ। सुनने के बाद भी आप अपनी इन्क्वायरी आगे बढ़ा सकते हैं।'

'कहिए,' मैंने बेचैनी से पूछा।

'सच मानिए, हम प्रिजुडिस होकर यह बात नहीं कह रहे हैं। हम इन दोनों परिवारों को खूब जानते हैं। दोनों प्रतिष्ठित परिवार हैं। प्रीति के पिताजी का एक अगरबत्ती कारखाना है।'

'मैं ये सारे डिटेल्स जानता हूँ।'

'ठीक है, आतुर न होइए, मेरी बात सुनिए। प्रीति-विवेक की छुटपन

की दोस्ती है। आधा मैसूर जानता था कि उन दोनों की शादी होगी। हम सब उनकी शादी में गए थे। उस लड़के का स्वभाव ही कुछ ऐसा है। वह कभी पैसों के पीछे पड़नेवाला इनसान नहीं। पहाड़ की तलहटी में बैठकर कविता लिखनेवाला पागल लड़का है। एक बार उसने अपनी कविताएँ मुझे पढ़ने के लिए दी थीं। उसकी सारी की सारी कविताएँ प्रीति पर केंद्रित होती थीं। रईसी का घमंड उसे अच्छा नहीं लगता था, तब यह सोचना कि दहेज के लिए उसने हत्या की है, कहाँ तक उचित होगा?'

मैं बोला, 'नहीं।' चुपचाप कॉफी पी ली। उनसे मैंने कहा, 'मैं और भी दो-एक दिन मैसूर में रहूँगा।' मैं वहाँ से निकल आया। प्रीति के क्लास फेलोज से बात करने के लिए मैं कैंपस गया। वहाँ लड़कियों ने मुझ पर हल्ला बोल दिया।

'इस अति बुद्धिमानी के कारण ही आपका डिपार्टमेंट बदनाम हुआ है। हमसे जानिए सर, प्रीति-विवेक दोनों आपस में कितना प्रेम करते थे। वह अपनी पत्नी की आराधना करता था। विवेक के प्रेम को देखकर हम सब बहुत खुश थे। कहते थे कि वह कितनी भाग्यशालिनी है। उसकी मृत्यु से हम सब दिग्भ्रमित हैं। विवेक न जाने घुलकर किस हालत में होंगे! आप ऐसे व्यक्ति के पीछे पड़े हैं। हम सबको मिलकर उन्हें हिम्मत देने की जरूरत है। आपसे ज्यादा देर बात करने पर पता नहीं आप हमें भी खूनी न कहने लगें?'—एक लड़की ने व्यंग्य किया। पुलिस होकर मैं ऐसी बातों के लिए अपना माथा खराब नहीं कर सकता। मैंने सह लिया। कहा, 'मैडम, ऐसी बात नहीं, जरा सुनिए तो,' मैं कहने ही वाला था कि उन सब लड़कियों ने एक साथ कहा, 'सर, हमारी सहेली की आकस्मिक मृत्यु पर शोकाचरण का एक कार्यक्रम अपने डिपार्टमेंट में आज 4 बजे रखा है। आप भी आइए। हमारे प्रोफेसर से मिलिए। हो सकता है, आपको उनसे कुछ सूचना मिले।'

उसके अंतिम वाक्य में जो व्यंग्य था, उससे मुझे बहुत निराशा हुई।··· लगा, मैंने गलत पग रखा। अपने यहाँ के वरिष्ठ अधिकारियों को मनाकर कर्नाटक तक आकर मैंने क्या साध लिया? इस प्रश्न से अपने आपसे मैं

शर्मिंदा हुआ। चुपचाप कैंपस से निकलकर मैं अपने लॉड्ज पर आ गया। सिगरेट जलाया। लगा, छिह! इतनी दूर आकर मैंने गलत किया, फिर कहीं अपनी पुलिस बुद्धि आड़े आई। डेविड नामक विवेक के दोस्त से मिलना चाहिए। वह भी एक और कोशिश हो सकती है। कुछ भी हो, उससे एक बार मिल लूँ। डेविड का कमरा ढूँढ़कर निकल पड़ा।

हळे अग्रहार की एक गली में एक मकान की पहली मंजिल पर डेविड का कमरा है। मैं जान-बूझकर वहाँ रात के समय पहुँचा। रात का समय मेरे लिए बहुत अच्छा है। तहकीकात करने के लिए बहुत योग्य समय होता है। दरवाजा खटखटाया। डेविड ने दरवाजा खोला। वह एक छोटे से अंडरवीयर पहने बीयर पी रहा था। मैंने अपना परिचय दिया। उसने 'प्लीज कम' कहकर मुझे बैठने को एक स्टूल दिया। मैंने कमरे को ध्यान देकर देखा।

कमरे में किसी एक महिला की कई भंगिमाओं की तसवीरें थीं। पता नहीं, कमरे को कब साफ किया होगा। कितने साल हुए होंगे। एक कोने में कूड़े की ढेर पड़ी थी। उसमें बीयर बोतल के कई सारे ढक्कन, सिगरेट के खूब सारे मसले टुकड़े भरे थे। टेबल पर दर्शनशास्त्र की कुछ पुस्तकें थीं। एक छोटी सी टी.वी कोने पर रखी थी। कपड़ों की अस्त-व्यस्त स्थिति में ढेर। उसने गिलास में बीयर डालकर मुझे दिया। 'नहीं, मुझे आदत नहीं है!' मैंने कहा।

उसने एक दर्शनिक के अंदाज में कहा, 'मैं जानता हूँ कि आप किसलिए आए हैं। प्रीति की मौत को लेकर पूछने आए हैं। ठीक है न?' मैंने 'यस' कहा, 'मौत ही एक जवाब है,' उसने दार्शनिक की तरह कहा।

'हनीमून के समय आपको पत्र तो नहीं लिखा था?'

'मुझे वैयक्तिक रूप से तो नहीं लिखा, मगर अपने लोग माता-पिता, सास-ससुर को लिखे पत्र में मुझे याद किया है। मैं एक बार उनके घर गया था। पति-पत्नी दोनों ने मिलकर पत्र लिखा था। उसे मुझे दिखाया। उसमें प्रीति ने लिखा था कि उसका पति उसकी बड़े प्रेम से देखभाल कर रहा है!'

'उसे विवेक ने कहकर लिखवाया होगा?'

'आपकी बात का मतलब ?'

'मुझे विवेक पर शक है।'

अब डेविड जोर से हँस पड़ा। कहा, 'आप हार रहे हैं। आप मैसूर आए, पूछताछ की, मुझे यह सब मालूम है। आपको कहीं पर कुछ भी नहीं मिला। इसके बाद भी आप हार मानने को तैयार नहीं। ऐसा क्यों, सक्सेना साहब ?'

मैं फक् पड़ गया। मेरी सारी पुलिसवाली बातें निष्फल निकलीं।

डेविड ने कहा, 'आपकी तहकीकात से विवेक पिस गया है। उसे सांत्वना कैसे दूँ, मैं नहीं जानता और इसी वजह से वहाँ गया ही नहीं। मुझे लगता है कि सच ही मेरे पास शब्द नहीं हैं। सक्सेनाजी, मैं आपसे एक बात पूछूँ ?'

थूक निगलकर मैंने कहा, 'क्या है, कहिए।'

'आप पैसे चाहते हैं ? शरमाइए नहीं, आपकी इस तहकीकात के पीछे सत्य को ढूँढ़ने का उद्‌देश्य है या पैसे कमाना चाहते हैं ?'

'सत्य को ढूँढ़ निकालना चाहता हूँ।' मैंने कुछ गुस्से में आकर कहा।

'तब आप तुरंत अपने गाँव लौट जाइए। पैसों की जरूरत हो तो सीधे माँगिए। प्रीति के माता-पिता दोनों इस शहर के धनवान लोग हैं। आपको मुँह-माँगा धन दे सकते हैं।'

मुझे गुस्सा आ गया, मगर उसे मैं प्रकट करने की हालत में नहीं था, फिर अंत में डेविड ने ही कहा, 'कल आइए, मैं आपको अगरबत्ती फैक्टरी ले जाऊँगा। एक कुतूहल के लिए मात्र।'

मैं वहाँ से निकला। निकलकर सीधे ऑटो लेकर अपने कमरे पर आ गया। अब तक मैं हारा हुआ अनुभव करने लगा था। कल शाम की गाड़ी से दिल्ली की तरफ यात्रा करने का मैंने सोच लिया। धावन प्रकरण, ग्वालियर के शोभा अरुण कौशल प्रकरण में मैंने सत्य शोध कर उसको स्फोटित कर नाम कमाया था। विभाग में मैंने अच्छा नाम कमाया है। उस उत्साह में मैंने मूर्खता कर दी। दुःख से परितप्त दोनों परिवारों को मित्र बनकर मुझे सांत्वना देनी थी। विवेक से एक बार भी प्रेम से बात की होती, उसका दुःखभार काफी घट गया

होता। मेरी आँखों-देखी मौत; अपनी आँख आगे मृत डार्लिंग प्रीति का शरीर अनजान देश में जलाकर अकेले लौटे विवेक के बारे में दया पनपी। वर्णहीन उसका पेलव चेहरा मेरे आगे आकर मेरे अंदर पाप-प्रज्ञा सताने लगी। उस रात मुझे कब नींद आई, इसका पता ही नहीं चला।

सुबह डेविड ने आकर दरवाजा खटखटाकर मुझे जगाया। हम अगरबत्ती कारखाने की तरफ निकल पड़े।

मार्ग में डेविड ने 'रम्या होटल' दिखाकर कहा कि हम दोनों ने यहीं पर रवा दोसा खाया था। हनीमून के लिए निकलने से कुछ दिन पहले उसका संभ्रम देखने के काबिल था। ऐसा लगता था, मानो उसे स्वर्ग ही मिल गया था।

मैंने पूछा, 'ऐसा क्यों?'

'वह उसे बहुत प्यार करता था, उसकी पूजा करता था। उसे घमंड था कि वह ऐसी सुंदर महिला का पति बन रहा था। मैंने कुछ और बात कहकर उसे निराश कर दिया था।'

'एक बात पूछूँ, वह आपका पर्सनल···'

'पूछिए, वह कौन सा पर्सनल? आप दो ही पर्सनल का पूछेंगे, एक यह कि प्रीति के साथ आपका कौन सा रिश्ता था? दूसरा यह कि तुम्हारे कमरे में औरत की तसवीर किसकी थी? ये दो प्रश्न ही तो आपके हैं?'

मुझे आश्चर्य हुआ, 'जी, ये दो ही मेरे प्रश्न हैं। आपने ठीक उन्हीं प्रश्नों को कैसे पहचान लिया?'

डेविड ने हँसकर कहा, 'और कोई प्रश्न आपके पास नहीं बचा। आपके सभी प्रश्न विवेक के घर, प्रीति के घर अर्थहीन हो चुके हैं। मेरे पास पूछने के लिए आपके पास ये ही दो प्रश्न बचे हैं। जवाब दूँगा सुनिए, प्रीति को मैं सिस्टर कहता था, कहना था। आप जानते हैं, हमारे आत्मीय मित्रों की पत्नी सभी हमारी सिस्टर ही होती हैं। यह हमारे अपनों के बीच बनी अनधिकृत संधि है। इस तरह कहने का यह मतलब कि उसके बारे में मेरे मन में कोई दुर्भावना नहीं थी। वह मुझे डेविड भैया कहती थी। बहुत सुंदर लड़की थी।'

'माफ कीजिए, उसके जिंदा रहते एक बार भी उसे देखने का अवसर मुझे नहीं मिला।'

'हाँ, वह आपका कर्म था। आपकी सारी अक्लमंदी मृत देहों को निपटाने में ही खत्म हो जाती है। अब देखिए, उतनी दूर मनाली से मैसूर तक आए हैं। मृत जीव के पीछे पड़कर जिंदा लोगों को तंग करते हैं। अब आपका दूसरा प्रश्न, वे तसवीरें मेरी पत्नी की हैं। वह भी मुझे छोड़कर चली गई। देखिए, उसे लेकर भी आप तहकीकात करनेवाले हैं क्या?'

'डेविड, आपको गलतफहमी है। आप एक पुलिस अफसर के स्थान पर खड़े होकर सोचिए, तब आपको मेरी उलझन समझ में आएगी।'

'ठीक है, अब मेरी कहानी सुनिए। उस तसवीर की औरत मेरी पत्नी है। मैं एक गिटारिस्ट हूँ। विवेक की शादी में वीडियो की पूरी जिम्मेदारी मैंने ली थी। आप देखना चाहें तो आज देख सकते हैं। विवेक के घर वी.सी.आर. है?'

'वह रहने दीजिए, आपकी पत्नी के बारे में कह रहे थे।'

'हाँ तो, पत्नी की बात? शुरू में मैं उसकी पूजा करता था। वही एक स्तर तक मेरी और विवेक की एक जैसी कहानी है। मैं कुछ लड़कों को गिटार सिखाता था। उनमें से एक मोटे लड़के के साथ वह भाग गई।'

'फिर उसकी तसवीर आपने क्यों रखी है?'

'उसका शरीर किसी के साथ भाग गया। उसका मन मेरे साथ रह गया है। अपने जीवन के सभी सुखी क्षण मैंने उसी के साथ बिताए हैं। वे यादें मुझे हमेशा चाहिए। अब वह मेरे साथ नहीं। कहते हैं, वह केरल में है। अच्छी स्मृतियों को क्यों खोएँ, कहिए? उसे मेरी जरूरत नहीं थी। उससे मैं अपनी जरूरतवाले दिनों की मीठी स्मृतियों को नहीं खो सकता।'

'उसको समझाकर आप दुबारा बुला सकते हैं न?'

'गलत है, उससे नए दुरंत का आरंभ होता है। हर किसी का अपना अलग मार्ग होता है। वह उन्हीं का रहने देना चाहिए। वह अपने आप आ भी जाए, मैं उसे दुबारा अपने यहाँ रहने न दूँगा, वह दुबारा आई तो अपने साथ दुर्गंध का घड़ा उठाकर आएगी। उसके लौटने से तो उससे दी गई यादें अच्छी

हैं। मेरे लिए उतना ही काफी है।'

मैं मौन सा था, तब तक 24 नंबर की बस आई। डेविड ने कहा—चढ़िए। हमारे यहाँ की बस का अनुभव आपको भी मिले। इसमें चढ़कर बल्लाळ के पास उतरने से अगरबत्ती फैक्टरी वहाँ से पैदल जा सकते हैं। हम दोनों बस में चढ़े।

मैंने कहा, 'आपके यहाँ की बसें बहुत तेज जाती हैं।'

'जी, सुशील महल के आगे ही इसका स्टॉप है। उस टर्निंग में बस इतनी तीव्रता से मुड़ती है कि डर लगता है।'

'सुशील महल प्रीति के मकान का नाम है न?'

'जी!'

बल्लाळ के पास बस के रुकने पर उतरकर हम पूर्व की तरफ आगे बढ़े। आधे किलोमीटर दूर से ही खुशबू नाक में घुस गई। बड़े टावर के सामने हम खड़े हो गए। मैंने कहा, 'वहाँ पर मुझे कुछ काम नहीं। कुतूहल के कारण आया हूँ बस।' तभी देखा कि पेड़ के नीचे खड़ी महिलाएँ प्रीति के बारे में कुछ बातें कर रही थीं! मैंने उसे छिपकर सुनना शुरू कर दिया। डेविड मुसकराया।

'सुना, वह राक्ससी खत्म हो गई। बाबा रे! क्या दिमाक…। क्या दौलत फैक्टरी में घुसकर हम लोगों को गधी रंडी कहती, गाली देती…। बदन पर माराणी की तरह गहने पहनकर आतीं और हमें कष्ट देती। दूर कहीं अनीमूँ करके आतीं, कहके गई थी उधर पूछनेवाला कोनों नै, जंगल की लाश, बनी है।' 'ऐसा क्या? यजमान बाबू इसके लिए ही सुस्त दिखता। गरीब का स्राप वैसा छोड़ता नै जी। उसके कारण पिछले महीने अम्को पच्चास रुपए पगार काट दिया—भोत संकट देती थी वह बाई। कहते हैं न, जैसे करनी वैसे भरनी। वैसे नहीं छीटता।' 'कहते हैं न, ऊपर भगवान् सबकुछ देखता है बाई, जैसे कहनी वैसे भरनी, 'वह कभी झूठ नहीं होता बाई।'

'है चलो, चलो। देर भई। काम करेंगे।'

इतना कहकर औरतों का समूह कारखाने के अंदर प्रविष्ट हुआ। हम

लोग भी कारखाने के अंदर प्रविष्ट हुए। दरवाजे पर ट्रक में अगरबत्ती की पेटियों को भर रहे थे। सिर में मदमाती खुशबू फैली थी। लड़के काडी में पेस्ट भरकर हाथ से रगड़ रहे थे। अगरबत्तियों को तेज गिनकर फेंक रहे थे। एक औरत उसका हिसाब लिखती जा रही थी। टहल रही थी। डेविड ने उसको पास बुलाकर कहा, 'सुना, तुम्हारी मालकिन गुजर गई, जानती हो?' 'छोड़िए साब, यह पुरानी खबर बन गई।' उस दिन फैक्टरी में इसका डिंडोरा पिट गया। वह ठीक, साब, ये नासपिटे पुलिस अमारे विवेकप्पा को पीछे पड़े हैं सुनते। वो मात्मा भगवान्–सा है। बीवी को हथेली पर रख के पूजा करता साब। इन पुलिस लोगों दिमाग खराब है, साब। वह वहीं फिसलके गिरी बोलते हैं। उसकी सात खड़ा यजमान क्या करता? छोड़ साब, अपन कू क्या करना? परसों विवेकप्पा को देखा। घुल–घुलके झाड़ू की काडी बन गया है। उनो को क्या कुछ हो गया तो, डर लगता साब। डेविड ने पूछा, 'बाई, विवेक के बारे में इतनी दया क्यों दिखा रही हो? उतना प्रेम क्यों करती हो?' उस औरत ने तब जोर से कहा, 'आप नई जान्ते साब? विवेकप्पा मेरी गोदी में खेल के बड़ा हुआ उनो ही मुझे हियां नौकरी में लगाया। उन मेरे बप्पा को कुछ भी न हो बस···'

हम लोग वहाँ पर और नहीं रुके। डेविड ने बाहर निकलते वक्त कहा, 'सक्सेना साहब! मैं और कोई गवाह आपको पेश नहीं कर पाऊँगा। सत्य को आपकी आँखों के आगे मैंने खोलकर रख दिया है। आपके इस सत्य शोधने के काम और कुछ मदद की जरूरत हो तो कहिए। मुझे अपना एक दोस्त समझिए। मुझसे क्या चाहिए, कहिए?' मैंने थैंक्स कहा। हम दोनों फिर बस में चढ़े। डेविड ने निर्वाहक से 'दो सुशील महल का देना' कहा। बस तेजी से सुशील महल के आगे आकर रुकी। हम तेजी से नीचे उतरे।

घर सूना–सूना लग रहा था। प्रीति की माँ अंग विकल व्यक्ति की तरह दुःखी होकर लेटी थीं। पिता घर में नहीं थे। मझे दया हो आई। मैंने कहा, 'मैं आज शाम को वापस जाऊँगा।' उन्होंने बहुत धीमी आवाज में कहा, 'हो आइए, वह हतभागी थी। भगवान् जैसे पति को पाकर भी उसके साथ

जीने का योग नहीं था।' उन्होंने इतना कहकर एक लंबी उसाँस छोड़ी। मैंने कहा, 'आपके पतिजी से भी कह दीजिए। मैंने अंतिम विदाई कही। डेविड और मैं अब 'सुशील महल' से निकल पड़े। वहाँ से थाने पर गए। एस.ए. ने मुसकराते हुए हमारा स्वागत किया।

उन्होंने हँसते हुए कहा, 'किस निर्णय पर पहुँचे?'

मैंने हँसकर कहा, 'आज शाम को लौटने का निश्चय किया है।'

'आपकी हिम्मत और कोशिश से खुशी हुई। कोशिश का हमेशा महत्त्व होता है। आपने अपनी कोशिश की। इस विषय के संबंध में मैंने आपको पहले ही कहा था कि यह एक आकस्मिक दुर्घटना ही होगी। वजह यह है कि मैं इन दोनों परिवारों की पृष्ठभूमि से परिचित हूँ।'

'कोई बात नहीं। दस साल पहले जिस कर्नाटक को देखा था, दुबारा उसे देखने का अवसर मिला। यहाँ लोग बहुत अच्छे हैं। उत्तर भारत के लोग कितना निष्ठुर व्यवहार करते हैं, जानते हैं? यहाँ हर एक ने मुसकराते हुए ही मेरा स्वागत किया है। मैंने कुछ लोगों का दिल बहुत दुखाया है।'

'रहने दीजिए। हमारे विभाग के लिए यह अनिवार्य है। आप निराश न हों। हमारे डिपार्टमेंट के लिए आप जैसे लोगों की बहुत जरूरत है। मनाली पहुँचकर एक पत्र लिखिए।' डेविड यह सब चुपचाप सुनता बैठा था। काफी पिलाई गई। मैं उठा। हम लोग जब विवेक के घर पहुँचे, वहाँ पर भी शून्य वातावरण आवृत था। मैं आज शाम को निकल रहा हूँ। मैंने बहुत कष्ट दिया, क्षमा चाहता हूँ। सभ्यता की बात जीभ के किनारे थी। वह बात कहना मात्र इस भेंट का उद्देश्य था। मकान में कहीं कोई नहीं था। डेविड 'आंटी··· आंटी,' कहते हुए पूरे घर में घूम आया। 'कौन?' एक धीमी आवाज सुनाई पड़ी। अँधेरे कमरे के अंदर विवेक की माँ लेटी थीं। वे धीरे से उठ बैठीं, 'कॉफी बनाऊँ?' उन्होंने पूछा, 'नहीं आंटी, अभी-अभी हम कॉफी पी चुके हैं,' डेविड ने उन्हें सहारा देकर बिठाते हुए कहा, 'आंटी, यह वापस जा रहे हैं।' उन्होंने मेरी तरफ देखा और कहा, 'हमारी वजह से आपकी तहकीकात में बाधा तो नहीं पहुँची? क्या करें? पूरा मकान ही मरघट बन गया है। वे

ठीक से दुकान नहीं जा रहे हैं। विवेक तो पूरी तरह घुल चुका है। चौबीस घंटे वह प्रीति···प्रीति कहते हुए उसका आँचल पकड़कर छोटे बालक की तरह घूमता था···' इतना कहते ही उनका गला रुँध गया, आगे बोल न निकले। मैं अब यह भूल गया था कि मैं एक पुलिस अफसर हूँ। पूरी तरह मानवीयता से आवृत्त हो गया था। लगने लगा, विवेक मेरा छोटा भाई जैसा है, पूछा, 'माँजी, विवेक कहाँ है ?'

'शाम को आने की बात कहकर गया। मैंने उसे अकेले जाने से मना किया। बार-बार कहा, 'तुम्हारा मन ठीक नहीं। वह मेरी बात कभी नहीं टालता था। आज सुबह उसने एक बूँद कॉफी भी नहीं पी। उसको रोकने की ताकत मेरे अंदर कहाँ? कौन जाने, किस पेड़ के नीचे बैठकर कविता लिख रहा होगा। किस लाइब्रेरी में बैठकर पुस्तक लेकर बैठ गया होगा ?' डेविड ने उन्हें हिम्मत देकर कहा, 'आंटी, मैं जानता हूँ कि वह कहाँ बैठा रहेगा ? मैं उसे बुला लाता हूँ। आप चिंता न करें, हिम्मत साधिए।'

हम विवेक के घर से निकले, तब मुझे दुःख हो रहा था। मैंने कहा, 'डेविड, विवेक से मिले बिना मैं जाऊँगा नहीं।'

'अभी पूछताछ करना बाकी है क्या इंस्पेक्टर ?' कहकर डेविड हँस पड़ा।

'नहीं, मुझे इस केस के बारे में और रुचि बाकी नहीं, मगर उससे बात किए बिना जाने की इच्छा नहीं हो रही है।' मैंने गंभीर होकर कहा, 'आइए, आइए! मैं उसकी मामूली जगह को जानता हूँ। प्रीति छोटा-मोटा झगड़ा कर जब हठ पकड़ लेती तो वह यहाँ आकर बैठ जाता था। शाम के वक्त जाकर मैं कई बार उसे समझाकर ले आया हूँ। वह वहाँ जरूर मिलेगा।'

हम ऊटी के मार्ग पर पैदल आगे बढ़े। दोपहर की गरमी थी। तभी उसकी प्रखरता घटने लगी थी। दक्षिण की तरफ कुछ दूर आगे बढ़ गए। चामुंडी पहाड़ की तलहटी में एक श्मशान था। डेविड मुझे लेकर उसके अंदर गया। आज ही बनी छोटी-मोटी समाधियाँ थीं। मिट्टी के ढेर पड़े थे। मुरमुरे का ढेर, फूलों का ढेर, चूड़ियों के फोड़े टुकड़े, कुंकुम बिखेरी जगहें···। इन सबको

देखते हुए विवेक को चारों तरफ ढूँढ़ा। पाँवों से कुछ मुंड, हड्डियाँ अटकीं। यह सोचकर कि विवेक कहीं, किसी पेड़ के नीचे बैठा होगा। उसने दूर तक देखा। वह वहाँ भी नहीं दिखा। कौवे की काँव-काँव आवाज, स्थान-स्थान पर आग से निकलता धुआँ···। अधजली अगरबत्तियाँ···। नारियल के खोल···। मैंने एक बार विवेक का नाम लेकर आवाज दी। जवाब नहीं मिला। मुझे कुछ डर लगा। सोचा, छिह, ऐसा न हो, उसमें मेरी कुछ गलती भी न लगी। यह मेरा व्यवसाय ही तो है। यह सोचकर कि सच को तलाशना ही तो मेरा व्यवसाय है। अपने को सांत्वना दे दी। यह सोचकर कि पुलिस होकर इस तरह भावुक बनना ठीक नहीं, मैंने अपने को मजबूत कर लेने की कोशिश की।

डेविड ने यह कहकर कि मि. सक्सेना वह यहाँ पर नहीं। इससे निराश होने की जरूरत नहीं, 'चलिए, आगे भी एक और श्मशान है, वह वहाँ भी हो सकता है,' कहकर वह आगे बढ़कर मुख्य मार्ग पर आया। जिस रास्ते से हम आए थे, उसी रास्ते फिर मुड़कर हम थोड़ी दूर आगे बढ़े, फिर बाईं तरफ एक मंदिर था। उसके चारों तरफ कुछ कंगूर से थे। मैंने पूछा कि ये क्या हैं? डेविड ने कहा, 'यह महाराजा के परिवार का श्मशान है।' मैंने एक सूखी हँसी हँसकर पूछा, 'इतने सारे?' डेविड ने कहा, 'हमारा पागल विवेक, पता नहीं, किस महारानी की समाधि पर लेटा पड़ा होगा?' ऐसा कहकर वह वहाँ की समाधियों के चारों तरफ घूमता निकल पड़ा। मैं उसके पीछे-पीछे गया।

'वह देखिए, उधर विवेक है,' कहते डेविड ने दिखाया। मैंने एकदम देखा। विवेक एक खंभे के साथ लगकर शिला की तरह बैठा था। उसकी आँखें शून्य पर टिकी थीं। आँखें अंदर धँस गई थीं। छोटी-छोटी दाढ़ी उग आई थी। मुझे देखकर एक छोटे बच्चे के अंदाज में उसने पूछा, 'मुझे हिरासत में लेने आए हैं क्या?' मैं उसके बगल में जाकर बैठा। कहा, 'विवेक, मुझे पता है कि मेरे कारण आपको बहुत दुःख पहुँचा है, मगर वह मेरे लिए अनिवार्य था। आपको एकवचन में उद्देशित कर बेइज्जत किया है। क्या करें, हमारा पेशा ही इस तरह का है। मैंने पत्रिका में पढ़ा था कि कर्नाटक में दहेज की वजह से मौतें ज्यादा होती हैं। उसी वजह से शायद मैं इतनी दूर चला आया।

यहाँ आकर यहाँ के वातावरण को देखने के बाद पता चला कि मैं कैसा बुद्धू हूँ। मैं आज ही शाम को लौट रहा हूँ। आपको ढूँढ़कर मैं यहाँ तक आया। आप इस तरह उदास होकर बैठ गए तो फिर आपके माता-पिता की देखभाल कौन करेगा?' इतना कहकर मैंने उसके हाथों को मृदुलता से दबाया। विवेक की आँखों में आँसू भर गए थे। डेविड दूसरे किनारे पर बैठा, अपना फलसफा झाड़ते उसने कहा, 'विवेक, अपनी नई जिंदगी शुरू कर, देख, तुम्हारा डेविड भैया है।'

'विवेक, बीता हुआ भूल जा। नई जिंदगी शुरू करनी ही होगी। जितनी जल्दी हो सके, आपको दूसरी शादी कर लेनी चाहिए।'

मेरे इतना कहते ही विवेक अपने दोनों हाथ छीनकर अपना चेहरा ढाँपकर घुटनों के बीच उसे सटाकर, 'नो....नो...' कहकर चीख पड़ा। डेविड ने एक संत की तरह कहा, 'विवेक ब्रदर, रहने दे। वे मनाली से इतनी दूर, यहाँ तक आए हैं। शाम को लौट रहे हैं। हमारे परिवार के संबंध में इतनी दूर आए हैं, इसलिए हमें उन्हें सादर 'थैंक्स' कहकर विदा करना चाहिए। वह भी तुम्हारे परिवार का रिवाज है। चलो, चलते हैं...।'

विवेक ने कहा, 'आप लोग निकलिए। ट्रेन के निकलने के टाइम पर मैं जरूर जाऊँगा। मुझे और कुछ देर अकेले रहने का मन कर रहा है। प्लीज, मुझे अकेले रहने दीजिए।' उसने बड़ी दीनता से विनती की। मेरी समझ में नहीं आया कि क्या कहा जाए, उससे ज्यादा कहने के लिए मेरे पेशे का स्वाभिमान आड़े आया। डेविड ने उसके साथ बैठकर काफी समझाया।

'विवेक, सुन किसी वर्तमान पर भूतकाल का शासन नहीं होना चाहिए। मैंने कितनी बार समझाया है कि उससे कोई भविष्य भी पैदा नहीं होता। मेरी बीवी स्वयं मुझे छोड़कर चली गई। तुम्हारी पत्नी आकस्मिक रूप से तुम्हें छोड़कर चली गई। मुझे देख, मैं कैसे सिल-पत्थर बन बैठा हूँ। अकेले ही पाँच साल बिता दिए। यह जिंदगी किसी से नहीं चलती। हमें अपने लिए जीते जाना चाहिए। तुम अपने हृदय के दर्द को सँजोकर कविता लिखो। मैं उसपर गिटार तानता हूँ। साहित्य और संगीत की आड़ में हम अपने दुःख भूलेंगे और

क्या कहूँ? शाम को ट्रेन के पास आकर सक्सेनाजी को विदा करने की तुम्हारी जिम्मेदारी बनती है।'

मैं-डेविड दोनों वहाँ से निकले। विवेक उसी तरह बैठा था। मैं बार-बार पीछे मुड़कर देख रहा था। वह उसी भंगिमा में बैठकर शून्य में देख ही रहा था।

□

मैंने लॉज खाली किया। डेविड मेरे साथ ही था। खाली हाथ निकलते मुझे बहुत सूना-सूना लग रहा था। मैं और डेविड रेलवे स्टेशन आ गए। ट्रेन के निकलने में अभी पौन घंटा बाकी था। मुझे शक हो रहा था कि मुझे विदा करने विवेक आएगा भी कि नहीं। कारण साफ था। मेरी वजह से उसे बहुत दु:ख पहुँचा है, मगर डेविड ने कहा, विवेक जरूर आएगा। मैं उसकी प्रतीक्षा करता दरवाजे की तरफ घूम रहा था।

मेरी ट्रेन प्लेटफॉर्म पर आकर खड़ी हो गई। मुझे लगा कि यहाँ एक डेविड से भी परिचित न होता तो मुझे कितनी ऊब होती। डेविड ने रेलवे स्टेशन में मेरे साथ बहुत बातचीत की। उसने कहा, 'मि. सक्सेना, अपने सत्यान्वेषण का काम कभी बंद मत कीजिए। इसी उत्साह के साथ अपने पेशे में आगे बढ़िए। सत्य कई परतों के पार छिपे रह सकते हैं। मैसूर यात्रा से आपको निराश होना नहीं चाहिए। उतनी दूर से यहाँ तक आकर सत्य को तलाशने की आपकी साहसिकता की मैं खूब प्रशंसा करता हूँ।'

मैंने कहा, 'नहीं डेविड, कई बार ऐसा होता है कि सत्य हमारी आँखों के आगे ही रहता है। उसको पहचानने में हम और हमारा विभाग दृष्टिहीन हुआ रहता है। आपने जिस तरह कहा, सत्य सैकड़ों भेस ओढ़े रहता है। सत्य अपनी ही बगल में रहता है, मगर उसे उसको देखे बिना उसके पीछे पड़कर, मेरी तरह हजारों किलोमीटर ढूँढ़कर जाते हैं। कुछ भी कहिए, इतना सच है कि हमारा पेशा बहुत थ्रिलिंग होता है। इस घटना को मैं अपना एक अनुभव मानता हूँ, मगर उसे नीतिपाठ नहीं मानता। हमारे पेशे के साथ उत्साह से आगे बढ़कर उलटना तो रहता ही है। उस वजह निरुत्साही भी नहीं हो सकते।'

डेविड ने कहा, 'मैं भी एक बार मनाली आना चाहता हूँ। विवेक के साथ आने की बात सोची है। रोरिच म्यूजियम पसंद है। विवेक ने कई बार कहा था। मैंने यह कहकर मना किया था कि मेरे पास फुरसत नहीं है, मगर यह विचित्र बात देखिए। इस बार हनीमून ट्रिप में दोनों ने नगर जाकर रोरिच म्यूजियम नहीं देखा। शायद उनको समय नहीं मिला होगा।' डेविड ने यह बात बड़ी सहजता से कही। मैंने तुरंत कहा, 'नहीं…नहीं, उनके पास काफी टाइम था। दोनों यहाँ से छह तारीख को निकले थे। दिल्ली आठ तारीख की सुबह पहुँचे हैं। वहाँ होटल कबीर में एक दिन रुके रहे। नौ तारीख की रात वे कुल्लू के लिए निकले थे। दस तारीख की सुबह तड़के वे कुलू पहुँचे हैं। उसी दिन मणिकरण देखकर शाम को मनाली पहुँचकर होटल ब्यास में कमरा लिया है। दस तारीख से चौदह तारीख तक वे कमरे में ही रहे। इसी बात का आश्चर्य हुआ। वहाँ पूरा दिन वे लोग शायद कमरे में ही रहा करते थे, तब नगर जाकर लौट सकते थे। वे रोथांग पास पंद्रह तारीख को आए। उसी दिन प्रीति गुजरी है।'

मुझसे विस्तार से ये बातें सुनकर डेविड चकित हुआ। उसने कहा, 'सर, आप कितना सारा ब्योरा जबानी याद रखते हैं। आप सही माने में इन्वेस्टिगेशन के लिए बनाए गए पुलिस हैं।' इतना कहकर मेरे कानों के पास आकर नटखट होकर कहा, 'सर, हनीमून के लिए जाकर वहाँ चार दिन कमरे में एकांत में बिताना असहज तो नहीं, सामान्य सी बात है न?' मैं भी चुप नहीं रहा। मैंने भी मजाक किया, 'यह आपका भी स्वानुभव होगा?' दोनों जोर से खुलकर हँस पड़े।

ट्रेन के निकलने में अभी पंद्रह मिनट बाकी थे। मैंने घड़ी देखते हुए कहा, 'अब विवेक आनेवाला नहीं।' डेविड ने कहा, 'बेचारे को बहुत गहरी चोट पहुँची है। वह सड़क पर चलने से भी संकोच करता है। शहर में लोग कुछ-कुछ बोल रहे हैं।' मैं अंदर जाकर अपनी जगह पक्का कर लौटा। चारों तरफ देखकर कहा, 'डेविड, आपके दोस्त विवेक को मेरा धन्यवाद कहिए। अब उसके आने की कोई आशा नहीं लग रही है।' इतना कहकर मैं तैयार

हो ही रहा था कि दरवाजे पर अपने हाथ एक बड़ी सी पोटली लेकर तेजी से चलकर विवेक आ रहा था। मुझे खुशी हुई। डेविड ने लंबी आह छोड़कर कहा, 'विवेक अंत में आ ही गया।' भागकर पहुँचे विवेक ने वह पैकेट मेरे हाथ में थमाया। मैंने खुशी जताकर कहा, 'मुझे यह कुछ नहीं चाहिए प्लीज···। मेरी ऐसी आदतें नहीं हैं। मैं आपके आने की राह देख रहा था। सद्यः आप अंतिम क्षण में आ गए।'

'नहीं···। यह मेरा छोटा सा उपहार है। कृपा कर आपको लेना ही पड़ेगा। यह आपको संतुष्ट करने के लिए नहीं। हमारे प्रेम की याद में रखिए।' कहते विवेक ने विनती की।

मैंने विनम्रता से इनकार कर कहा, 'नहीं, विवेक! इस तरह पुलिस को आदतें नहीं पालनी चाहिए प्लीज···। आप बुरा मत मानिए।' मगर विवेक ने जोर देकर कहा, 'नहीं···नहीं। आपको लेना ही पड़ेगा। जानते हैं, इसमें क्या है? मेरी प्रीति के कारखाने में बना संसार भर में नामी अगरबत्ती है, चंदन की एक मूर्ति है। इन दोनों वस्तुओं के लिए मैसूर का नाम बना है। बाहर से आए लोगों को इस उपहार को देने का हमारा कर्तव्य बनता है। कृपया मना मत करें।' विवेक ने उसे आगे बढ़ाया। अब उसे लेना अनिवार्य हो गया।

मैंने सूटकेस को अपने घुटनों पर रखकर खोला और पैकेट उसके अंदर रखा। विवेक से हाथ मिलाकर फिर कहा, 'विवेक, अब मैं चलता हूँ। मैं यह जानता हूँ कि मुझसे आपको बहुत कष्ट पहुँचा है। बुरा मत मानिए, हमारा पेशा इसी तरह का है। हमें सब लोगों को, सबकुछ को शक की नजर से देखना होता है। मुझे पता नहीं कि दुबारा कहीं हमारी भेंट होगी भी कि नहीं। मेरी इच्छा यही है कि जितनी जल्दी हो सके, आप अपने दुःख से मुक्त हों।' इतना कहते ही विवेक ने मेरे हाथों को अपनी आँखों से लगाकर भावुक होकर कहा, 'नहीं सर, आपने मेरा बड़ा उपकार किया है। आपके कारण मैं परिशुद्ध बना। नहीं तो कम-से-कम कुछ लोग मुझे कलंकी मानते। आपने तहकीकात कर मुझे निरपराध सिद्ध किया। उसके लिए मैं अत्यंत कृतज्ञ हूँ। मैं अब हिम्मत के साथ सिर ऊपर उठाकर घूम सकता हूँ।'

वास्तव में हमारे वे क्षण स्मरणीय रहे। विवेक और डेविड को अंतिम बार जैसे हाथ मिलाया और अपनी बोगी की तरफ आगे बढ़ा। वे लोग मुझे विदा कर गए नहीं, वे दोनों वहीं खड़े रहे। बोगी की तरफ आगे बढ़ते मुझे एकदम से कुछ सूझ गया। दाईं तरफ 'रिजर्वेशन काउंटर' लिखा फलक दिखा। मैं तेजी से उधर गया। काउंटर पर बैठे इनसान को मैंने अपना ए.डी. दिखाया।

बाबू ने पूछा, 'क्या सेवा करूँ सर?'

'इसी महीने की छह तारीख विवेक नामक इनसान ने दिल्ली के लिए रिजर्वेशन करवाया है, उसका विवरण चाहिए।'

'जी सर! विवेक एंड फैमिली नाम से दो टिकट कर्नाटक एक्सप्रेस के लिए रिजर्वेशन करवाया है। सीट नं. 78, 79···'

मैंने 'थैंक्स' कहा। सोचा अब निकलना चाहिए। एक और प्रश्न पूछने का मन हुआ।

'प्लीज···और एक विवरण चाहिए। विवेक एंड फैमिली ने रिटर्न जर्नी किस डेट के लिए करवाया है? जरा देखकर बता पाएँगे?'

दुबारा ढूँढ़ने लगा, फिर कहा, 'सर, उन्होंने 18 तारीख दिल्ली से निकलने वाली कर्नाटक एक्सप्रेस से रिजर्वेशन करवाया है। मगर···'

'मगर? यानी?'···। मैंने उत्सुक होकर पूछा।

'मगर उधर से रिटर्न जर्नी के लिए एक ही टिकट रिजर्व हुआ है। ट्रेन नं. 128, सीट नं. 27।' मैं रोमांचित हुआ!

यहाँ से 'विवेक एंड फैमिली' दो टिकटों का रिजर्वेशन! उस तरफ से रिटर्न जर्नी के लिए एक सीट का रिजर्वेशन! हुर्रे कहने का मन, आनंद हुआ! अंत में तो सत्य पा गया। उस क्लर्क के हाथ से विवरण-पुस्तिका छीनकर दो-दो बार पढ़कर उसे पक्का कर लिया, तुरंत ही अपनी यात्रा को रद्द कर तेजी से विवेक-डेविड की तरफ भागा। मुझे विदाई का हाथ हिलाने वे दोनों वहीं खड़े थे।

मैंने कहा, 'विवेक, यू आर अंडर अरेस्ट।' उसका चेहरा कांतिहीन बन

गया। मैंने तुरंत उसे हिरासत में लिया। डेविड स्तंभित होकर यह सब देख रहा था। मैंने छाती तानकर कहा, 'सत्य को कभी छिपाया नहीं जा सकता।' विवेक से मैंने सत्य को निकलवा लिया, उसने मुँह खोला।

□

12

खलनायक

अभी तक मैं नायक था, अब मैं नायक नहीं, खलनायक हूँ।

मेरा बंधन हुआ। आजीवन कारावास का आदेश हुआ। जेल के सीखचों के पीछे बैठे मुझे अब कोई विवेक के नाम से नहीं पुकारता, अविवेकी कहते हैं।

अपनी छाती में जिन सत्यों को छिपा रखा है, अब उन्हें बताता हूँ। अब भी सत्य नहीं कहा तो क्या फायदा? राजीव सक्सेना के आगे सत्य को स्वीकार कर चुका हूँ, फिर आपसे उसे छिपाकर कुछ पुरुषार्थ साधना नहीं। प्रीति की मैंने ही हत्या की!

अब तक जो कुछ घटा, वह सब सत्य है। कुछ भी झूठ नहीं, इन सब संभाव्य सत्य के साथ एक कठोर सत्य ने अपना भेस बदलकर मुझे कष्ट दिया है। मैं अभी उसे दिल की गहराई से बाहर निकाल रहा हूँ—

उस दिन 30 सितंबर था।

शादी में दो दिन मात्र बाकी रह गए थे। शादी का दिन तय हो जाने के बाद संभ्रम के सागर बीच तिरते-डूबते अपनी आराध्य देवी के साथ सम्मिलित होने के सपने देख रहा था। उस दिन अपनी आराध्य देवी को एक उपहार देने का मन हुआ। कारण यह कि प्रेमी-फियांसी बनकर रहने के दो ही दिन मेरे पास बचे थे। उसके बाद मैं उसका पति बन जाता। शादी से पूर्व अपनी बननेवाली पत्नी को देखकर बात करने, उपहार देने की इच्छा शायद सभी पुरुषों में रहती है। मैंने उस दिन खूब सजा लिया। उसकी पसंद की मिट्टी के रंग की सफारी पहन ली। मेरी एजदी एक ही किक पर उस दिन स्टार्ट हो गई। मार्केट के पास

अपनी बाइक पार्क की। फुट पाथ पर चंपा के फूल बिक रहे थे, उसके गुच्छों से मैं आकर्षित हुआ। मैंने अँजुरी भर फूल बँधवा लिये। सामने रतन साड़ी हाउस के शोकेस की गुड्डी ने साड़ी पहनकर मुझे आमंत्रित किया। ठीक, मैं उधर भागा। शोरूम की सेल्स गर्ल ने स्वतः साड़ी चुन दी। चुनते वक्त उसने कहा, 'मैंने उनको देखा है। उन पर यह रंग खूब फबता है।' बिल भरते समय उसने हँसते हुए छेड़ा, 'सर, यह एडवांस प्रेजेंटेशन है क्या?' मैं भी हँसा। सामने चूड़ी की दुकान थी। मैं उसमें घुसा। कहा, 'संगमरमर के रंग से मिलते-जुलते हाथ के रंग से मैच करती डिजाइनवाली चूड़ियाँ देंगी?' उन सबने मुझे अजीब तरीके से देखा। फूल, साड़ी, चूड़ियाँ उठाकर मैं बाइक पर चढ़ा।

अब तक मेरे संभ्रम को देखकर बाइक को जलन हुई थी। खूब किक लगाने के बाद भी बाइक स्टार्ट न हुई। उसे कृष्णा के गैरेज तक धकेलकर, वहाँ छोड़ सुशील महल के लिए निकल पड़ा। हाथ में सब वस्तुओं को छाती से दबाकर एक बेरर जैसे चल पड़ा। वहाँ से पैदल दस मिनट का फासला था।

मुझे पता था कि उस शाम सासूजी खुद ही आमंत्रण पत्रिका बाँटने गई होंगी। ससुरजी फैक्टरी में रहेंगे। मेरी प्रीति अकेली घर में रहेगी। इस उपहार को देखकर वह खुश हो जाएगी। 'तुमने बहुत पैसे खर्च कर दिए,' कहते राग निकालनेवाली कंजूस भी है वह। शांत होकर उसके कमरे में धीमे जाना चाहिए। पीछे से जाकर उसकी आँख बंद करनी है। इस तरह पूरे रोमांस के साथ मैं सुशील महल के अंदर घुसा। मैंने प्रेम का रिहर्सल कर लिया था। एक तरफ मन ने यह भी कहा; उसका मूड ठीक न होने पर वह कुछ चिढ़ भी सकती है, वापस चल, बाद में घुलो नहीं। तभी मेरे मन की एक और परत ने कहा, 'नहीं···नहीं, इस बार वह जरूर शरमा जाएगी। मेरे उपहार पाकर वह हलका सा चुम्मा देगी।' चोर मानिंद धीमे से पग रखकर मैं घर के अंदर घुसा।

पूरा बँगला एकदम शांत था। हमेशा उसी तरह रहता है। इसका नाम 'मौन महल' रखा होता तो ही ठीक था। कई दरवाजे पार किए, कई सीढ़ियाँ चढ़ चुका। खाली सोफा, खाली कुरसियाँ, कई पेंटिंग मिलाकर ऐसा लग रहा था, जैसे अभी-अभी समारोह की समाप्ति के साथ पड़े मंच की तरह खाली

ही थे। पूरी तरह चढ़कर छत पर प्रीति के कमरे के पास गया। बहुत धीमे भी नहीं, जोर की आवाज भी नहीं, उस तरह प्रीति के कमरे से आवाज निकल रही थी—दो आवाजें थीं।

पता नहीं, ये बेकार के कुतूहल क्यों उगते हैं, आधी खुली खिड़की से मैंने नजर चढ़ाई। आगे का मैं सीधे नहीं कह पा रहा। प्रीति एक बाहर के आदमी के साथ बैठी थी। वे नंगे नहीं थे, मगर वे जरूर पहले नंगे हो चुके थे, जिसके एक परिहारोपाय को वे तलाश रहे थे। मेरे मन में एक गलतफहमी घुसी कि वह हो सकता है, वह बाहर का आदमी डेविड हो। मैंने सूक्ष्म रूप से आँख खोलकर देखा, वह डेविड नहीं था। रूट नं. 24 का बस चालक राजू था! अपने यूनिफॉर्म में (गणवेश में) पाँव पसारकर बैठा था। प्रीति उसके पाँव तले बैठी थी। ऐसे बैठे थे, मानो बरसों से गृहस्थी करते वे दोनों पति-पत्नी हों। अपने परिवार के सुख-दुःख की बात वे आपस में कर रहे थे। दूसरों की बात छिपकर सुनना गलत है, यह जानने के बावजूद उधर अपने कानों को केंद्रित किया।

'क्या री, बचपना कर रही है क्या? शादी के लिए हामी क्यों भरी? यह खेल मेरे साथ नई चलता। अब तक तेरे को इस राजा की जरूरत थी, इसका बदन तुमको चाहिए था। अब यह बड़े घर का लड़का मिल गया कहके रखाव करती है क्या?'

'राजा, मुझे समझो जरा। तुम्हारे बीवी और दो बच्चे हैं।'

'रेन दे। उसको भी रखूँगा, तुमको भी। वह एन.आर. मोहल्ला में, तुम अग्रहार में।'

'तुमको मालूम होना चाहिए। एक बुद्धू से शादी करनेवाली हूँ। मालूम है, वह मेरी कितनी पूजा करता है? मुझे छूने की भी उसे हिम्मत नहीं। उससे शादी करने से मेरे पास लाखों रुपए बच जाएँगे।'

'तुमरे पैसे की भवाली भोत हो गया छोड़।'

'फिर कहते हो तुम्हें ट्रक खरीदना है, उसके लिए पचास हजार रुपया चाहिए। पैसे का मोल तुम्हें मालूम तो है?'

'वह ठीक, शादी के बाद यवार (व्यवहार) कैसे?'

'मामूल।'

'मामूल।'

'मामूल कैसे?'

'जैसे ही तुम्हारी बस मेरे घर के सामने आएगी, मैं मकान की छत के ऊपर खड़े होकर हरा तौलिया हिलाऊँगी। तुम्हारी वीकली ऑफ पर कहीं जाएँगे।'

'तुमरा जोरू?'

'उसके हाथ में एक कागज और कलम दे दूँगी तो बस, वह कविता लिखने बैठ जाएगा।'

'क्यों वह खोजा है? उसको नहीं है क्या?'

'धुत्···तू बड़ा लफंगा है। वह पता नहीं राजा, मैं आज तक पवित्र हूँ। तुम्हें छोड़कर और किसी की तरफ आज तक मैंने आँख उठाकर नहीं देखा।'

'री, तू भोत चालाक है।'

'राजा, सच बोलती हूँ, वह सब मुझे तुमने ही सिखाया। तुम्हारा ड्राइविंग मुझे बहुत पसंद है, कैसे मेनली लुक होता है, जानो सिगरेट फूँकते हुए स्टियरिंग छोड़ने का तुम्हारा स्टाइल रजनी के स्टाइल सा लगता है—मैं बाबूजी से कह रही हूँ कि हमारी फैक्टरी के लिए एक नया ट्रक खरीद लीजिए। तुम उसमें ड्राइवर बनकर आओगे न?'

'जाबे री, मैं तेरा ट्रक नहीं चलाता, तुमको पूछो तो ड्राइव करतूँ।'

'कोई बात नहीं राजा। परसों मेरी शादी है, क्या प्रेजेंटेशन दोगे?'

उसके बाद प्रीति उसकी छाती पर उगे काले बालों के जंगल को अपनी उँगलियों से सँवारते हुए उसके गले लग गई। मैं चुपचाप धीमे से सीढ़ियों से उतरा। मौन भाला बनकर मेरी छाती को भोंकने लगा। ऐसा लगा, मेरी जीभ से आवाज ही नहीं निकल पा रही है, मानो उसका पक्षाघात हो गया। मेरे सिर के बालों को कोई जोर से खींचकर खाली सिर पर गरम तेल डाल रहा है। तेज धारवाली कुल्हाड़ी को कोई ऊपर उठाकर जोर-जोर से उसको तोड़ रहा

है। मैं अपनी सारी ताकत सँजोकर सीढ़ियों से नीचे उतरा। ऐसा लगा कि मेरे एक पाँव को प्रीति पकड़कर, दूसरे पाँव को राजा जोर से पकड़कर खींच रहा था। जिससे मेरा शरीर दो पाटों में बँट गया था। उस शाम को भी मैं श्मशान गया। उसके मंडप में वैरागी भाँग पीते बैठे थे। अंतिम सूने एक मंडप में मैं काफी देर तक बैठा रहा, तभी एक लाश को लोग जलाकर गए थे, जिसकी ज्वाला अभी बुझी नहीं थी। उस ज्वाला को देखते ही मेरे अंदर बदला लेने की ज्वाला भड़क उठी! प्रीति से बदला! राजा पर नहीं···। काफी देर तक श्मशान में बैठकर मैं एक निर्णय पर पहुँचा। निर्णय लेना जरूरी था। सैकड़ों सोच भूतों मानिंद मेरे चारों ओर खड़े होकर ताली बजा रहे थे। मैंने अपने को गाली दी।

प्रीति···पूजा···आराधना···। धुत···। भोगने के लिए ही जनमे काम शरीर की पूजा करनेवाला हूँ! छिह शर्म लगती है। मैं अब उससे शादी करूँ? राजा के लिए उसे दे दूँ और अब, जैसे हूँ, उसी तरह रह जाऊँ? शादी रोक दूँ तो क्या कारण बताऊँ। प्रीति के चरित्र को खोलकर बताने जाऊँ तो कोई भी विश्वास नहीं करेगा। कहते हैं मैं पगला गया हूँ। शादी की सारी तैयारियाँ हो चुकी हैं। इज्जत की परवाह करनेवाले वरिष्ठ जीव इस घर में हैं। शादी रोक भी दी तो उससे मैं क्या साध लूँगा। मेरी प्रीति की हत्या करनेवाली इस प्रीति से मुझे बदला लेना ही पड़ेगा। उस स्थिति में मुझे तुरंत कुल्लू घाटी की याद आई! दूर अनजान जगह ले जाकर चुपचाप मार डालना चाहिए। मैं उसी क्षण निर्णय पर पहुँचा।

उसी संभ्रम का ध्यान देकर मैंने शादी की, चूँकि मैंने स्वयं प्रीति की आराधना की थी, मार्ग भर पश्चात्ताप के आँसू बहाए। यह सौंदर्य पूजा करने नहीं, भोग के लिए। मैं नपुंसक नहीं, प्रवाहपूर्ण पुरुष हूँ। यह बात उसे दिखाने के लिए मैंने कुत्ते की तरह उसका संभोग किया। मेरे प्रेम का भ्रम उतरा। उसको मारने से पहले हर दिन जितना भी संभव हो सकता था, उतना पूरा उसका उपयोग करने के उद्‌देश्य से मैंने उसको नंगा करवाया। यह याद करके कि इससे मैंने एक समय उत्कटता से प्रेम किया था, अंतिम दिन उसे मैंने ही कपड़े पहनाकर उसको सजाया, अलंकृत किया था। किसी को शक

के लिए कुछ सुराग न देकर एक महान् प्रेमी जैसा नाटक रचा था। यात्रा में हर दिन प्रीति से एक-एक पत्र लिखवाता रहा।

रोहतांग पास में बहुत ऊँचाई तक उसे लेकर गया था। मैं अच्छी तरह जानता था कि प्रीति की इन सबमें कोई रुचि नहीं। उसने सिटी बस ड्राइवर राजा का साथ चाहा था। राजा के बाहु, उसकी जाँघें उसे चाहिए, यह मैं जानता था। उसे बार-बार विश्वास दिलाकर आगे और आगे लेकर गया। उसके साथ एक नया खेल रचकर कहा, 'दूर घाटी के जल-प्रपातों को जरा गिनो तो देखूँ' कहकर एक नया खेल रचा। वास्तव में वहाँ जल-प्रपात नहीं थे। वह और भी आगे जाकर देखने लगी। मैं अपना हाथ और भी आगे बढ़ाकर उसे विश्वास दिलाते हुए 'दुबारा गिन' कहते हुए उसे किनारे तक बुला लाया। वह तन्मयता से खड़ी होकर जल-प्रपातों को ढूँढ़ने गई और तभी मैंने हलके से उसे तेजी से ढकेल दिया। महीन पत्थरों पर खड़ी वह संतुलन खोकर फिसल गई, घाटी में चार सौ मीटर नीचे गिर पड़ी, फिर मैं ही चीख पड़ा, चिल्लाया।

राजा और प्रीति दोनों यदि मेरे पास आकर कहते कि हम दोनों आपस में प्रेमी हैं, हम शादी करेंगे तो मैं ही आगे बढ़कर उनकी शादी रचाकर, शॉल ओढ़ाकर शराब पीना सीखकर डेविड की तरह कटी दाढ़ी रखकर देवदास की तरह होकर प्राण छोड़ देता, अमर बन जाता, मगर प्रीति ने मुझे धोखा दिया। मेरी जायदाद पर हक जमाने के लिए ही मुझसे शादी की। इतना सारा सोचकर मैं रिजर्वेशन करवाने जब गया तो मेरा विवेक सुस्त पड़ गया। मेरी प्रज्ञा उसको मौत के घाट उतारने की बात पर ही घूमती रही, कॉशुयल होकर मैंने लौटती यात्रा के लिए एक टिकट बनवा लिया। मैं चूँकि यह जानता था कि उसे कुल्लू वैली में निश्चित रूप से मारनेवाला हूँ, मेरी योजना कभी विफल नहीं होगी, विफल नहीं होना चाहिए—यह मेरा निश्चित निर्णय रहा।

मैंने जरा भी सचेत होकर यदि आरक्षण करवाया होता, इस सक्सेना जैसे दस लोग भी परीक्षण करने आए होते, दोषी का पता नहीं लगा पाते थे, मगर मेरी किस्मत खोटी थी।

मेरे पास सौ योजनाएँ थीं। मेरा यह निर्णय था कि प्रीति को मारने के बाद मैं किसी औरत की तरफ आँख उठाकर नहीं देखूँगा। उसके अगरबत्ती कारखाने को, सुशील महल को बरबाद करूँ; मैं एक संत का जीवन जीना चाहता था, मगर अब एक कैदी बनकर जी रहा हूँ। कोई मेरे आंतर्य की ज्वाला को तो पहचाने? जब-तब डेविड आता है तो मैं उसके गले लगकर रो देता हूँ।

मेरे जेल की मोटी-मोटी दीवारें हैं। यहाँ के अधिकारियों से मैं जब भी माँगता हूँ, वे मुझे कागज का टुकड़ा और रिफिल का एक टुकड़ा दे देते हैं। मैं अपनी छाती में पिंजर बन बैठी वेदनाओं को लिखने लगता हूँ। सुबह के समय ये लोग मुझसे गधे की तरह काम लेते हैं। रात के समय मैं सिर ऊपर उठाकर तारे गिनता हूँ। सोचता हूँ कि क्या मुझे प्रीति को एक अवसर देना चाहिए था? नहीं···नहीं···। यही ठीक कि मैंने उसे मार डाला, उसको मारना ही ठीक रहा। इस तरह के निर्णयों में ही जेल में मेरा एक साल बीत गया। अब मेरा उसपर क्रोध नहीं। डेविड ने जो-जो पुस्तकें ला दी थीं, उन्हें पढ़ने के बाद मुझे लगा है कि उससे दुश्मनी नहीं साधना चाहिए। रात को जब चंद्रमा की शीतल किरणें मेरे ऊपर गिरती हैं, तब मुझे लगता है कि प्रीति ही आ गई। मैं उससे पूछता हूँ, 'प्रीति, तुमने ऐसा क्यों किया?'

इस प्रश्न का जवाब कौन सा बिंब देगा? कौन सी हवा कहेगी? जवाब की राह देखते, देखते-देखते बैठा हूँ।

□

कहानियाँ

आमने-सामने

ये लिखी गई या रची गई कहानियाँ नहीं, मगर उन्हीं कहानियों ने इसे लिखवाया है। लिखवाते समय इन कहानियों ने जो चमत्कार और चुनौतियाँ दीं, तड़पन, विस्मय, आर्द्रता और खुशियाँ दीं, उसका मैं आभारी हूँ।

किसी भी तर्क की सीमा से अलग हटकर मैंने अपने जीवन को सामने रखकर इन कहानियों के माध्यम से एक तर्क और अर्थ के साथ जोड़कर उन्हें देखने की कोशिश की है। पुरखे हालाँकि अनगिनत नियम और कानून बनाकर गए, जीवन उन सबसे हटकर छलाँग लगाता है। मानवजाति जीवन को अर्थ के साथ पिरोने की निरंतर कोशिश करती ही रही है।

पृथ्वी पर जन्म लेने के बाद मानो हजारों सालों तक जीनेवाले हैं, ये नरजंतु यहाँ पर नाना प्रकार के खेल खेलकर तीन मिनट में अदृश्य होते हैं, ऐसे उन पर कितना लिखें? इनसानों के पैदा होने-मरने, प्रेम-कामवासनाओं की सन्निधि में लिखी गई इन कहानियों को मैं आपके आँचल में सौंप रहा हूँ।

कथाकार

—नागतिहल्ली चंद्रशेखर

nagathihalli.chandrashekhar@gmail.com

1

सबकुछ छोड़कर

मेरे पग कठोर नहीं थे। मेरी आवाज कठोर न थी। अजीब चिंता से थक गया था। कई दिनों से छाती में जलती आग रखकर उबल रहा था। उबलने देकर उसे ठीक करने की इच्छा से चुप था, आग ने मुझे पूरी तरह मिटाने का हठ साधा था। हाथ काँप रहे थे। होंठ काँपकर शब्दों के बदले में काँप रहे थे। चश्मा नहीं पहना था, जिस कारण सामने की चीज पहचान नहीं पा रहा था। छत से सीढ़ियाँ उतरने में थकावट हो रही थी। दोनों पैर जड़ से हो गए थे, जिससे खींच-खींचकर पग रख रहा था। फट-फट करते घुटने निर्जीव से थे। छाती में बीच-बीच में बिजली की तरह दर्द दिख जाता। मैं वृद्ध हो चुका था।

जीवन से भागकर मैं यहाँ आया था, अब मेरे सामने सागर है। सागर में दैत्याकार लहरें हैं। लहरों को मेरे जैसे आवर्तित होकर लंबी आह छोड़ना मालूम है। मेरा छोटा मकान समुद्र के सामने ही है। उद्रिक्त लहरें कभी-कभी मेरे घर के कंपाउंड तक आ जाती हैं, फिर थककर पीछे भाग जाती हैं। मैं अपने से यह कहकर सांत्वना दे लेता हूँ कि ये मुझे समझाने आई होंगी। रोज-रोज गलते हुए मुझे कभी न गलता यह सागर हर मिनट रहस्यात्मक लगता है। अपनी अनंतता और सीमातीत गर्जन से सागर मेरा मित्र बना हुआ है।

सुना है कि कुछ लोग मेरे बारे में यह कहकर दोष देते हैं कि मैं जीवन से भागकर आया हुआ इनसान हूँ। दोष देने दीजिए। अपनी पसंद की जिंदगी नहीं मिलने की हालत में अनचाही जिंदगी में घुलते रहने से भी निर्मोही हालत को ढूँढ़कर जाना ही अच्छा है। उस दुर्ग को पार कर मैं बाहर भागकर आया।

मुझे अभी तक चैन नहीं मिला है, मगर मुझे अब यह पक्का पता चला है कि जिंदगी और मौत को एक से चाहने की साध्यताएँ यहाँ जरूर हैं। नहीं चिपकनेवाले रेत की ढेर पर मैं खाली सीप की तलाश में नहीं बैठा हूँ। जीवन के अंतस को भी, जीवन को भी शोधने का एक ही उद्‌देश्य अब मेरे पास बचा है। वह इसलिए कि मैं अभी मौत के दरवाजे पर बैठा हूँ। हजारों सुनहले राग पैदा होकर मरे श्मशान मेरी छाती में सूने होकर पड़े हैं। जीवन की संध्या में जीवन का शोध अनिवार्य बना है।

सूर्यास्त और सूर्योदय, दोनों ही मुझे एक समान सताते हैं। सूर्य की वही मुसकराहट! उगते समय भी निरहंकार, डूबते हुए भी वह निगर्वी मौनी है। कितने सारे सूर्योदय-सूर्यास्त को मैंने देखा है, तब भी इस सूर्य में मैं अभी तक कोई दोष पहचान नहीं सका हूँ।

भूत और वर्तमान दोनों मेरे लिए सुंदर नहीं रहे, ऐसी स्थिति में भविष्य के सुंदर रूपित होने का भ्रम नहीं रहा। अपने प्रिय गिटार को तानते टेरेस में बैठकर सामने स्थित समुद्र के आँसू भरकर देखता रोता था। इसी समुद्र के किनारे अनाथ होकर घूमती एक वृद्धा मुझे खाना पका देती है। वह मेरे घर के से जैसे कई कॉटेजों में काम करने जाती है। हमारे बीच एक दिव्य मौन स्थित है। वृद्धा ही कुछ ले आती है। पकाकर रखती है। कई बार मछली का साँभर, चावल, कड़वी चाय बनाकर रखती है। मैं कभी वृद्धा को अपनी पसंद की बात नहीं कहता। वृद्धा भी पूछती नहीं। मैं ज्यादा बोलने से डरता हूँ। जितने दिन चाहें, रहकर जाएँ, बातचीत की क्रिया में लगने से मन चंचल लगेगा। विवाद पैदा हो सकते हैं, फिर कृत्रिम जीवन शुरू हो सकता है। जब मैं मौन रहकर बात करना जानता हूँ तो फिर बात जैसी अर्थहीन क्रिया का मैं अपनी बलि चढ़ाऊँ?

हाय रे! इनसान कितनी कृत्रिम जिंदगी जीते हैं? बेकार के लोगों के आगे मुसकराकर 'हलो!' कहते हैं। आत्मीयता का दिखावा कर धीमे से अंदर आ जाते हैं। घर के अंदर के जीवन के संस्करण के वैयक्तिक रहस्यों को आत्मीयता के नाम से पढ़कर फिर 'समझ गया, समझ गया' कहते हुए

ताली बजाकर हँसते हुए पराया बनकर हँसी उड़ाते हैं। किसी भी एक के साथ निष्ठा के साथ नहीं रहते हैं, मन में अंट-संट बकते हुए 'सर कैसे हैं?' कहते हैं। औरों का बुरा चाहकर शुभकामनाएँ और संताप प्रकट करते हैं। दूसरों के दुःख का आनंद लेकर मुँह से यह कहते हुए कि इस तरह नहीं होना चाहिए था, दुःख जताते हैं। जरा सा उपकार करके, फिर उन संबंधों को एनामेल पेंट लगाकर आकर्षक रूप से अपने पास ही रखते हैं। अनचाहा को लात मारकर दूर फेंककर संबंध को तोड़ देते हैं। बेकार धर्म, भगवान् के नाम पर लड़ पड़ते हैं। जमीन, भाषा, सोना, पानी···। इस तरह बेकार ही मार-पीट कर लेते हैं। खाली लड़ते रहते हैं। आराम से नहीं रहते। सुख की कल्पना को ही आने नहीं देते, तब इस लड़ाई से क्या मतलब?

यहाँ से तीन सौ किलोमीटर दूर स्थित बड़े मैदान में बने एक महाविद्यालय में मैं इससे पूर्व एक प्रोफेसर था। मास्टर के पेशे में बोलते ही रहना पड़ता है। दस वर्षों की अवधि में एक महान् उत्साही इनसान भी इस पेशे में जुगुप्सा से भर जाता है। शुरू में जो बोलता ही रहता है, फिर दिन बीतते बड़बड़ करना, चिल्लाना···फिर बाद में अपने आप में बोलना, अंत में पगलाना। मैं तो खाली बोलने के इस पेशे से दुश्मनी साधने लगा। मेरे सामने बैठकर सीखनेवाले चेहरों पर प्राण संचार नहीं होता था। कल आनेवाली जिंदगी को लेकर डर समाया होता था; आज की जिंदगी को लेकर एक उपेक्षा रहती थी। लड़के अंदर-ही-अंदर कुढ़ते रहते। लड़कियाँ अपनी वेदना को मुसकराकर छिपाने की कोशिश करती रहतीं। मैं दर्शनशास्त्र पढ़ाता था।

मेरे जीवन में भी एक बार बसंत आया था। कोयल ने गाकर, निमंत्रण देकर पुलकित किया था। छाती के मैदान में हरी-हरी दूब उगकर नवपल्लव के संभ्रम में मैं भी छाती तानकर घूमा था, मगर वह क्षणमात्र का था। दर्शनशास्त्र के पृष्ठों ने मुझे जीवन के खालीपन को चेहरे पर पोता था। मैंने तब स्त्री को सदा-सर्वदा मोह-माया की बिजली माना। विवाह जैसे बंधनों से जीवन एक बड़ा कमिटमेंट (कर्तव्य) होता है। मैंने निर्णय लिया कि मुझे इस प्रकार की रस्सियों से बँधना नहीं चाहिए। मेरी भावनाओं ने कोयल की

आवाज का प्रतिस्पंदन कर महिला आवाजों के लिए मैं खुद बहरा बना। नए तरीके से जीना चाहिए। मनपसंद जगह खड़े होकर जीवन को तलाशने की स्वतंत्रता मुझे चाहिए। मैंने सोचा कि विरागी की तरह, आकाश में मुक्त रूप से तिरते पंछी बनकर, विहरित होकर जीवन को समझना चाहिए। इस तरह के निर्णय लेकर मैं अकेला कई प्रलोभन पालकर आया, मगर मैं उन सबसे जीता। मेरे निर्णय की परीक्षा करने, हिलाने आई महिलाओं के लिए विश्वामित्र न बनकर उन सबको उनकी अपनी जिंदगी का निर्देशन कर मैं अपने मार्ग में चला आया। कितन लंबा रास्ता? सेवानिवृत्त होने के बाद जो रकम मिली, गाँवकर से कहकर यह कॉटेज खरीदा। अपरिचित लोगों से भरे इस शहर के समुद्री किनारे पर बना यह कॉटेज मेरी प्रयोगशाला भी है।

जिसने भगवान् को त्यागा है, उसका रखवाला कौन होगा? शायद मूल्य होंगे? वे मूल्य ही मुझे यहाँ तक ले आए। आजकल लग रहा है कि भगवान् से मिलनेवाली शांति की तुलना में ये मूल्य उतनी कम शांति नहीं दे पाते। इस शहर में मेरा कोई परिचित नहीं। यहाँ आकर पहले सप्ताह ही मैं बीमार पड़ गया। अनाथ लाश बनने को था, तब इस शहर में कॉटेज दिलानेवाला गाँवकर अकेला ही यहाँ था। नौकरी की वजह से वह भी जब मुंबई चला गया, उसके बाद मेरी जिंदगी पूरी तरह अकेली पड़ गई। मैं स्वयं ही जाकर अस्पताल में दाखिल हुआ। मेरे लिए कोई एक जीव भी फल-दूध आदि नहीं लाया। स्वास्थ्य का हालचाल नहीं पूछा। मुझे अंदर ही अंदर खुशी हो रही थी। मुझे इस बात की खुशी हो रही थी कि मैं किसी भी बंधन से बँधा नहीं हूँ। मेरा यह हठ था कि मेरे लिए एक बूँद आँसू बहानेवाला कोई न हो। मैंने अपने मन के साथ अकेले जीना चाहा। समुद्री किनारे दूर-दूर एक-दो झोंपड़ी बनाकर मछुआरे रहते हैं, मगर उन सबके लिए मैं अपरिचित हूँ। प्राय: इस बुढ़िया के लिए भी मैं अपरिचित हूँ। दूर कहीं मेरे विद्यार्थी रहते हैं। वे सभी अपनी-अपनी जिंदगी के झमेलों में मुझे भूल गए होंगे। कुल मिलाकर किसी के पास मेरा व्यक्ति-चित्र नहीं। मेरे लिए चिंता करते, घुलते, खुश होनेवाला कोई भी नहीं। इतने संकीर्ण विश्व में अकेले होकर जीने वाले मुझे अपने

पर गर्व था। इस महान् प्रकृति के आँचल में मैंने अकेले होकर जिया। कई सूर्योदय और सूर्यास्तों को देखते-देखते मैं बूढ़ा हुआ, मगर सूर्य और समुद्र दोनों रोज ही करुणा भरकर कभी-कभी मेरी हँसी उड़ाते थे। एक दिन बुढ़िया कॉटेज नहीं आई। पहले मुझे आश्चर्य हुआ। अगले दिन भी वह नहीं आई तो फिर खुश हुआ। मैंने स्वयं टेरेस से नीचे उतरकर चाय बना ली। चावल पका लिया। मैं साठ के करीब पहुँचनेवाला था। हाथ काँप रहे थे। संध्या समय का सूर्यास्त मोहक था, इसलिए सागर किनारे गया, किनारे स्थान-स्थान पर लाल झंडे फहराए थे। तूफान आया होगा। समुद्र क्रोधित हुआ है। पहाड़ की तरह ऊँची-ऊँची लहरें किनारे पर फटक रही हैं। समुद्र से बाहर फेंकी गई गाय के बदन को दूर गिद्ध कुतरकर खा रहे हैं। मैं सोचने लगा कि इस पेट के लिए कितनी हिंसा, ताकना, योजना बनाना, दैन्यता संसार के सभी जीवों में भरी है। इस शहर में अकेली परिचित इनसान उस बुढ़िया के दूर होने से मुझे खुशी हो रही थी। समुद्र के किनारे चलते मुझे एक आश्चर्य देखने में आया। मेरे घर की बाई वह बुढ़िया अकेली रेत के ऊपर बैठकर बिलखकर रो रही थी। मैं उसके करीब गया, फिर खड़े होकर सोचा, मुझे कोई नया रिश्ता नहीं बाँधना है, कहीं फँस सकता हूँ। उसकी कृतज्ञता, उपकार स्मरण, प्रत्युपकार आदि कुछ भी मुझे नहीं चाहिए। अपरिचित के स्तर पर ही सभी मनुष्य संबंधों को रखना चाहिए। अपनत्व की सीमा में कोई भी जीव न आ सके। यह सोचकर मेरे पाँव पीछे हटे।

बुढ़िया के पास चार-पाँच मछुआरे भागकर आ रहे थे। नंगे बदन, आधी बँधी धोती, पीठ पर मछली का जाल, काला चमकता बदन। उन लोगों ने बुढ़िया को उठाते हुए कहा, अब तुम्हारा बेटा नहीं आएगा बुढ़िया। हमने मना किया था, मगर उसने माना नहीं। उसे समुद्र में गए पाँच दिन हो गए, तूफान चला है। पाँच लोग गए थे एक भी लौटकर नहीं आया। यहाँ बैठकर रोने से क्या मिलता है? उन लोगों ने बुढ़िया को उठने पर मजबूर किया। बुढ़िया के रुदन की वजह अब मैं समझ गया। इकलौता बेटा था, समुद्र में मछली पकड़ने गया, लौटकर नहीं आया, पानी में बह गया।

मैं कॉटेज लौट आया। ईजी चेयर (ढलानवाली कुरसी) पर बैठा। कुछ तो पकाना है। भूख लगी है। शाम के समुद्री ज्वार-भाटे का आदी हो गया हूँ। 'रे मूर्ख इनसान, पास आ, मैं तुम्हें निगलकर खत्म करूँगा।' कहते हुए वह गरजता है। जीवन का अर्थ? यह पृथ्वी, यह आकाश, यह समुद्र, यह चंद्रमा, ये तारे, यह हवा, इन सबके बीच यह दुष्ट इनसान क्यों पैदा हुआ? मुझे एक तारा बनना था, मुझे गरजता समुद्र बनना था। मुझे प्रज्ञाहीन नीलाकाश बनना था। निर्लिप्त वसुंधरा बनना था। जीवन के कौन से मूल्य होते हैं! 'एक दिन हम सभी को मरना ही है' नामक एक ही अहं के आगे हमारी सिद्धि-साधना कितनी झूठी है! इतने वर्ष जिए। जीते लोगों की सिद्धि-साधना कितनी झूठी है? इतने सालों तक जीकर जानेवाली मानव पीढ़ियाँ क्या साधती हैं? नक्षत्र पकड़ पाएँगे? या मौत पर विजय पाएँगे? समुद्र का आपोशन लेंगे? नहीं-नहीं? अगस्त्य महर्षि की कहानी रचकर खुश होते हैं। नचिकेता के द्वारा एक मृत्युंजय बनकर सुखी होते हैं। एक सबमेरीन को समुद्र में डुबोकर घमंड दिखाते हैं। मनुष्य की प्रज्ञा को असीम मानते हुए सभी गंदे कुतूहलों की तरफ हाथ बढ़ाकर यह कहते हुए कि मैं जीता, हारते हैं। हाय रे इनसान! तू कैसा मूर्ख है!

बाहर कुछ आवाज हुई। टैक्सी के रुकने की आवाज, मगर मेरे कॉटेज के आगे टैक्सी! यहाँ इनसान ही नहीं टिकते। शाम को टहलते वक्त ही काफी चीजें खरीद लाता था। हर दिन अलग-अलग दुकान से! एक ही दुकान से लाने पर फिर वही दाँत निपोरना, मोल-भाव करना आदि झमेला, इसीलिए।

टैक्सी से एक औरत उतर रही है। कहीं रास्ता भूलकर कॉटेज ढूँढ़ते हुए यहाँ तो नहीं पहुँची होगी? मैं चुपचाप बैठता हूँ। उतरकर वह टैक्सी का भाड़ा चुकता कर सीधे गेट खोलकर अंदर आती है। उसके हाथ एक बड़ा सूटकेस है। उम्र 35 के करीब की होगी। (सावधान! औरत अंदर आ रही है। औरत मोह-माया है। औरत साँप है। औरत भ्रम है। उसे जल्दी बाहर कर दे। तुम्हें दीमक चढ़ाने ही वह आई है।)

आकर वह मेरे सामने खड़ी होती है। मुझे वह तीव्रता से देखती है।

सूटकेस नीचे रखती है। मेरे पाँव तले बैठती है। मैं कभी भी शब्दों को खर्च नहीं करता, चूँकि इस एक ही विषय में इनसानों में अपने को अन्य जीवों से बड़ा मानने का अहंकार हैं, मैं इसी वजह से अपने को प्रकृति से अलग करनेवाली इस बात का विरोध करता हूँ। घंटों बात करनेवाले लोगों का गला पकड़कर मैं 'देखो, सूर्य ने बात नहीं की—रोशनी दी, चंद्र ने बात नहीं की—ठंडक दी, समुद्र ने बात नहीं की—मोती-मूँगा, मछली, नमक, क्या-क्या मिला—हवा ने मौन रहकर प्राण दिया—तुमने खाली बात की—किसे क्या दिया—कहते हुए समुद्र, हवा, सूर्य, चंद्र को अलग से दिखाकर पूछने का मन करता है। इस औरत का भी दैवी मौन है। बहुत देर तक मोमबत्ती जलाता रहा। 'तुम कौन हो? निकल जाओ।' कहते हुए चिल्लाने का मन हुआ, फिर भी चुप रहा। उसने धीमी आवाज में प्रोफेसर! कहा। कौन है यह? गड़े मुर्दे उखाड़ रही है। गंदे भूतकाल को खोलकर खिल्ली उड़ा रही है। अब मैं प्रोफेसर नहीं, कुछ भी नहीं। मैं नक्षत्र किरण का एक अंग हूँ। समुद्री लहर के सिंचन की एक बूँद हूँ—छोटा सा भँवर पवन हूँ। मनुष्य को मनुष्य द्वारा दिया गया एक ओहदा, सम्मान-विरुद आदि से बढ़कर, किसी से न प्रदत्त, अपने आप मिलनेवाली मौत और अपने से रूपित होती लाश इन सब ओहदे और प्रशस्तियों से श्रेष्ठ होती है।

'प्रोफेसर, मैं जानती हूँ, आपको इनसान अच्छे नहीं लगते, आपको प्रकृति की मैत्री चाहिए। मेरा यहाँ आना, आकर आपके सम्मुख बैठकर इस तरह बात करना आदि कुछ भी पसंद नहीं।'

'... ...'

'मगर प्रोफेसर, मैं आपको ढूँढ़ते हुए बेलगाँव से आई हूँ। वह इसलिए कि मैं आप जैसे व्यक्तियों की तलाश में थी, आप मिल गए।'

'... ...'

'मैं यह भी जानती हूँ कि आप बात नहीं करेंगे, मगर मैं बात करती हूँ। मैं आपकी छात्रा रही। कक्षा में आप जिस अहंभाव से, गंभीरता से पढ़ाते थे, मुझे अभी तक याद है। प्रोफेसर, आप जीवन से दुश्मनी क्यों साधते हैं?'

'… …'

"'चिंतन' नामक पत्रिका में मैंने आपके स्तंभ-लेखों को भी पढ़ा है। आपने उन्हें लिखना भी एकदम बंद कर दिया। संपादक से शायद कहा था कि आपका पता किसी को भी न दे! आपका पता पाने की मैंने जी तोड़ कोशिश की। उस पत्रिका के मालिक डॉ. राव के घर जाकर झूठ बोलकर कि मैं आपकी रिश्तेदार हूँ, आपका पता ले लिया।'

अब मैंने अपना संयम खो दिया।

'मेहरबानी कर आप जाइए। मुझे किसी से मिलने की जरूरत नहीं। किसी भी इनसान से मैं बात नहीं कर सकता।'

मेरी बात खत्म होते ही उसने तुरंत कहा, 'फिर प्रोफेसर, आप अभी तक क्यों जिंदा हैं? सामने ही समंदर है। मर सकते थे?'

मैं एक मिनट के लिए चौंका। मेरे मौन जीवन में प्रविष्ट होकर मुझसे बात करवाकर तंग करती यह औरत कौन है? मैंने ध्यान से देखा, कहीं देखा सा लग रहा है। ठीक, ठीक। आगेवाली बेंच पर वह लड़की बैठती थी। चैंबर, लाइब्रेरी में आकर, फिर मेरे घर तक आकर अंट-संट पूछकर हिंसा देती 'प्रेमा' थी यह। मेरा भाषण सुनने हर कहीं, हाजिर हो जाती थी। अब याद आ रहा है। इसको भगाना चाहिए। अब रात हो रही है। अब इस वक्त कहाँ जाएगी!

'जी प्रोफेसर, जो यहाँ नहीं जी सकता, वह मरने के ही लायक है। डकैत, संगीतकार, संत आदि कोई भी हो, उसे इनसानों के बीच ही जीना चाहिए। उनसे संपर्क को इनकार करनेवाले को इसी मिनट मर जाना चाहिए।'

'… …'

'आप समुद्र से प्रेम करते हैं? नक्षत्रों से बातचीत करते हैं?'

'झूठ। समुद्र कभी भी मुसकराता नहीं। तारे पास आकर सांत्वना नहीं देते। प्रकृति में गहन निर्लिप्तता है। इनसानों को देखिए! प्यार कर सकते हैं, चाह सकते हैं, मार सकते हैं।'

'… …'

'बोलिए प्रोफेसर! मुझे भी कई बार इस तरह लगा है, मगर भागकर कहाँ जाएँगे? इस संसार से भागने का कोई रास्ता हो तो मुझे सुझाइए। मैं भी आऊँगी। दोनों भाग चलेंगे यहाँ से। इस समुद्र के किनारे जीवन दूभर हो गया है। भूख लग रही है। मल-मूत्र का विसर्जन करना है। पहनने को कपड़े चाहिए। तानने को गिटार चाहिए। रहने को कॉटेज चाहिए, फिर आप क्या त्यागकर आए? मेरी जैसी शिष्याओं में जीवन शोध की आग जलाकर दर्द को गाढ़ा बनानेवाले लेख लिखकर, हम लोगों को पागल बनाकर आप अकेले यहाँ भागकर आए। क्या मिला? हमारा भी मार्गदर्शन कर आप जैसे कई जीव इस संसार में रहते हैं। उन सबको एक-एक समुद्र दिलाइए, एक-एक कॉटेज दिलाइए। जीवन का अर्थ समझाइए।'

मैंने हलके से मुँह खोला।

'प्रेमा।'

मेरे होंठ सूख गए थे। रोज उपस्थिति दर्ज करानेवाली आवाज अलग ही थी। अब बुलाने की आवाज दूसरी थी।

'रात हो चुकी है। इस कमरे में आराम करो। सुबह निकल सकती हो। कृपया ज्यादा बात नहीं करो।'

लगा कि प्रेमा बिलख रही थी। अपने उद्वेग को संयमित कर उसने कहा, 'प्रोफेसर, मुझे भगाते हैं? नो···नो···। मैं आपके साथ सो जाऊँगी। मेरी गोद में अपना चेहरा रखकर आपके रजत केशों पर मुझे अपनी उँगलियाँ फेरनी है। जीवन का दूसरा सत्य मैं आपको दिखाऊँगी। मैं आपको ढूँढ़कर यहाँ क्यों आई हूँ? मैं एक बैंक का कर्मचारी हूँ। इनसान अपनी सीमाओं में ही विजृंभित है। एक हजार रुपए की तनख्वाह मिलती है। मेरे एक इशारे की ताक में बैठे कई सहकर्मी हैं, तब भी आपसे प्यार करती यहाँ तक आई हूँ। आइए प्रोफेसर, साथ-साथ जिएँगे। मेरे हिसाब से कामवासना भी पवित्र है। प्रेम भी पवित्र है। आप मनचाहा उसका उपयोग करें।'

'प्रे···मा···' मैं आवेश के साथ चीखता हूँ।

'क्षमा करें। हमें इनसानों के साथ ही जीना चाहिए। सभी के हृदयों में

जो प्रेम है, उसका साक्षात् दर्शन करना चाहिए। चुपचाप गरजनेवाले समुद्र में आपने क्या देखा? यह चंद्रमा, सूर्य, तारे, भूकंप के समय में भी नहीं रोते, नहीं हँसते। देखिए, अभी दस साल पहले कॉलेज डे पर जिस मधुर स्वर में मैंने गाया था, उस तरह मैं आज नहीं गा सकती। उस दिन की तरह आज आप भी गिटार वादन नहीं कर सकते। इनसान अपनी प्रतिभा को एक रीति से सुरक्षित नहीं कर सकता। इसको क्या दुर्दैव कहेंगे? इन उतार-चढ़ावों से ही हमें आनंदित होना चाहिए। निसर्ग की अनंतता हमें नहीं चाहिए। उसकी निर्लिप्तता भी नहीं चाहिए। उसमें एकाकार होना भी नहीं चाहिए, क्योंकि निसर्ग की भावनाएँ ही नहीं होतीं। इस कॉटेज में जिस दिन आपकी लाश गिरेगी, तब भी यह समुद्र मामूली तरीके से गरजेगा। आपके लिए आँसू बहाकर आपका संस्कार नहीं करेगा। आपके जीवन-शोध को लाकर नहीं देगा। वह प्राणरहित है।' प्रेमा धीरे से उठी।

'प्रोफेसर, खूब सोचिए। मैं अब सो जाऊँगी। सुबह अपने निर्णय को बताइए। वह आदर्श के साथ समझौता करनेवाला दुर्दांत नहीं होगा। मैं आपकी तलाश में साथ दूँगी। यहाँ नहीं, वहाँ जहाँ हजारों इनसान साँस लेते हैं। रोज झरते बच्चों के रुदन में, हत्याओं में, मृत्यु में, व्यभिचारों में, आँसुओं में, खून की नदियों में। आनेवाले हो तो आपको मेरे साथ तैयार होना पड़ेगा। प्लीज… क्षमा कर दीजिए।'

एक मोमबत्ती पूरी तरह गल गई थी। सामने के कमरे में प्रेमा लेटी है। यंत्रवत् मैं शिला की तरह ईजी चेयर पर बैठकर स्थिर बना हूँ। मेरे शरीर को यह किसने हिला दिया? मेरे विचारों को इस तरह प्रश्न कर फटाफट चेहरे पर मारनेवाली यह यहाँ क्यों आई? हाय रे! कितने वर्षों की मेरी तपस्या का यह गुब्बारा आज ठुस्स होकर फूट रहा है।

उसकी बातों में कठोरता है, मगर उसी की सीमा में सत्य का प्रकाश भी है। मेरा समुद्र के साथ प्रेम झूठ है क्या? नक्षत्रों से मेरी दोस्ती झूठ है? निसर्ग ने क्या मुझे सांत्वना नहीं दी? कुत्ते-कौओं की तरह जीते शहरों में जीवन का अर्थ मिल पाएगा? तब क्या, मैं इतने साल अपने हाथ बनाए जेल में जी रहा

था? पत्रिका के स्तंभ लेख, कभी दिया गया वक्तव्य-प्रवचन, कभी बजाए गिटार ने मुझे अभी तक कई हृदयों में जिंदा बना रखा है? यह बाला वृद्ध में सुख ढूँढ़कर यहाँ आई है! तो क्या मैं फिर से जीवन में लौटूँ? कृत्रिम इनसानों की कृत्रिम भावनाओं में डूबकर वहीं अर्थ को शोधूँ? हाय, मैं क्या करूँ? मैं पागल बन रहा हूँ!

कठोर रात्रि है। लहरों की आवाज बंद नहीं हुई। प्रेमा की सौम्य निद्रा है। बहुत देर बैठकर फिर धीरे से उठा। अब मेरे घुटने नहीं बड़बड़ा रहे थे। नया उत्साह भरा हुआ था। सँभलकर मैं धीरे से प्रेमा की ओर आगे बढ़ा। मेरी तरह जीवन के शोध में निकली इसके चेहरे पर भी कहीं-कहीं एक सलवट है। निर्मल चेहरा छोटे से शिशु सदृश सो रही है। समुद्र सदा की तरह गरज रहा था। प्रेमा के हाथ अपनी आँखों से लगाए अमृत पीनेवाले की तरह तन्मय होकर उसी तरह बैठा। वह 'प्रोफेसर!' कहते हुए उठ बैठी। कारण का पता नहीं, हम दोनों की आँखों से एक साथ आँसू की धारा बह निकली।

वह मुझे सांत्वना दे रही थी—माँ की तरह, मित्र की तरह, मैंने उसकी गोद में सिर रखकर 'प्रेमा' कह पुकारा।

हम दोनों यही सोच रहे थे कि कितना अच्छा हो, यदि हमारी यह भंगिमा अनंत हो जाए। समुद्र अपनी गति में गरज रहा था।

□

2

सन्निधि

अभी मैं मृत्युशय्या पर पड़े अपने मित्र को देखने निकल पड़ा था। मैं इस चिंता और दुविधा में था कि पता नहीं वह अब कैसा होगा ? जाना चाहिए या नहीं जाने से भी चलेगा ?

आज आश्चर्यात्मक रूप से बस भी खाली थी तो मैं चल पड़ा था। बस में बातचीत करनेवालों से अपने को बचाकर मौन ध्यानी बन बैठा। मैं दुःखी था। बीमारी, मौत आदि को मैं सह नहीं पाता। पुंडलीक मेरे बालपन का दोस्त था। अपने जीवन के कई क्षण हम साथ-साथ रहे थे। अब जब जिंदगी और मौत के सम्मिलन स्थान पर मृत्युमुखी होकर वह बैठा था, ऐसी हालत में मुझे जाकर उसे देखना ही होगा। कल को मुझसे कर्तव्यलोप नहीं होने पाएँ।

बस जहाँ आगे-आगे जा रही थी, मन तब स्मृतियों के पीछे पड़कर फिर से परिचित कराने लगा। पुंडलीक उस प्रकार की स्मृतियों का बीज बना।

इस कारण कि वह मृत्युमुख में है, उसको मैं सभी अच्छे गुणोंवाला कहकर प्रशंसा कैसे कर पाता हूँ ? पूरी तरह अच्छे या पूरी तरह बुरे लोग कहाँ होते हैं ? पुंडलीक मेरे ही गाँव में पैदा हुआ, साथ ही पला-पढ़ा-खेला आदि कहने से उसके बारे में पूरा विवरण नहीं मिलता। मैं उसे प्रेम से लफंगा कहता था तो लोगों के लिए वही सच था। हमारे गाँव के लोग 'उसके साथ तुम्हारी कैसी दोस्ती, वह बहुत ही लोफर है' कहकर मेरे कान भरते। रहने भी दीजिए। लफंगों से कुछ अच्छे काम भी हो जाते हैं, कहकर मैं हँसी में

बात उड़ा देता था। मुझे अच्छी तरह पता था कि पुंडलीक लोभी था, असूया से भरा इनसान था, पैसों के पीछे भागता था, ढीले चरित्र का था, शौकीन और महत्त्वाकांक्षी था। कभी उसकी इन सीमातीत दुर्बलताओं के बारे में कहने पर वह शांति से सुनता था। इसी से इस गाँव में शायद मैं ही अकेला उसका दोस्त था। एक डिग्री कोर्स पूरा कर वह गाँव में ही बस गया था। वह कितना भी लफंगा था, मगर उसका उत्साह, उल्लास मेरे लिए बहुत प्रिय थे। मुझे विश्वास था कि उसके जैसे लोग अपने उत्साह के कारण कई बार अच्छे काम करते हैं। पुंडलीक ने तालुका ऑफिस बी.डी.ओ. ऑफिस में जाकर कोई स्कीम लाकर गाँव की सड़क बनवा दी थी। छिटपुट टूटे पुल की मरम्मत करवाकर ठेकेदार भी बना था। तालाब में जमी गंदगी को निकलवाकर उसको गहरा बनाया था। सोसाइटी आदि तालुका चुनावों में जीतकर पैसे कमाए थे। हमारे छोटे से गाँव में भी एक छोटा सा सिनेमा टेंट रखकर खूब नुकसान उठाया था। उसके बाद वाइन शॉप (शराब की दुकान) खोलकर खूब नफा कमाया था और कपड़े की दुकान खोलकर बंद की थी। तीस बरस की उसकी आयु तक उसकी जिंदगी कितने सारे जल-प्रपातों में छलाँग लगा चुकी थी। गाँव में एक बार राज्योत्सव मनाने के लिए मुझसे पूछे बगैर मेरा नाम छपवाकर निमंत्रण-पत्र लाकर 'तुम्हें सम्मानित करूँगा, गाँव आ जाओ' रोब से कहा था। मैंने उसे डाँटकर, 'यह सब मुझसे नहीं होता, किसी दूसरे को ले जाओ' कहा था और मैंने ही दूसरे किसी का नाम सुझाकर उसे भेजा था। इससे महीना भर उसने मुझसे बातचीत बंद कर दी थी और एक बार उसने मेरे पास आकर कहा कि 'हम लोगों ने तुम्हारा सम्मान करने की बात कही, मगर तुम आए नहीं, तुम्हें बहुत घमंड है,' कह कुपित हुआ था, फिर मैंने उसे ठंडी बीयर पिलाकर कहा था, 'लफंगू, मैंने ऐसा कौन सा अपराध कर दिया कि मुझे इस तरह दंड देने पर उतर पड़ा। इस तरह सम्मान आदि नहीं करवाना चाहिए। वह भी अपने गाँव में? बड़प्पन दिखाने और इस वजह से कि गाँव का ध्वनिवर्धक सेट खाली पड़ा है, शौक से राज्योत्सव करवा देते हो। कंट्रॉक्ट से बचाए पैसों से शॉल ओढ़ा देते हो,

इसीलिए मैं नहीं आया। इस कन्नड़ को उसके मद्दे छोड़कर तुम अपने दूसरे काम करवा लो प्लीज।' तो वह हँस पड़ा था। उसने कहा, 'कुल मिलाकर, मुझे हमेशा कुछ-न-कुछ नया करते रहना चाहिए।'

शायद मैं उसके इसी गुण को पसंद करता हूँ, इसीलिए मैं उसे 'क्रिएटिव' कहकर छेड़ता था। कभी उसे राज्योत्सव की याद आती तो कभी 'विधान सौध जाना है रे' कहकर आता और कभी 'प्रौढ़ शिक्षण समिति की ऑफिस कहाँ है? अपने गाँव में उसे खुलवाना चाहता हूँ' कहता और कभी कोई खटला, बोरवेल कंपनी का पता लगाने, सिनेमा बॉक्स के लिए, पाँच फीट ऊँचे गणेशजी की मूर्ति बनवाने का ऑर्डर देने, नाटक का सीन बुकिंग करने···। इस तरह के कई चेहरोंवाला था पुंडलीक। सज्जन बनकर अपनी ही जगह किसी की बुराई नहीं करते हुए बाथरूम में फिसलकर मरनेवाले जीवों से भी अपने गुस्सैलपन के बीच भी वह कई लोगों के काम करवाता। अपनी दुर्बलताओं के बीच उत्साह से फुदकता पुंडलीक मुझे अच्छा लगता था। उसके उत्साह को सही मार्ग पर लाने का वातावरण-मार्गदर्शन कोई करता तो शायद उसका और अच्छी तरह उपयोग कर पाते।

बेंगलुरु आने पर निश्चित रूप से मेरे कुंवारे कमरे में आता। मेरी सिंगल खाट को रोब जमाकर छीन लेता, अपना बाघ जैसा शरीर उसपर फैलाकर लेट जाता था। मैं चटाई बिछाकर नीचे सो जाता था, फिर बकता कि वह बेकार का कमरा है, यहाँ पर एक दूरभाष भी नहीं···। इस तरह 'नहीं' कहते हुए किसी बड़े रेस्तराँ ले जाता। आते समय उसके पास उसकी एक काली बुलेट गाड़ी रहती। जे.सी. रोड पर या हमारे गाँव की मिट्टी की सड़क पर वह अपनी गाड़ी को तेज चलाता था। मैं उसके पीछे बैठकर अंदर से काँपता रहता था। बार में बैठकर उसने एक बार अपने साहस का वर्णन किया था।

'तुम पदुमा को जानते हो न?'

'जानता हूँ। मुदि वेंकटप्पा की बहू···। वही—जिसका पति मिलिटरी में है, वही न?'

'ठीक! अब मैंने अपनी रखैल बनाया है उसे।'

मैंने बीयर का अपना गिलास नीचे पटका। औरत और मर्द के रिश्तों की बात शुरू करने पर बात करना मुश्किल है। मुझे लगा कि इस तरह रखैलवाली बात कितनी पुरानी कला है।

उसने पूछा, 'चुप क्यों हो गए?'

मैंने पकौड़ी का एक टुकड़ा टमाटो सॉस में डुबोकर खाते हुए कहा, 'फिर क्या करूँ? ये सब बहुत छोटी बातें होती हैं। दूर सीमा पर देश की रक्षा करते हुए उसके पति का स्मरण होने पर मन को बहुत कष्ट होता है।' उसने ऊँची आवाज में चर्चा शुरू कर दी, 'अरे, शादी क्यों करनी थी? उसको सालों तक अकेली छोड़कर जाएगा तो वह बेचारी क्या करे? उसे भी मेरी मित्रता की जरूरत पड़ गई।'

मैं फिर से चुप हुआ। उसने ही कहा, 'गाँव में किसी को इस बात का पता नहीं चला है। उसके सास-ससुर दोनों वृद्ध हो चुके हैं। दोनों अंदर सो जाते हैं और वह घर के बरामदेवाले कमरे में लेटती है। रात को मैं देर से जाता हूँ, सुबह जल्दी उठकर आ जाता हूँ।'

मैंने मजाक में पूछा, 'उसका मर्द कभी एकदम आ गया तो?'

'कैसे आएगा? आने से पहले बीवी को खत लिखता है। समझो, वह एकदम आ भी गया, हमारे गाँव में आनेवाली आखिरी बस से ही आना पड़ता है, मगर हम आखिरी बस के जाने के बाद ही मिलते हैं।'

शराब लुटाने के टाइम पर इस सेक्स की बात आ जाने पर सब चट्टानें भी भावुक बन जाती हैं। पुंडलीक आधी बोतल रम खत्म करने के बाद भी उसकी आँखों के आगे हास्यात्मक रूप से ड्रिंक्स कहलानेवाला मेरा बीयर का बोतल आधा भी खाली नहीं हुआ था। उसके अंगांग का सौंदर्य, उसके रात्रिकाल के साहस का बड़े जोश के साथ वर्णन किया। जीभ जरा सी तुतला रही थी। उसने कहा, 'वह मुझसे बच्चा चाहती है। दूँ?' मैं जानता हूँ कि महिला में माँ बनने की बड़ी ख्वाहिश होती है। मैंने पदुमा की तसवीर मन में लाकर कहा, 'मुलायम सी ककड़ी सी लगनेवाली लड़की यदि साँड़ सा बच्चा चाहती है, यह कितनी अजीब बात है।' मैंने उससे पूछा, 'तुमने क्या

सोचा है?' 'मैं हूँ माँगनेवालों को देने के लिए। कोई भी माँगे, मैं इनकार नहीं करता। तुम्हें पता नहीं लच्चर साहब। शादीशुदा औरतें ही बेहतर होती हैं। जवान लड़कियों से दोस्ती करने पर मत्थे मढ़ देती हैं। शादी, यानी गले पर रस्सी। मुझे तो शादीशुदा ही अच्छी लगती हैं।' मुझे फिर से पदुमा की याद आई। मैंने सोचा कि अपने संबंध को एक जीव के साथ जोड़ने की यह रीति क्या है?

नई सड़क जहाँ बन रही थी, वह बस जोर से धँसी, तब धमाके से मेरी आँख खुल गई। मेरी बस तभी एडियूर पहुँच गई थी। मुझे लगा कि जेब में पदुमा का पत्र दबा रहा है, फिर से खोलकर पढ़ता हूँ। 'सुना है कि बेल्लूर के अस्पताल में है।' मजे की बात यह कि वे दोनों अगल-बगल के वार्ड में ही भर्ती हुए हैं। वह प्रसव के लिए भर्ती है और यह? पत्र पढ़ रहा था तो सामने कलर स्टोन का जाहिरात दिख जाता है। पुंडलीक की स्मृति की रील फिर से खुल जाती है। उसने कुछ समय कलर स्टोन एजेंसी ली थी, तब एक बार पदुमा को भी लेकर मेरे कमरे में आया था। होटल में कमरा लेने में हिचकिचाहट लगी होगी। मुझे मुश्किल हो गई। इन दोनों को रहने के लिए अपना कमरा देकर मैं पड़ोस में दोस्त के कमरे का दरवाजा खटखटाता, मुझे यह बिल्कुल पसंद नहीं था। कह न पाकर भुगत लिया था। वह जब बाहर कहीं गया था, तब मैंने पदुमा से पूछा। यह मेरी कुटिल बुद्धि थी, पागल, कैदी, प्रेमी, रोगी और अभी मौत का सामना करते लोगों से पूछना, उनके पेट से राज निकालना, ये सब कुटिल बुद्धि हुआ करती है, 'इस तरह आती हो, अगर घर में सास-ससुर, गाँव के लोग या पति को पता चले तो क्या करोगी, पदुमा?'

कमरे के कोने में सिर को आँचल से ढँककर संपन्न होकर वह बैठी। कुछ सिसककर उसने कहा, 'किसी तरह चुप थी, मेरी जिंदगी में ये आ गए। भैया, यह भगवान् की इच्छा थी, अब मैं छुड़ा नहीं सकती। रख भी नहीं सकती। हर बार जब भी ये आते हैं, मैं कह देती हूँ कि पीहर जा रही हूँ। सास-ससुर कितने दिन विश्वास करेंगे? मेरे भाग्य में जो भी लिखा होगा,

अब क्या कर सकती हूँ? मेरे घरवाले को पता चल जाए तो वे बंदूक लेकर गोली से उड़ा देंगे।' मेरे मन में बात उठी कि भगवान् की इच्छा, मत्थे लिखा, नामक शब्द टिक गए। मैंने सोचा, अपनी वर्तमान की इच्छाओं की पूर्ति के लिए तात्कालिक व्यवस्था के लिए इन सभी नामों का उच्चारण कर कैसे सरक रही है, कितनी चालाक है।'

आज पुंडलीक की दुःस्थिति का मूल वह रात है, वह भयानक रात है, जिसकी मुझे अब तक याद है। रात काफी देर तक पढ़ रहा था। अभी-अभी लेटा था। बाहर से बाइक खड़ी करने की आवाज सुनाई दी। पुंडलीक अकेले ही आया था। जरा सा बेचैन था। मैंने अपना बिस्तर उसे लेटने को देकर अपने लिए चटाई बिछाकर पूछा, 'क्या खास बात है?' उसने कहा, 'गड़बड़ हो गई। पदुमा के साथ या तो उसका जोरू आ गया?' मैंने आतंकित होकर पूछा, 'तुम फँस गए?' उसपर उसने उपेक्षा में हँसकर कहा, उसकी किस्मत में यह नहीं लिखा है। उसके बूट की आवाज सुनते ही मैं पीछेवाली छोटी दीवार से लाँघ आया। पीछे के दरवाजे से भाग आया। मैं चुपचाप सुन रहा था। अरे, उस भड़ौते ने चिट्ठी भी न लिखी थी। खाली एकदम आ गया है। वह भी किसी ट्रक से आकर पैदल चला आया है। अच्छा हुआ, मैं नहीं फँसा। मैं तब भी चुप था। उसने कहा, 'मुझे खराब लगा, इसलिए रातोरात बाइक पर चढ़कर चला आया। तुम्हें देखने की इच्छा हुई।' मेरी नींद खराब हो गई।

उसके बाद उसने सोने की तैयारी करके एक करवट ली होगी। धीमी आवाज से, 'अम्माँ, दर्द' कहा। मैंने तुरंत बत्ती जलाकर उससे पूछा, कहाँ क्या कर लिया तुमने? इतना पूछकर उसका कुरता खुलवाकर देखा। उसने अपने दाएँ हाथ का जॉइंट दिखाकर कहा, 'दीवार लाँघते समय मैं नीचे गिर पड़ा। गिरते समय चोट लगी और अजीब सी आवाज हुई। जरा सा दर्द…!' मैंने उसे डाँटा, 'धत् गधे। इस दर्द में गाड़ी चलाकर क्यों आए?' यह कहकर मैंने अमृतांजन की छोटी बोतल के अंदर अपनी उँगली घुसाकर उसे उसके हाथ पर मला। वह दर्द से कराह रहा था। मैंने मजाक में उसे छेड़कर कहा,

'दूसरों की बीवी पर नजर गड़ाने का क्या परिणाम होता है, देखा न?' उसने यह कहकर, 'ये सब मेरे लिए क्या करते हैं, छोड़,' मुझे धकेलकर सिर पर दोहड़ ढँककर लेट गया। मुझे लगा कि सुबह इसे डॉक्टर के पास ले जाना चाहिए। हिसाब लगाया कि अपने पास कितने आकस्मिक अवकाश बचे हैं?

सुबह वह हठ पकड़कर बैठ गया कि डॉक्टर के पास नहीं जाएगा, फिर भी डाँटकर उसे डॉक्टर के पास ले गया। डॉक्टर ने भी जल्दी में परीक्षण किया। 'एक्स-रे' करवाने का सुझाव दिया। पुंडलीक को मेरे ऊपर बहुत चिढ़ थी। जबरदस्ती एक्स-रे करवाया। थोड़ी देर बाद डॉक्टर ने काली तसवीर को अपनी आँखों के आगे रखकर कहा, 'कैंसर अस्पताल ले जाकर एक बार चेकअप करवा दीजिए। चिंता नहीं, मगर ऐसा लग रहा है कि खून हड्डियों की जोड़ के बीच जम गया है।'

उसने तकरार किया। मेरे जैसे बाघ का कैंसर? ये डॉक्टर लोग जोर से खाँसने पर भी यक्ष्मा कह देते हैं और वह गाँव जाने के लिए तैयार हो गया। मैं पूरी स्वतंत्रता लेकर बहुत मुश्किल से उसे कैंसर अस्पताल भी ले गया। सैकड़ों जगह घुमाकर खून, मल, मूत्र, थूक आदि का परीक्षण करवाया। सबको एक साथ जमाकर डॉक्टर ने कहा, अब आपको कैंसर नहीं है। डर यह है कि इस प्रकार के केस जल्दी ही कैंसर में पलट सकते हैं। बेहतर यह कि आप यहीं रहकर ट्रीटमेंट करवा लें तो ठीक रहेगा।

पुंडलीक के बारे में सोचकर अब भी मुझे आश्चर्य होता है, उसकी वह हिम्मत और अहंकार। मेरे बहुत जोर देने के बाद भी उसने कैंसर अस्पताल की एक गोली भी नहीं ली, कोई इंजेक्शन नहीं लिया। डॉक्टर से यह कहकर कि आप लोग भी कैसे डॉक्टर लोग हो, गिर पड़ा था, उससे थोड़ी सी चोट लगी है, उसी को कैंसर, टी.बी. कह देते हो? वह उठ ही गया। 'चलूँ रे, गाँव जाकर गाढ़े से रागी के पिष्ट के दो गट्ठे, मांस का सांबार, एक क्वार्टर रम पीकर पदुमा से मछली का तेल मलवा लूँगा तो यह दर्द एक दिन में फुर्र हो जाएगा।' कहते हुए मुझे अस्पताल से बाहर खींचकर ले आया। यह सच कि इससे मैं कुछ अपमानित जरूर हुआ। मैं चुप हो गया और कुछ

भी नहीं किया जा सकता था, इस कारण डॉक्टर भी हँसकर चुप हो गए थे।

बाद के दिनों में मैं इतनी उलझन में फँस गया कि उसके स्वास्थ्य को लेकर मैंने जो चिंता जताई थी, वे सब मजाक से बन गए। मैंने उसको यह कहकर पत्र लिखा था कि बचपना नहीं करो। आकर कैंसर अस्पताल में ट्रीटमेंट ले लो। उसने जवाब में बहुत गुस्से से भरा एक पत्र लिखा था, 'तुम्हारा खत किसी दूसरे के हाथ लगकर यहाँ बहुत शोर मच गया। तुम्हारी अनुकंपा की किसे जरूरत है? तुम्हारा यह सब ड्रामा है। गाँव में नाहक ही खबर फैल गई कि मुझे कैंसर है। अब मुझे दर्द-बर्द कुछ भी नहीं। पूरी तरह ठीक हो गया है। तेल मलकर मेरा दर्द दूर कर दिया। अब कुछ दर्द नहीं है। माँ ने मनौती मान रखी थी। तुम्हारे कमरे में आने से डर लगता है। आने पर तुम मुझे अस्पताल ले जाओगे। मेरे मत्थे कोई बीमारी मढ़कर···'

अंतिम वाक्य से मुझे तीव्र आघात हुआ। हमारे आतंक, डर और चिंता को कृत्रिम कहने से अधिक और अपमान क्या हो सकता है? यह कहकर अपने को शांत किया कि चलो, किसी तरह वह ठीक तो है। इस बीच गाँव के लोग मिले थे, उनसे पता चला कि गाँव के नाटक में पुंडलीक ने दुःशासन का पात्र अदा किया था, तालूक बोर्ड का चुनाव लड़ा था, शेंदी (शराब) के व्यापार का ठेका लिया था। ये सब कहकर उन लोगों ने यह टीप जोड़ा था कि वह तो अब महाराजा बन गया है।

इतना सच है कि हम दोनों के बीच एक दरार जरूर पड़ी होगी। बहुत सावधानी से रिश्तों की रक्षा करने के बावजूद वे टूट जाते हैं, इससे मैं तड़प उठा। गाँववालों के लिए वह लफंगा होकर भी वह कहीं मेरी प्रज्ञा का अंग था। साथ तैरा था, केकड़ा पकड़ा था, शराब पी थी, कर्ज दिया था, कर्ज लिया था। पहनकर उतारे मेरे कमीज की प्रशंसा कर उसे उड़ा लिया था। झगड़ा किया था, प्रेम दिखाया था। मेरे नागर जीवन के झमेलों के कारण मैं गाँव नहीं गया। वह भी नहीं आया। मैं विस्मित था कि इतने दिन हो गए, वह नहीं आया और तभी पदुमा का पत्र मिला।

उसकी बाल भाषा में लिखी चिट्ठी में बहुत से भाषा दोष थे। आदरणीय

(तीर्थरूप भैया को) से उसने शुरू किया था, 'वे नहीं बचेंगे' कहकर उसने पुंडलीक के आयुष्य की भविष्यवाणी की थी। यह कहकर कि 'बेळ्ळूर अस्पताल में रखा है' डरा दिया था और उसके पड़ोस के प्रसववाले वार्ड में 'मैं भी भर्ती हुई हूँ' बताया था। सूचना दी थी। उसके पत्र की पंक्तियों से आँखों में आँसू भर आए। मेरा मन तड़प गया, बार-बार मन कहने लगा कि उसको जीना है, इसका प्रसव होना चाहिए, मगर उसने स्पष्ट रूप से लिखा था, 'उनका समय पूरा हो गया। अंतिम बार आकर देख जाइए।' मैंने चिट्ठी अपनी जेब में रख दी, जहाँ जैसे थे, उसी स्थिति में मैं बेळ्ळूर की बस में चढ़ गया।

एक घेरा घुमाकर धूल का बादल बनाकर बस जब बेळ्ळूर के बस अड्डे पर रुकी, मैं अपने बोझिल पाँवों के साथ नीचे उतरा। सामने ही शासकीय अस्पताल के आगे मुझे अपने गाँव के कुछ चेहरे दिख पड़े। एक किनारे पर खड़ा मुदिवेंकटप्पा और उसकी पत्नी दिखे। उन दोनों के मौन से पता चला कि उस वार्ड में पदुमा भर्ती है। फल की दुकान के आगे क्याडा खड़ा था। उसने मुझसे पूछा, 'अपने दोस्त से मिलने आए हो?' मैंने हामी भरते हुए अपना सिर हिलाया। उसने कहा, 'जल्दी से चेहरा देख लो। किस मिनट…। कौन जाने?' क्याडा ने शुरू किया 'अपनी जिंदगी अपने हाथ ही बरबाद कर ली। परसों कैंसर अस्पताल ले गए थे।' डॉक्टर ने कहा, 'यहाँ क्यों मरे? घर ले जाओ, फिर वापस ले आए।' गाँव में रखने पर उसको अचानक ही दर्द शुरू हो जाता है। बम्डा मारता है। दर्द जब भी बढ़ता है, तब उसे कौन सा ही इंजेक्शन देना बोलते हैं, इसीलिए हमने यहाँ रखा है। यह सोचकर कि शांति से मरे तो…। इसने कुछ कम खेल किया क्या? कम दिमाग किया क्या? लोगों को कुछ कम तंग किया क्या? जो करो सो भुगतो। गलत काम करो तो भुगतना ही पड़ता है…' यदि गुर्राकर नहीं देखता तो फिर क्याडा अपनी बात और आगे बढ़ाता। मैंने उसपर कुपित होकर कहा, 'मरते इनसान पर इस तरह की बातें नहीं करते। कई अच्छे लोगों को भी बुरी मौत आई तो है?' वह चुप हुआ। मैं अस्पताल की तरफ निकल पड़ा।

बाहर सिर पर आँचल डालकर औरतों का समूह खड़ा था। मुझे पहले पदुमा का वार्ड दिख गया। प्रसव का समय था, इसलिए मुझे अंदर जाने नहीं दिया। मैंने कहा, 'नहीं, नहीं, मुझे एक बार देखने दो।' लड़ाकू नर्स ने चिल्लाकर कहा, 'मर्द लोगों को यह सब चाहिए?' मुदिवेंकटप्पा से मैंने यह कहकर कि 'मैं फिर से आऊँगा,' आगे बढ़ गया, फिर उस बूढ़े ने बीच में आकर कहा, 'बेटे को तार दे दिया है बाबूजी। अभी नहीं आया है। उस एड्रेस पर एक तार भेजकर आएँगे।' रुको, मैं भी अभी आता हूँ, कहकर मैं पुंडलीक के वार्ड में पहुँचा। बाहर सिर पर अपनी साड़ी का आँचल फैलाकर खड़ी औरतें मेरे आते ही सरक गईं। वहाँ दुर्गंध फैली था। खूब सारे मच्छर-मक्खी घुमड़ रहे थे। वार्ड भी कहो तो चलेगा। ऊपर मकड़ी के जाले भरे थे। एक ही ओसारा था। उसे गाय बाँधने का कोठा भी कह सकते थे। वहाँ पर हवा-रोशनी खूब आ रही थी, इसकी वजह थी खिड़की और टूटे-फूटे दरवाजे। एक कोने पर फैलाई गई खजूर की चटाई पर चिंदीवाले बिस्तर पर पुंडलीक लेटा था। उसकी छाती तक कंबल ओढ़ाया था। बगल में एक गरम पानी का भगौना था। दवा के खाली किए गए बोतल। प्लास्टिक की टूटी बाल्टी। खोलकर फेंटी गंदी चड्डी। पानी पर डाले गए कई द्रव पदार्थ, बदबू! उसके पाँव तले पुंडलीक की माँ बैठी थी और भी कोई-कोई थे। मेरे प्रविष्ट होते ही उसका दर्द भी शुरू हो गया।

दर्द···दर्द का मनुष्यरूप मैंने उसी दिन देखा था। पुंडलीक को रस्सी बनाकर मौत, जहाँ एक तरफ खींच रही थी तो पुंडलीक उसे इस तरफ खींच रहा था। भयंकर रूप से चिल्ला रहा था। हाथ स्वाधीन नहीं थे, इस कारण हाथ उठाकर अपने मुँह पर उन्हें चलाकर चिल्ला भी नहीं पा रहा था। सिर को दोनों तरफ हिलाकर 'हाय! माँ' कहकर चिल्लाया। इसी चिल्लाहट के बीच एक लड़का आकर उसके ऊपर से कंबल उठाकर उससे पेशाब करवाने एक पाइप ले आया। मैं बहुत उदास हो गया। कंबल निकालने पर मैंने उसके पाँवों को देखा। दोनों पाँव बिल्कुल ढीले हो गए थे। मॉडर्न आर्ट की तरह टेढ़े-मेढ़े होकर डरावने लग रहे थे। पेट फूलकर नीचे उलटकर रखे

गए हेल्मेट जैसा लग रहा था। उसके काले शरीर के गतवैभव का वे स्मरण करा रहे थे। एक ही किक से बुलेट को स्टार्ट करते समय की वह अदा! तिरते लंबे हाथ; एक बार कैसिनो में दिए गए सौ रुपए के नोट को खुल्ले पैसे लाना बेरर भूल गया था, तब गलत हिसाब लगाकर जब उसने कहा था कि हमने सौ रुपए दिए ही नहीं और तब याद आता है, पुंडलीक टेबल पर रखे खाली बोतल को टेबल पर मारकर बेरर को मारने गया था। तन के वे काले हाथ। इनसान के विभिन्न अंगों में भरी ताकत, सौंदर्य, इनसानों के शरीर के अंगों में भरी ताकत, सौंदर्य, स्वरूपों से निर्णीत होनेवाले इनसान। पुंडलीक की इस स्थिति, उसका दु:ख-दर्द देखकर मेरी आँखों में आँसू भर गए। डॉक्टर ने कुछ-कुछ बकते हुए आकर एक इंजेक्शन दिया। उसके बाद उसका दर्द दूर हुआ, तब तुरंत मुझे लगा कि वह जल्दी मर जाए। दूसरे लोगों से दूध-फल, नारियल का पानी, केला आदि मुँह में रखवाते और दूसरों से अपना मल-मूत्र निकलवाते बहुत बुरी हालत में पुंडलीक था। मुझे लगा कि दूसरों की इस सेवा से मुक्त होकर यह जल्दी मर जाए। सच में मैंने उसकी मौत को चाहा। असहनीय पीड़ा को स्थगित करते इंजेक्शन से भी हमेशा के लिए मुक्ति देनेवाली मौत उसे जल्दी आ जाए।

मैंने कहा, 'तुम लोग बाहर जाओ, मुझे उससे अकेले में कुछ बात करनी है।' सब लोग बाहर चले गए। वह टूटे-फूटे उस दरवाजे को मैंने आगे ढकेला, अपना शू खोला, फिर उसकी बगल में जाकर बैठ गया। उसने मुझे पहचाना, आँखें चमक उठीं। मैंने उसी बीमार का अंतर खत्म कर उसके चेहरे पर फैले बालों के बीच अपनी उँगलियों से सहेजा। भाग-दौड़, जल्दी करने, लफंगापन के बीच खेलकर पले उसके शरीर का वह तीन-चौथाई भाग आज उसकी बात नहीं मानते हुए विवश पड़ा था। देखने और रोने के लिए दो आँखें ही जाग्रत् थीं। मुझे नहीं लगा, बाकी कोई भी अंग प्राणवान था। पुराना प्रेम था, उसकी आड़ में यह कहने का मन किया कि क्यों रे ऐसा कर लिया, अपने अहंकार से बरबाद हो गए, मगर यह समझकर चुप रह गया कि मौत के करीब रहनेवाले को उसकी पुरानी जिंदगी की याद

दिलाकर भाषण देना भी बेकार है। भयंकर मौन फैला। वह तेज साँस ले रहा था। उस तेजी से बस अड्डे पर पहुँचने की सूचना मिली।

झूठी मुसकराहट चेहरे पर लाकर मैंने कहा, 'पुंडलीक, तुम्हें कुछ भी नहीं होगा, हिम्मत साधो।' उसने रो दिया। आँसू उभरकर आए होंगे। गालों के दोनों तरफ वे उमड़ पड़े। मैंने पहली बार उसकी आँखों में आँसू देखे थे। अपनी उँगलियों से उन्हें पोंछा और नजदीक पहुँचकर पूछा, 'कहो, मुझसे कुछ कहना चाहते हो?' उसने अपनी गहरी आवाज में··· 'मैंने गलत किया। तुम्हारी बात नहीं मानी।' फफकने लगा। 'अब भी मुझे यहाँ से ले जाओ। मैं चलने-फिरने लायक बन जाऊँ तो काफी है। ठीक हो जाऊँगा। ये लोग चाहते हैं कि मैं मर जाऊँ। तुमसे विनती करता हूँ। डॉक्टर से कहो। खर्च कितना भी हो···'

उसे जीने की बहुत ख्वाहिश थी। मेरी समझ में नहीं आया कि क्या कहूँ? मैं उसे किस मुँह कहूँ कि नहीं, तेरी मौत नजदीक है। डॉक्टर तुम्हें यह कहकर भेज चुके हैं कि तुम्हारी मौत नजदीक है, तुम चंगे नहीं हो सकते। तुम्हारी सभी हड्डियों में कैंसर फैल चुका है। मैंने उससे कहा, 'जाएँगे, चुप रहो। शांति से सो जाओ।' उसने एक बार मुँह खोला। अंदर रंगीन तसवीरें दिखीं। बदबू निकली। उसने कहा, 'पड़ोस में पदुमा है।' 'क्या करूँ?' मैंने पूछा। उसने कहा, 'मुझे बच्चे को देखना है।' मैंने कहा, 'अभी उसका प्रसव नहीं हुआ। बाद में देखोगे।' वह सो गया। मैं बाहर चला आया।

लोग ही लोग। दोनों वार्डों पर घुमड़कर खड़े थे। पदुमा के रिश्तेदार आनेवाले बच्चे के लिए, सुखी प्रसव की कामना से खड़े थे। पुंडलीक के वार्ड के सामने उसकी मौत की प्रतीक्षा करते खड़े थे। अस्पताल के कंपाउंड पर अपने पाँव ढीले करके मैं बैठा, सिर में चक्कर आ रही थी। बीच-बीच में पुंडलीक के दर्द की चिल्लाहट। स्वागत-समारोह, विदाई दोनों एक साथ एक ही मंच पर संपन्न हो रहे हैं। आतंकित हुआ कि पदुमा की संतान को पुंडलीक क्या सचमुच देख पाएगा? जन्म लेने और मृत्यु के इन दोनों क्षणों में असहनीय वेदना···। सृष्टि के लिए भी, लय के लिए भी वेदना···।

काष्ठवत् बैठा था। मेरे आगे बेल्लूर बस अड्डा गरम पत्थरों को फैलाकर सोया था। उसी जमीन पर पुंडलीक की क्रीड़ाओं का इतिहास याद आया। बस के पहियों के रूप में, इनसान के कई पाँवों के रूप में जीवनवाहिनी बहती रही थी। मामूली तरीके से बशीर आवाज दे रहा था। कौन है···। शिमोग्गा, भद्रावती, अरसीकेरे, कडूर, तुरुवेकेरे, नागमंगला···मेलुकोटे···। मैं प्रतीक्षा कर रहा था कि पदुमा अभी बच्चे को जन्म देगी। पुंडलीक अभी मरेगा···।

□

3

पृथ्वी गोल है

एक शहर में बालू नामक एक युवा था। वह सत्कुल प्रसूत था। वह सर्वगुण संपन्न तो था, मगर उसे पता नहीं था कि उसका अपना पिता कौन है। जप-तप, नियम-निष्ठा में, योग-साधना में विशेषज्ञ था, मगर उसके मन में कुछ ऐसी अजीब इच्छाएँ थीं कि वह किसी को पकड़कर लात मारना चाहता था, किसी से जोर से झगड़ा करना चाहता था, अंट-संट बकना चाहता था, परनारी सहोदर और पवित्रात्मा बालू अपने हाते में खुशी से चमकती महिलाओं के स्तन-मंडल की अकेले में कल्पना करता था। अविवाहित था, मगर ब्रह्मचारी न था, उसके जीवन के चालीस वर्ष फट से बीत गए।

बैसाख का महीना आने को था तो बालू के शरीर के अंदर-बाहर जो जलन की आग धगधगा रही थी, किसी से झगड़ा करने की दैवप्रेरणा से एक छोटा सा कारण कि कॉफी लाने में देर हो गई, उसने पेपर वाइट को उठाकर फेंका, जिसके परिणामस्वरूप नौकर (पीवन) सुब्बेगौड का सिर मोदक की तरह फूल गया। टाइपिंग में तीन गलतियाँ रह गई थीं, उस वजह से उसने कमला को टंकण मशीन के साथ नीचे उछाल दिया, उससे वह एक के ऊपर एक उलट गए और मशीन फूट गई। उसके अनंतर प्रशांत स्वभाव का और अहिंसावादी बालू 'सेल वीकवाला कैलकुलेटर' ढंग से काम नहीं कर रहा था, इस कारण उसने जोर से फेंक दिया, जो सड़क पर उस समय जा रहे अय्यप्पा के भक्त पर गिरा। अय्यप्पा का भक्त क्रोधित नहीं हो सकता, इस कारण 'हाय! अय्यप्पा' कह वह नीचे गिर बैठा। बालू के इन विध्वंसकारी कृत्यों का परामर्श न कर उसके अधिकारी ने उससे यह कहकर कि 'जाओ,

आराम करो, मैंने तुम्हें एक महीने का अवकाश दिया है।' शाप प्रदान किया।

शापग्रस्त बालू को इस अनिवार्य अवकाश का पहला दिन अपने हाते में बिताना अत्यंत कठिन सा लगा। ऊपर के कमरे में रहनेवाले बालू के लिए नीचे रहनेवाले परिवार का संसार कई एंगलों में दिखने लगा। गुलाम के चेहरेवाले पुरुष सुबह पत्नियों द्वारा पैक कर दिए गए नीबूभात का पैकेट बाइसिकल से लटकाकर कहीं अदृश्य हो जाते थे। महिलाएँ नया लोक रचना शुरू कर देतीं—चिट (फंड) करतीं।

स्टील के बरतन खरीदतीं। सब्जीवाले को रोककर खड़ी हो जातीं, राजा स्नो पोतकर मॉर्निंग शो जाकर लौटती थीं। शाम को रायजी के मंदिर (राघवेंद्र स्वामीजी) हो आतीं। पैसे जमा कर फिर मैचिंग ब्लाउज भी खरीदती हैं। कुछ लोग मुरगी पालती हैं, कुछ और लोग टी.वी. देख लेती हैं। बाइसिकल के लौटने तक बाल सहलाकर दरवाजे पर खड़ी होकर खाली बक्सा ले लेती हैं। पति को अभ्यंजन करवाती हैं। उनके कपड़े सुखाती हैं। हर बात पर मेरे 'घरवाले' कहती हैं। मिक्सी लाकर दूसरों का मन जलाती हैं। अंतिम घर की शिरोमणि तक एक-दो बार बालू की तरफ देखकर अपनी चोटी हिलाती है तो बालू सोचता है कि उसे यह मिल सकती है। उसके पीसी पति की बड़ी मूँछें, बूट की याद कर वह सोचता कि 'यह सब बेकार है, चालीसवें साल में कैसा लव, वह भी औरत के साथ!' कहते सिर झाड़कर विराग भावना धरकर भगवत् चिंतन करता है।

शुक्ल पक्ष का चंद्रमा जब विराज रहा था, एक शुभ रात्रि में बालू उलटा पड़ा था, उसका ज्ञानोदय हुआ। मुझे कुछ-कुछ हो गया है, मैं कुछ खो रहा हूँ आदि चिंताएँ सताने लगीं। मन विक्षिप्त सा हो गया। कष्ट से दो बूँद आँसू गिराए। लगा, मैं समाजवादी और विचारवादी हूँ। इस तरह आँसू गिराना हास्यास्पद होता है, मुझे रोना नहीं चाहिए था, फिर उसने यह सोचकर कि मैं अपने आप पर अनुकंपा तो नहीं चाह रहा हूँ, मजाक कर लेना चाहा। नीचे रहनेवाले पारिवारिक घरों में जो प्रेम, काम, लगाव, अंतःकरण, स्वार्थ, बद्धता, सहायता, सहकार, लोभ, दिखावा आदि सब आजकल कुतूहलकारक और

स्वास्थ्यपूर्ण बनने लगे हैं। सभी लोग अपने चारों तरफ अपना ही एक लोक रच लेते हैं। जिसको पसंद करते हैं, अंदर बुला लेते हैं, जो पसंद नहीं, उन्हें दरवाजे के बाहर ही रखते हैं। अपने लोक को ही सत्य मानते हुए भ्रमित होने लगते हैं। इस भ्रम में सुखी होते हैं। मेरा अपना कोई लोक नहीं। मैं सबकुछ छोड़-छाड़कर चला आया। मैंने अपना कुछ नहीं बनाया। मेरे अपने दो ही हैं। वह रुक्मिणी से शुरू होता है, पद्मनाभ में उसका अंत होता है। रुक्मिणी-पद्मनाभ को अपना मान सकते हैं क्या? हाँ कहो तो हाँ, न कहो तो नहीं।

किसी जमाने में जगत् प्रसिद्ध भरतखंड के ईशान कोने में स्थित बुरुडेहळ्ळ (ग्राम नाम; बुरुडे=मुण्ड, हळ्ळ=गड्ढा, तालाब) के किनारे पर नंदीपुर नामक नगर था। उस गड्ढे पर दुष्ट लोग डाब (हरा नारियल) पीकर खाली (करट) ऊपर का कवच भाग वहाँ पर फेंक देते थे। कहते हैं कि इसी वजह से उसका नाम बुरुडेहळ्ळ पड़ा। उस स्थान पर नंदी बार साबुन ज्यादा खर्च होता था और इस कारण उसका नाम 'नंदीपुर' पड़ा। उस पुर में सत्यनारायण की पूजा करते हुए वासवी मंदिर में पूजा-अर्चना करते बाजार की सड़क पर सब्जी की दुकान रखी श्रीनिवास श्रेष्ठी उस सड़क पर जगत्प्रसिद्ध बने हैं।

रुक्मिणी उनकी इकलौती बेटी है। बाल्यावस्था पार कर यौवनावस्था में जैसे ही पाँव रखा, श्रेष्ठीजी के घर के बरामदेवाले अकेले कमरे में बालू किराएदार बनकर आया। वह विद्यार्जन करने नंदीपुर आया था, रुक्मिणी के प्यार में वह पूरी तरह डूब गया। नंदीपुर के श्मशान की सीमा पर शिवानंद (सिनेमाघर) था। दिनदहाड़े मैटनी के चलते बालू ने रुक्मिणी के होंठों को चूम लिया। रुक्मिणी को कर्ज रखने की आदत नहीं थी, उसने वहीं पर हिसाब का चुकता कर दिया। यह चुम्मा लेकर अभी दस साल बीत गए, मगर बालू उस पहलेवाले चुम्मा की याद कर नस-नस से रोमांचित हो जाता है। उसके अंदर से आँधी बहती है। यौवन की मस्ती में पहली चोट पर ही मिली वह काली लड़की थी। बालू और रुक्मिणी का अगाध प्रेम निरंतर तीन साल तक आगे बढ़ता रहा।

तीव्र प्रेमी बालू पैसों के मामले में चिंदी था। उसके बाप नहीं था। माँ

कुछ खरची जो भेजती थी, वह उसके लिए काफी नहीं पड़ता था। पहली तारीख भाड़े का चालीस रुपए देने में थोड़ा सा भी यदि चूक जाता, श्रीनिवास श्रेष्ठी तुरंत उसपर बाघ की तरह गरजने लगते। रुक्मिणी ऐसे संदर्भों पर छिपकर उसकी मदद कर देती। शाम को सब्जी की दुकान पर बैठकर बाप से छिपाकर पैसे उठा लाती और उसे बालू को दे देती। बालू वही पैसे श्रेष्ठीजी को देकर तालाब का पानी उसी तालाब में मिला देता था। श्रेष्ठीजी अपने सपने में भी यह कल्पना नहीं कर पाते थे कि अपनी यह काले रंग की बेटी किसी से कभी प्रेम भी कर सकती है। वह भाड़े का पैसा वसूल करने पर ही ध्यान देते थे, मगर शिवानंद फिल्म थिएटर के संबंध में कभी सिर नहीं खपाया। कमरे में चावल पकाकर होटल से साँभर खरीद लानेवाले बालू के पास अठन्नी तक नहीं रहती थी। वही बालू रुक्मिणी से खूब प्रेम पाकर आराम से रहने लगा। ट्यूशन के नाम से घूमने के सुख के लिए रुक्मिणी बी.ए. में किसी विषय में फेल होकर उसने एक मीटिंग पॉइंट बना ली। बालू एक-एक कर बुद्धिमान बनने लगा।

एक उन्माद, एक चपलता के लिए, एक कुतूहल से यह बालू-रुक्मिणी का प्रणय-पर्व शुरू हुआ था, अब वह गहरा बनने लगा था। अपनी प्रिया को उपहार दिलाने की नैतिक जिम्मेदारी को उठाने की ताकत बालू में न थी, हर चीज के लिए उसके आगे ही हाथ फैलाने की दुःस्थिति आगे बढ़ती गई। अपनी गरीबी से ऊबकर एक शाम वह बुरुडेहळ्ळ के किनारे रुक्मिणी की गोदी में लेटकर बिलखकर रोने लगा।

उसने कहा, 'रुक्कू, मर्द होकर मैं शर्मिंदा हूँ। तुमसे आखिर कितना पैसा माँगता रहूँ! रोज तुम्हारे आगे हाथ फैलाना पड़ता है। तुम्हारे जन्मदिन पर ग्रीटिंग्स देने के लिए भी मेरे पास पैसे नहीं हैं। मैं तुम्हारा ऋण कैसे चुकाऊँ?'

रुक्मिणी को आश्चर्य हुआ। वह इसलिए कि वह उसे कमाकर पैसा नहीं देती थी। अपने बाप का पैसा ही देती थी, वह बाप के पास ही पहुँचता था। तालाब के किनारे प्रेमपूर्ण बातें न कर पैसों की बात करनेवाले बालू की मूर्खता को देख उसे खराब लगा।

उसने कहा, 'यह कैसी बात कहते हो, बालू? अपने बीच ऋण की बात क्यों करते हो? प्रीति के आगे पैसे नश्वर होते हैं न? पैसों के लिए मुझसे तो प्रेम नहीं किया था? तुम्हारे बिना मैं एक दिन भी जिंदा नहीं रह सकूँगी। हम शादी कब करेंगे? इन मामूली से पैसों की बात छोड़कर हमारे पवित्र प्रेम के बारे में बात करो।'

शिवानंद फिल्म थिएटर ने उसे भी बात करना सिखा दिया था। स्वाभिमान की जरूरत से बाधित होकर बालू ने बिल्कुल नहीं माना। उसने कहा कि मैंने तुमसे जितने भी पैसे लिए हैं, उन सबका हिसाब लिखकर रख लो। नौकरी लगने पर ब्याज के साथ सारे पैसे चुका दूँगा। तुम्हें लिखना ही होगा।

यह सब सुनकर रुक्मिणी फट से हँस पड़ी। बालू ने अपमानित महसूस किया।

'तुम्हारी सौगंध खाकर कहता हूँ। कल से तुम सारा हिसाब लिख लो।' उसने एक हठी इनसान के अंदाज में यह बात कही। उसने भी हँसकर कहा, 'मंजूर है।' वहाँ पर उनकी बातचीत खत्म हुई। तालाब के किनारे हरी घास पर वे दोनों कई तरह की क्रीड़ाओं में लग गए। उस काली लड़की के मजबूत बदन को उलट-उलटकर बालू ने तब तक बचाकर रखे सारे कुतूहल को निकाल फेंककर खूब मसलकर उस याद को जिंदगी भर बचा रखने योग्य उसको लूट लिया। दोनों ने पाया था, दोनों ने खोया नहीं था।

II बी.ए. के इतिहास की टिप्पणियों वाले अंतिम पृष्ठ पर रुक्मिणी हिसाब लिखने लगी। हिसाब लिखने के लिए कहने के बाद बालू की हिचक भी घट गई, उसने रुक्मिणी से खूब पैसे वसूल किए। उसने हँसी-मजाक में हिसाब लिखा। उसमें हँसी-मजाक की बात कैसी? हिसाब यानी हिसाब! कहते हुए बालू हिसाब लिखवाता। इस लड़कपनवाले खेल में नुकसान श्रीनिवास श्रेष्ठी का हुआ। बालू के उस घर में घुसने के बाद उन्हें दो हजार रुपए का आर्थिक नुकसान हुआ था, उससे भी बढ़कर बेटी के कौमार्य का नैतिक नुकसान भी हुआ था।

बालू-रुक्कु अब शादी का अंदाज लगाने लगे। बालू सभी शस्त्रास्त्र और

चतुरंग सेना को सजाकर श्रीनिवास श्रेष्ठी से विजय साधने की योजना बनाने लगा। अपने चुरा जाने के रोमांच के लिए तड़पती रुक्मिणी संयुक्ता मानिंद सजकर हर शाम अपने पृथ्वीराज की प्रतीक्षा करने लगी।

पद्मनाभ ने बालू को गुरुपदेश देकर कहा, 'धत् तुम्हारी कृत्रिमता को आग लगे! उस काली-कलूटी से क्या कहकर शादी करते हो? तेरे दिमाग नाम की कोई चीज है भी? शादी यानी साधिकार वेश्यावाटिका है। इनसान सर्वतंत्र स्वतंत्र है, पंछी की तरह उसे स्वेच्छा से उड़ना चाहिए। प्रीति-प्रेम यौवन के दो पाट हैं। काम ही सत्य है, कामवासना ही नित्य (स्थिर है)। सबसे पहले श्रेष्ठीजी का मकान खाली करो। नया पंछी पकड़ो। शादी करोगे तो तुम्हारे जैसा मूर्ख अन्य कोई नहीं। प्रेम करने पर उससे शादी करनेवाले लोग मूर्ख भावुक होते हैं। अकलमंद लोग किसी से प्यार नहीं करते, प्यार करवा लेते हैं। प्रामाणिकता की औरों से आशा करनी चाहिए। समाज के उल्लुओं से काम लेकर हमें सुखी होना चाहिए।'

पद्मनाभ ने बै टू बीयर पिलाकर बालू को यह उपदेश दिया था तो बालू का सिर चकरा गया। उसने तब बीयर की सौगंध खाई कि वह आगे कभी शादी नहीं करेगा। इस तरह पद्मनाभ की पकड़ में आकर बालू के सारे विचार पद्मनाभ के वशवर्ती हो गए। उसको लगा कि अविवाहित पद्मनाभ बहुत सुखी है। एक छोटी सी वेल्डिंग मशीन रखकर अपने को उद्यमी कहते हुए एक विजिटिंग कार्ड बनवाकर घूमता पद्मनाभ उसे प्राणवान् विचारवाद की सप्राण मूर्ति सा लगा, जैसे-जैसे पद्मनाभ के साथ बालू की दोस्ती बढ़ती गई, बालू को रुक्मिणी एक क्रीड़ा करनेवाली चीज की तरह लगने लगी। बालू ने जोर देकर हिसाब लिखवाना शुरू किया था, जो अब हिसाब में बढ़कर डेढ़ हजार रुपया हो गया। शुरू-शुरू में वह बालू की फीस, पुस्तक, कुरता, शेरवानी के लिए दिया जाता था, वह फिर बालू-पद्मनाभ के बीयर के खर्च का भी होने लगा। अब पद्मनाभ बालू से कहने लगा, 'जा बे, बीस रुपए वसूल कर आ···। बैटू बीयर पी लेंगे।' बीयर पीकर समाजवाद, विचारवाद का बोध बालू को वह देने लगा। बार-बार वह प्रतिज्ञा कर कहता, 'भले कुछ

भी हो जाए, मैं शादी नहीं करूँगा।' पद्मनाभ के विचारों में वह स्थिरता, व्यंग्य और नई-नई बातें सुनकर बीयर के साथ उसमें चंचलता आ गई, बालू भी विद्रोही होने लगा। पद्मनाभ के विचारों को रटने लगा। औरत, गर्भ, जच्चा की देखभाल, प्रसव आदि की खिल्ली उड़ाने लगा। शादीशुदा लोग, गर्भवती पत्नी के साथ टहलते लोग और गरीब लोगों की हँसी उड़ाने लगा। सही समय पर यदि पद्मनाभ से उसकी दोस्ती नहीं होती तो एक अठारह वर्षीय काली लड़की से शादी करके जिंदगी भर उसके साथ बँधे रहना पड़ता। हे भगवान्! कहकर वह गुरु को प्रणाम करता।

पद्मनाभ का पूर्वेतिहास कडूर के बस अड्डे से शुरू होता है। वह तब वहीं पर मूँगफली बेचा करता था, फिर उसकी किस्मत चमक उठी, फिर वहीं के श्मशानेश्वर मंदिर का अर्चक बनकर उसकी वृद्धि हुई। शहर की सीमा से बाहरवाले उस मंदिर में लड़कियाँ पूजा करवाने आती नहीं थीं, इससे उसका रोमांच घटा, शिवलिंग से ऊब होने लगी। कुछ दिन उसने अपनी पूजा का काम बंद किया, कन्नड़ संघ शुरू किया। गणपति की पूजा पर गणेश की स्थापना की। लॉटरी ड्रा रखा, स्टूडियो रखा। एक शब्द में यह कि उसने पैसा कमाना सीख लिया। कडूर के सभी दोस्त जब उस शहर से निकल गए, तब पद्मनाभ ने भी वह गाँव छोड़ दिया, नंदीपुर आकर नया कारोबार शुरू किया। वही वेल्डिंग का काम। नए बलि पशुओं को तलाशने लगा। शिकार बना वही बालू।

पद्मनाभ ने जो सप्तसूत्र सिखाए, वे ये थे—

1. संसार को संशय की नजर से देखो। विश्वास करने का नाटक करो, मगर विश्वास नहीं करो।
2. महिलाएँ बुद्धू होती हैं। उनमें रोमांच पैदा करो, मगर शादी मत कर।
3. सामने दिखनेवाली सभी औरतों की नंगे में कल्पना करो। भूलना नहीं कि यही एक सुख है, जो मुफ्त में मिलता है।
4. कभी भी शादी-बच्चे आदि के मोहजाल में नहीं पड़ते। विवाहित पुरुष दाँत उखड़े साँप हैं। शादी किए बिना सेक्स पाने की कला

सीखो।

5. सभी का, सबकुछ का मजाक उड़ाओ—किसी चीज को गंभीरता से मत लो।
6. समाजवाद-विचारवाद का उपदेश दूसरों को करो। अपने सुख में बाधा न पहुँचे, उतना मात्र समाजवाद रहे। मतलब यह कि प्रामाणिकता की औरों से मात्र अपेक्षा करो।
7. इस तरह झूठ बोलो, ताकि औरों को पता न लगे। चोरी इस तरह करो कि फँसो नहीं। अपने व्यक्तित्व का इस तरह विकास करो कि किसी की समझ में न आ सको।

नंदीपुर के किनारेवाले बुरुडेहळ्ळ के अंदर रेत की ढेर के ऊपर पद्मनाभ ने बालू को बिठाकर उपर्युक्त सप्त सूत्रों का उपदेश दिया। तात्त्विक मुग्धता से आबद्ध होकर बालू ने अब तक जिस रुक्कू के प्रेम को ही अपना सर्वस्व माना था, उसे पद्मनाभ ने हळ्ळ (तालाब) में बिठाकर अद्भुत लोकों के दर्शन करा दिए। उस अँधेरे में, सूखे तालाब में, मच्छरों के बीच खाली कबाड़ जहाँ पड़े थे, वहाँ बैठकर बालू क्रांतदर्शी के रूप में परिवर्तित हुआ। समाजवादी बना।

बालू ने रुक्मिणी के संबंध से कटने की जितनी ही कोशिश की, वह उतनी ज्यादा ही उससे लगी रही। हमेशा वह बालू के साथ भाग जाने की ही बात करती रहती। पूछती रहती कि शादी कब करेंगे? कहती थी कि नौकरी लगने तक मैं स्वयं तुम्हें पालती रहूँगी और वह छिपाकर रखे पैसों की गड्डी दिखाती। बालू उसका एक-एक नोट छीनकर उसके पैसे खाली कराता रहता। (सूत्र सं. : 7) उसका मन बहलाने के लिए फिल्म ले जाता। (सूत्र सं. : 2) श्रीनिवास श्रेष्ठी के बिजनेस हेतु निकलते ही तुरंत बल्ब रहित रुक्मिणी के कमरे में घुसकर अमर प्रेम की बातें करते हुए (सूत्र सं. : 4) उसको लूटता। अपना सब क्रिया-कर्म आकर पद्मनाभ से कहकर पीठ पीछे रुक्मिणी की हँसी उड़ाकर (सूत्र सं. : 5) मुँह बनाता।

रुक्मिणी काले रंग की थी, मगर सफेद कपड़े पहनकर चमकती। वह

एक तरह की अजीब लड़की थी। उसने प्रेम करने का हठ भी नहीं पाल रखा था। बालू मिला, उससे प्रेम किया। बालू की जगह कोई दूसरा आदमी भी आया होता, यही कहानी होती। षोडशी बनने के बाद तेजी से घुसनेवाली तरुणाई को कम करने घर के दरवाजे एक जवान इनसान आया था। इस पर भी वह एक अच्छी लड़की थी। पैसों की तंगी के बारे में बिल्कुल नहीं जानती थी। बालू के आगे अपने को सौंपकर उसके बाद उसने किसी दूसरे इनसान की तरफ आँख उठाकर भी नहीं देखा था। यह बात उसी ने बालू से खुद कही थी। उसी को बालू ने जब पद्मनाभ को रिपोर्ट किया तो उसने यह कहते हुए कि 'उस काली गधी के पीछे और कौन जाएगा? तुम एक ठीकरा उसके पंजे में फँसे नहीं तो' उसकी प्रेम-निष्ठा की ही खिल्ली उड़ा दी थी। इस तरह श्रीनिवास श्रेष्ठी की इकलौती बेटी होकर बालू की अमर प्रेमिका बनकर, इस समाज की एक पुत्री बनकर, काली होकर भी सुंदर जीवन जीती रुक्मिणी के जीवन में घटी दुर्दांत घटना का मैं कैसे वर्णन करूँ? उससे यह कहकर कि मैं अभी आ जाऊँगा, एक हजार रुपए लेकर गया बालू फिर नहीं ही लौटा।

अब फिर बालू के हाते में लौटेंगे। पद्मनाभ के सप्त सूत्रों पर विश्वास कर श्रेष्ठी की बेटी को धोखा देकर नंदीपुर से भाग आया बालू अभी चालीस साल की उम्र पार कर चुका है। रुक्मिणी पर्व के बाद बालू के जीवन में बहुत कुछ घट गया। सप्त सूत्रों के प्रभाव से उसने कई औरतों से कई प्रकार के लीलाविनोद किए। रुक्मिणी की छोटी बहिन (यदि होती) की उम्र की लड़कियों से शुरू कर उसकी माँ समान उम्र तक, गोरी, गेहुएँ रंग की, गुलाल, काली, मुँहासेवाली, लंबी, नाटी इस तरह विविध आकारवाली औरतों को देख आया है। श्रेष्ठी की लड़की के साथ जिस यज्ञ की शुरुआत की थी, सब जाति-धर्मों तक उसे विस्तार दिया है, मगर उसका कोई अनुभव रुक्मिणी के प्रथम चुंबन की समानता करने योग्य नहीं था—यह बालू को अनुभव से पता चला था। अभी पंचतारा होटल में सेब फल का सेवन कर आए बालू को लगने लगा है कि निश्चित ही उन सबसे बढ़कर श्रीनिवास श्रेष्ठी की इकलौती बेटी काले रंग की लड़की रुक्मिणी के साथ बिना बल्बवाले कमरे में

मिले जूठे चुंबन, बुरुडेहळ्ळ (तालाब) ही पर शिवानंद थिएटर तक उसकी समानता करनेवाली एक भी नहीं है। बालू अब कई बार ऐसा भी सोचता है कि मैं एक बात भी कहे बिना चला आया, पैसे भी नहीं लौटाए और चला आया, मैंने गलत किया। पद्मनाभ के विचारों को अपनाकर मैंने उसे धोखा दिया।

इसकी पूर्ति में एक आकस्मिक घटना बालू के जीवन में घटी। मार्केट में जब जा रहा था, तब अकस्मात् उसकी भेंट पद्मनाभ से हुई। वह अपनी पत्नी और बच्चे के साथ आया था और सब्जी खरीद रहा था। बालू को देखते ही उसने पहले की तरह 'आरे, जाओ रे' की भाषा रद्द कर, 'आइए बालू, कैसे हैं, यह मेरी मिसेस चंपा है। यह मेरा बेटा विनायक है…' कहकर 'अंकल को टा-टा कहो बेटा' कह बात की तो बालू सुनकर अवाक् रह गया। पद्मनाभ बड़े ही भोले तरीके से 'घर की तरफ आइए बालू, मैं इसी शहर में बिजनेस करता हूँ' कहकर जोर देकर बालू को घर भी ले गया। पूर्व में जो क्रांतदर्शी था, उन समाजवादी के घर के सामने तुलसी का वृंदावन था, अंदर धूपबत्ती जली थी, घर में उसकी खुशबू फैली थी। पद्मनाभ ने एम.एस. सुब्बुलक्ष्मी के संगीत का कैसेट डालकर पत्नी के कानों में कुछ-कुछ कहा, फिर बेटे को अपनी गोद में बिठाकर उसको दुलारकर, 'हमारा विनू बहुत होशियार है,' कहकर प्रशंसा करने लगा और बालू चुपचाप देखता रहा। विनायक ने अपने मल-मूत्र आदि को अपने बाप की गोद में ही विसर्जित किया तो पद्मनाभ ने उसे साफ किया और 'छिह चोर' कहते हुए उसके गाल को थपथपाया। बालू अब समझ न पाया कि कहाँ जाए, अपने गुरु को चुपचाप देखते हुए उसने सिगरेट जलाया। इससे घबराकर पद्मनाभ ने कहा, 'प्लीज, सिगरेट नहीं जलाइए, हमारी मिसेस डाँटती है। धुएँ का सेवन करने से उनको सिरदर्द होता है।' उसने यह गिड़गिड़ाकर कहा। बालू ने तभी धीमी आवाज से पद्मनाभ से विनती की, आधा घंटा फुरसत कर लो, बहुत दिन बाद मिले हो। बै टू बियर पीते हुए पुरानी बातें कर लेंगे, मगर गुरुजी माने नहीं। कहा, 'वह सब पुरानी कहानी है। अब वह किसलिए? तब तो लड़कपन था, उसे लेकर जिंदगी भर थोड़े ही उस तरह रहा जा सकता है? मैंने बियर पीना, सिगरेट फूँकना, सब

छोड़ दिया है। हमारी मिसेज वह सब नहीं पसंद करतीं। एक बार आप भी अपनी मिसेज को ले आइए तो ठीक रहेगा। हमारी मिसेज भी नौकरी करती हैं। मेरी मिसेज की ऑफिस बहुत दूर है···' भोली हँसी, असह्य तरीके के भोलेपन में विनीत होकर हाथ बाँधे बोलता ही रहा। बालू को मिसेज नामक शब्द ने कानों पर तीव्र आघात किया। कमरे के दरवाजे से ट्रे पकड़कर ट्रे में बिस्कुट के टुकड़े, धुआँ उगलती कॉफी लेकर उसकी तरफ ही बढ़ती आकृति को उसने आँख खोलकर देखा। मिसेस पद्‌मनाभ चेहरे पर बड़ी कुंकुम की टिकिया लगाकर, आँचल से खूब बदन ढँककर शिवकाशी के कलेंडरों में दिखती शिवजी की बगल में खड़ी पार्वती सी लगी। बालू को एकदम से टेंपरेचर के बढ़ने का सा अनुभव हुआ और उसने गरम कॉफी का कप हाथ में उठाकर गटागट पीनेवाले जैसे होंठों के करीब रखकर फिर पी न सकने से एक बार पद्‌मनाभ को और पद्‌मनाभ की मिसेज को देखा। बेटे के आगे मंत्र भूल जानेवाले अर्जुन मानिंद तड़पकर सप्त सूत्रों को भूल-सा गया और उसके हाथ की कॉफी का कप हिलने लगा, तुरंत कॉफी को पद्‌मनाभ के चेहरे पर फेंककर 'थू' कहकर परिणामों को सुने बिना तेजी से बाहर निकल गया।

सिर पर दोहड़ ढँककर लेटे बालू को हाते के लोगों ने सोचा कि 'इसका स्वास्थ्य ठीक नहीं, अकेला जीव है' उसपर अनुकंपा दिखाते हुए उसके लिए साँभर, छाछ, खीर और सलाई सप्लाई किया। इन भक्ष्यों को तैयार करनेवाली औरतें पद्‌मनाभ की मिसेज जैसी ही रहती हैं, उसने पहले हठ किया कि इन चीजों को खाना ही नहीं चाहिए, फिर सोचा कि इसमें इन लोगों की क्या गलती है। सारा दोष उस तीन फीट के लंबे पद्‌मनाभ का है, उस औरत की कोई गलती नहीं। एक मिनट भर महिला जाति के प्रति गौरव भावना पनपी। पद्‌मनाभ की पत्नी के चेहरे पर जो प्रसन्नता थी, उसकी बार-बार याद आई और लगा, उसके सामने मुझे पद्‌मनाभ के चेहरे पर कॉफी फेंकना उचित नहीं था। आगे उसके हाते में कई तरह के सुंदर सुमधुर दांपत्य गीत उसे सुनाई देने लगे। एक पत्नी 'अपने घरवाले को बुखार चढ़ा है' कहकर पूरे हाते में खबर फैलाकर उसके बदन पर मलने के लिए अमृतांजन तलाशती आतंकित

हो रही थी। अन्य एक महिला ऑफिस जाने निकले पति से स्कूटर धीरे से चलाने के लिए प्रेम से आदेश दे रही थी और एक घर के लोग अपने बच्चे के नामकरण महोत्सव के लिए गुब्बारे बाँध रहे थे। कोने के घर का मादेव जब टी.वी.एस. चैंप खरीद लाया, पत्नी और बच्चों ने उसको सजाकर पहिए के नीचे नीबू काटकर फूलमाला डाली, उसी शाम घर के सब लोग उस पर बैठकर सिनेमा देखने गए। ये सब वैभव देखकर पूरे हाते ने आनंद मनाया। तात्पर्य यही कि दांपत्य में सुख का अस्तित्व बालू के आगे क्रमबद्ध रीति से अभिनीत होने लगा।

इस तरह दांपत्य की महिमा देखकर बालू ने बियर बोतल उठाकर अपनी पुरानी प्रतिज्ञा कि 'कभी शादी नहीं करेगा' को टुकड़े-टुकड़े कर फेंका। अब उसे रुक्मिणी की याद गहरी हुई, विषाद उमड़ने लगा। भग्न प्रेमी की तरह पोस देने जाकर विफल होने लगा।

इसी तरह दिन बीतने लगे। छोप्रा का कालचक्र आगे बढ़ा, दिन-रात बीते, कई सिंहासन उलटे, प्रधानमंत्री लोग बदले, लीलामयी पद्मनाभ ने मानो बालू से खिलवाड़ करवाने का निश्चय किया हो, एक दिन दोपहर बाकी वसूली का एक पत्र उसे मिला। पता देखकर उसे पता चल गया कि ये सुंदर अक्षर रुक्मिणी के ही हो सकते हैं। जल्दी में, खुशी से उसने पत्र फाड़कर देखा तो रुक्मिणी कां हृदय खुला, उसने इस तरह चीखा था—

प्रिय बालू,

रुक्मिणी सविनय आशीर्वाद माँगती है।

आपने इस तरह क्यों किया? मैंने कौन सा अपराध किया था? घर छोड़कर जाते समय एक बात भी नहीं कही। आप कब आएँगे? यह सोचकर कि आप अगले दिन आनेवाले हैं, राह देखते वक्त गुजर गया। राह देखकर निराश होकर बहुत मुश्किल से किसी से माँगकर बाप से छिपाकर मैं यह पत्र लिख रही हूँ। भगवान् जानता है कि आपका पता ढूँढ़ने में मुझे कितनी मुश्किल हुई। पता चला कि अब आपकी अच्छी नौकरी लगी है। बहुत खुशी की बात है।

मुझे आपसे मुख्य बात की चर्चा करनी है। उसे यहाँ लिखने में हिचक होती है और खत किसी दूसरे के हाथ लग गया तो? सामने ही बात करेंगे। अगले सोमवार की सुबह 11:30 बजे आप हमारे घर आइए। वही मकान। वही बिना बल्ब का कमरा। अप्पा सुबह ही हुबली गए हुए हैं। मैं अकेली आपकी राह देखती रहूँगी। विश्वास है कि आप मुझे निराश नहीं करेंगे। आप उस दिन यदि नहीं आए तो मुझे बहुत दुःख होगा। यह मेरे जीने-मरने का प्रश्न है। अपनी इज्जत का सवाल है। वह आपके हाथ में है। आएँगे न?

—आपकी रुक्मिणी

दो-दो बार शेव कर, रजत केशों को छिपाने हेयर डाई लगाया। प्रेस किया हुआ दरदराता कमीज-पैंट पहनकर अत्र प्रोक्षित कर, शू पर पॉलिश कर दूल्हे की तरह कमरे से सीढ़ियों से उतरे बालू को हाते की आँखों ने चौंधियाकर देखा। संसार की मुसीबतों को ढोए, दरवेशी सा लगता चेहरा आज चमकते उसे देखा, कारणों से अनजान होकर वे लोग विस्मित हुए। रोज ही दांपत्यगीत गाता सारा वाद्यवृंद उसे घास सदृश दिखा। उनको देखकर हँस के उसने चुप ही मुसकराकर मन-ही-मन कहा, देखते रहो तुम लोग, नंदीपुर में रुक्मिणी को अपने साथ लेकर ही लौटूँगा। वह भी तुम लोगों के साथ पानी भरेगी, मुझे लंच बॉक्स देगी, सब्जी खरीदेगी...। मॉर्निंग शो देखेगी, गुब्बारे बाँधेगी...। निकलते समय उसने यह सोचकर कि कुछ भी हो, जरूरत पड़ने पर काम आ सकता है, तीन महीने की तनख्वाह अपने पर्स में भरी और जेब से उसके बोझ के साथ बालू बस अड्डे की तरफ आगे बढ़ा।

भू-प्रदक्षिणा करने निकला यह आकाशयात्री संबंध के, सुख के नवीकरण के लिए निकला है। नवीकरण काली लड़की को खूब रगड़कर धोके उसे अपनी छाती पर पदक बनाने का नवीकरण, सूखकर व्रण बने मनोमरुभूमि में रुक्मिणी नामक जलतरंगों के सृजन के लिए मेहनत कर रहा है। दस वर्ष पूर्व इस लड़की को देखा था। एक उद्दाम प्रेमी के लिए दस वर्षों

का अंतर गैप कौन सी बड़ी चीज है? मामूली सा···।

कौन सी महत्त्वपूर्ण बात की चर्चा होनी है? 'मैं अकेली प्रतीक्षा करती रहूँगी' से क्या मतलब? 'जीवन-मृत्यु का प्रश्न'—कौन-सा? उसने अपने बाप की अनुपस्थिति में ही क्यों बुलाया? उसी बल्बरहित कमरे में! सुपर डीलक्स बस में बैठकर नंदीपुर के लिए निकले बालू नामक भग्न प्रेमी के चिंतातुर अनगिनत प्रश्न थे। हो सकता है वह अब तक अविवाहित ही रहकर मेरी राह देख रही होगी? या जैसे कुछ फिल्मों में होता है—दस वर्ष बाद प्रेमी समागम के लिए तेजी से चला आता है··· तब तक उसकी सहेली का विवाह हो गया होता है, एक बच्चे को जन्म देकर फिर पति गुजर गया होता है, सफेद साड़ी पहने खड़ी रहती है; प्रेमी अपनी मित्र—उसकी संतान दोनों को जीवन देकर हाथ पकड़कर सूर्यास्त की तरफ लॉन्ग शॉट में जाते रहते हैं—छिह-छिह वैसा नहीं हुआ होगा। यह मन बंदर है, बुरे की ही कल्पना करता है या रुक्मिणी को कोई बड़ी बीमारी। खून का कैंसर, धत् आग लगे, मेरी इस अक्ल को, दुर्दांत की ही कल्पना करता रहता है। रुक्मिणी पहले जैसी ही रहेगी, मेरी याद में ही जी रही है। जाऊँगा, मंदिर में उसकी माँग में सिंदूर भरूँगा। हाते में लाऊँगा—ये तीन काम ही बाकी हैं।

पद्मनाभ को याद आती है। उससे नफा हुआ या नुकसान—कुछ भी हो, सभी दुर्भर स्थितियों का सामना करते हुए हँसते-हँसते जीने की कला उसी ने तो सिखाई थी। वह एक असामान्य नाटा इनसान है। भगवान् ने उस नाटे इनसान के सिर जो मस्तिष्क रखा था, उसका सही ढंग से इस्तेमाल किया होता तो वह भारत की सारी गरीबी को खत्म करनेवाला कुछ आविष्कार कर देता, मगर उसने उसका विनाशकारी कार्यों के लिए इस्तेमाल किया। उसने सोचा कि प्रेमियों के समागम के लिए निकले इस संदर्भ में उसके बारे में सोचना ठीक नहीं होता, अपने सिर से इन बातों को उसने झाड़ दिया। जहाँ बैठा था, वहीं पर बेचैन हुआ। पुराने प्रेमगीत का स्मरण कर भावावेश से दो बूँद आँसू गिराने की कोशिश की। आँखों में जल उगा ही नहीं। बाहर की सुंदर प्रकृति को देखते हुए प्राकृतिक सौंदर्य के साथ रुक्मिणी को पहचानने की

प्रामाणिक कोशिश की। शिव! शिवा!! बाहर क्या देखा? कोलतार उबालते लोग, सड़क की मरम्मत करनेवाले लोग···। बस के आगे आड़े आते भैंस···। दुर्गंध भरी नाली, प्रेमयात्रा का आनंद नहीं उठाता, अपने दुर्भाग्य की निंदा कर ही रहा था कि डीलक्स नंदीपुर में घुसा, इसे 'उतरो बेटे' कहा।

नंदीपुर अपनी जगह स्थिर था। मानो करोड़ों वर्षों से बस अड्डे पर भीख माँगता हुआ कोढ़ी शुक्र अब भी वैसा ही था। उसी पार्वतम्मा की फूलों की दुकान थी। पूर्व में कितनी ही बार उस दुकान से फूलों का पैकेट बँधवाकर उसे रुक्मिणी को ले जाकर दिया था। शहर की दीवार, पेड़-पौधे, इश्तिहार, दुकानों की कतार सबकुछ देखता आगे बढ़ा। वही सड़क की बिजली का खंभा, वही संपंगी स्टूडियो, वही नंदी बार साबुन के इश्तिहारवाली दुकान, वही···वही···। एक ही चीज बदली थी सिनेमा पोस्टर, फिर बाकी वही बुरुडेहळ्ळ, वही शिवानंद थिएटर, अब फिर से जवानी ने अपने पंख खोले।

घड़ी साढ़े ग्यारह बजे की सूचना दे रही थी और तभी बालू रुक्मिणी के कमरे में प्रविष्ट हुआ। वही पुराना कुएँ का टीला, अनार का पौधा, सामने बना टॉयलेट (प्रसाधन), बाहर रखा खाली पेंट का डिब्बा, कपड़े सुखाने-फैलानेवाला प्लॉस्टिक का तार, तार पर बैठी इकलौती गौरैया—इन सबने ढोल बजाकर बालू का स्वागत किया। धीर और अमर प्रेमी, भगवत्-कृपा प्राप्त बालू संभ्रमित उल्लास से भरा दरवाजे पर आ खड़ा हुआ।

दरवाजा आधा बंद था। दीवार घड़ी की आवाज थी। अंदर से किसी के बिलखने की आवाज की तरह टिक्-टिक् कर रही थी। दरवाजे को पीछे धकेला तो उसको कुइ की (कर्कश) कठोर आवाज। अंदर से 'आइए बालू' रुक्मिणी की आवाज रिकॉर्ड की तरह जोर से सुनाई दी। मैं शू खोलूँ या नहीं के असमंजस भाव में झुक रहा था, तभी अँधेरे के गर्भ से उस काली लड़की की आवाज, 'कोई बात नहीं, आइए' सुन पड़ी। अपनी रक्षा करने के लिए मानो फूल के पैकेट को आगे कर उसे बल्बरहित कमरे में घुसकर स्टूल पर बैठकर अपनी आँखों को अँधेरे के साथ समझौता कराने की कोशिश की। अंत में उसका पता चल गया।

आधी खुली खिड़की से आती धूप की रेखा का प्रकाश, बालू की दस वर्ष पीछे की यादों की रोशनी—ये दोनों मिलकर कोने पर पालथी मारकर बैठी रुक्मिणी दिखी। अपनी पगलाई आँखें, चूमे होंठ, खेली उँगलियाँ, गले लगकर उलटता काला शरीर···। उस कम रोशनी में ही निश्चय कर लिया।

'आ गए न, बस! मैं घबरा रही थी कि आप आएँगे या नहीं? अंत में आ तो गए। मुझे पता था कि आप धोखा नहीं देंगे।' बालू ने फूलों का पैकेट आगे बढ़ाते हुए जवाब दिया, 'नहीं रुक्मिणी, मैं तब खटिक सा बन गया था। बहुत देर से जागा। तुम्हें धोखा देने का मन न हुआ।'

अपनी जगह बैठकर ही अपने बालों में फूल खोंसकर उसने कहा, 'धोखा देनेवाले दूसरे लोग होते हैं। बालू उस तरह के इनसान नहीं। उसी आशा से बहुत मेहनत से आपका पता ढूँढ़कर पत्र लिखा।'

'रुक्कू, समझो मैं धोखा दे देता···'

'मैं गरीबन, क्या करती बेचारी। रो-रोकर चुप हो जाती। मेरी इज्जत, सम्मान मिट्टी में मिल जाते। आपने सही समय आकर उसे बचा लिया।'

अरे रे बालू, दो-एक अमर प्रेम की व्याख्या झाड़कर उसमें फव्वारा फुदकाते मूर्ख···। कहकर बालू के मन शिव प्रेरणा हुई।

'रुक्कू, तुम्हें याद हैं वे दिन? समय को वैसे वहीं रुक जाना था! तुमने जो प्रेम दिया, उसकी समानता कैसे होगी? उसकी याद से ही मैं इतने वर्ष जिंदा रहा, तब मुझे उसके महत्त्व को मैं नहीं जानता था। अब समझ में आ रहा है। कितना अच्छा होता, अगर समय कुछ पीछे चला जाता!'

रुक्मिणी ने बालू को एक बार बड़े विषाद के भाव से देखा। बालू ने अपनी व्याख्या की झड़ी लगा दी।

'ये दस वर्ष तुम्हारी याद में मैं खूब पक गया, रुक्कू! अब लगा, मैं अब और तुमसे अलग होकर नहीं रह सकता। तुम्हारा प्रेम, ममता, मातृत्व उसके लिए प्यासा हूँ। तुम्हारे बिना यह संसार बिल्कुल सत्त्वहीन लगा। सत्य तुम्हारे प्रेम सान्निध्य में है। रुक्कू, आंतर्य से मैं बात कर रहा हूँ···। सच कहो, ये दस साल मेरे बिना अँधेरे में तुमने कैसे बिताए?' रुक्मिणी की समझ में न आया

कि इसे क्या कहकर समझाए? उसने सोचा, कहने से भी उठना ठीक रहता है, वह उठी। बालू को जवाब देने के लिए उसका उभरा पेट धुत् बाहर फैला। फूले पाँवों के साथ रुक्मिणी मकान के बीचवाले भाग में आई। उसने उसका पीछा किया। बालू को स्टूल पर बिठाकर वह कमरे में गई। प्रेम व्याख्या को वहीं रोककर मकान के बीचवाले अहाते में विराजती गरीबी को बालू ने देखा। टी.वी., टेप रेकॉर्डर, फ्रिज, वाशिंग मशीन नदारद हो चुके थे। सूखी तरकारी, सड़ा प्याज, पुरानी रोल की हुई बोरियाँ, कटे तराजू, फैले माप के बट्टे, कुल मिलाकर इतना ही कि प्रेमियों के मिलन के अनुकूल वहाँ कुछ भी नहीं था। रुक्मिणी कमरे से चौखट टूटा अलबम ले आई, उसे बालू की गोद पर रखा। उसके अंदर खोलकर कहा, 'यह देखो, वासवी शादी घर है। यह मुहूर्त की तसवीर है, ये मेरे सास-ससुर हैं, यह मेरी छोटी ननद है, यह मेरे पति हैं,' ठीक हाते की औरतों जैसे ही उसने कहा। नई वास्तविकता के साथ अपने को समाने की कोशिश करता बालू की गोद पर बैठा अलबम शनिदेव की तरह बैठा था। थूक निगलकर उसने बुद्धूपन से कहा तो रुक्मिणी सहजता से बोली।

'मगर मेरा जीवन अच्छा नहीं है। मैं उसके लिए आपको दोष नहीं दे रही हूँ। आपके जाने के बाद मैं तीन महीनों तक अपकी राह देखती रही, फिर मैं भूल गई। एक दिन बाबूजी ने मेरी शादी तय की। मैंने शादी कर ली।'

मैंने अपने सिर ऊपर जिस ब्रह्मांड को उठाया, वह इसे इतनी सरलता से छुड़ा रही है। अरेरे···। जीवन कितना सरल, कितना सीधा!

'शुरू में ससुरालवाले भी बहुत कठोर थे। झगड़े में फँसकर उनका बड़ा कॉम्प्लेक्स छूट गया। मेरे पति ने पीना सीख लिया। गौरीबिदनूर में अब खूब कर्ज है। यह दूसरा प्रसव है। प्रसव के खर्च की ताकत नहीं। मुझे पीहर भेज दिया है।' प्रेम साम्राज्य से एक साथ नीचे गिरा बालू रुक्मिणी नामक बेचारे जीव को चकित होकर देखता बैठा रहा।

इधर बाबूजी का भी व्यापार खत्म हो चुका है। डॉक्टर ने कहा है कि प्रसव इसी सप्ताह में होगा। आपको पता है ही। इस जमाने में नर्सिंगहोम जाने पर खूब लूटते हैं। जानती हूँ कि बाबूजी के पास पैसे नहीं हैं। वे भी प्रसव होने

से पहले यहाँ नहीं आएँगे। बालू, जीवन में बहुत ही कष्टदायी क्या होता है, जानते हैं? गरीबी, गरीबी के साथ भूख, अपमान, दुःख आदि होते हैं। जानते हैं क्या? वह अलबम को ले जाकर अंदर रख, लौटते वक्त उसके II बी.ए. के इतिहास की टिप्पणियों को ले आई।

उसने कहा, 'बालू, मैंने आपको तीन हजार छह सौ रुपए और अस्सी पैसे दिए हैं। हिसाब यही है, खेरची नहीं दीजिए। तीन हजार दीजिए, काफी है। इससे एक बार प्रसव हो जाए, फिर कॉपर टी लगवा लूँगी।'

'... ...'

'मैं जानती थी कि आप धोखा नहीं देंगे। मैं भी माँगना नहीं चाहती थी, मगर मैं क्या करूँ? मुझे पता चला कि अब आपकी अच्छी नौकरी है। तीन हजार देने में आपको कष्ट नहीं होगा।'

'... ...'

आप जब मुश्किल में थे, मैंने तब आपकी मदद की थी। अब मैं मुश्किल में फँसी हूँ। आप मदद कीजिए। अब एक-एक पैसे के लिए परेशान हूँ।

चाहकर जो आँसू नहीं निकले थे, अब वे बालू की आँखों से फूट पड़े। उसके उभरे पेट को उसने देखा। उसने कहा, 'रुक्कू, तुम्हारा भला होना चाहिए। तुम्हारा प्रसव हो। तुम्हें देने वास्ते ही मैं रुपए लेकर आया हूँ…' कृत्रिम रूप से कहते फूट-फूटकर बोलते हुए उसने अपना पर्स खोलकर सौ रुपए के चालीस नोट जीवन के खंडों की तरह तेजी से निकालकर दीनता से खड़ी रुक्मिणी के आँचल में डाला तो उसके गर्भ के भ्रूण ने एक बार कुछ आवाज दी।

□□□